館藏名人少年時代作品選

增訂本

钱斌/主编

中国·苏州
古吴轩出版社

图书在版编目（CIP）数据

馆藏名人少年时代作品选 / 钱斌主编. —增订本
. —苏州：古吴轩出版社，2018.12
ISBN 978-7-5546-1278-1

Ⅰ. ①馆… Ⅱ. ①钱… Ⅲ. ①文学—作品综合集—中国—当代 Ⅳ. ①I217.1

中国版本图书馆CIP数据核字（2018）第266109号

责任编辑：张　颖
见习编辑：周　娇
版式设计：吴　静
责任校对：韩桂丽　江莺华
封面题字：张充和

书　　名：馆藏名人少年时代作品选（增订本）
主　　编：钱　斌
出版发行：古吴轩出版社
地址：苏州市十梓街458号　邮编：215006
Http://www.guwuxuancbs.com　E-mail:gwxcbs@126.com
电话：0512-65233679　传真：0512-65220750
出 版 人：钱经纬
印　　刷：苏州市越洋印刷有限公司
开　　本：700×1000　1/16
印　　张：20.5
版　　次：2018年12月第1版　第1次印刷
书　　号：ISBN 978-7-5546-1278-1
定　　价：72.00元

《馆藏名人少年时代作品选（增订本）》编委会

增订本序言

2004年，我馆编辑的《馆藏名人少年时代作品选》出版后，获得很大反响。时光荏苒，十几年过去了，编者们在查档工作中又接触到8位名家的76篇新作。这些作品虽则稚气未脱，但文字率真典雅，感情真诚流露，既有私人性的伤春悲秋，又有关心民瘼的家国情怀。作品内容风格各异，有议论文，论学、论政，有散文，记事记游、写景抒情，有诗歌，既有古诗，又有现代诗，等等。他们书写的虽是当时的社会人生，但对当今青少年成长有重要启示作用。为使作品的可读性更强，我们对原版进行增删，增加部分新作，同时删除原书中所有英文作品，并删去几篇文学性不强的、研究理化方面的论文性的作品，重新整理排序，是为增订本。

苏州自古物阜民丰，人杰地灵，名人辈出，特别是文化名人，有"状元之乡"的美誉，现当代以来更加冠"院士之乡"，可谓名家云集，数不胜数。书中所选名人，没有一定之规，不管所学为文、为理、为工、为艺、为农、为医，不管蜚声学界、政界、文坛、书画界、曲艺界、教育界等，只要曾在苏州就读，都尽我们所能收录进去。这些名人名气也许有别，有世界知名，有全国知名，也有本地知名，但对于本地的青少年来讲，都是必须要熟知的苏州人物。

写作这些作品时，他们还是青少年，年纪在十五六到二十岁之间，正值世界观、人生观、价值观的确立期，青春朝气，又敏感多思，少不了有“为赋新词强说愁”的时候——阅读他们的作品，时有会意，这是少年时代才会有的心思呢，可更给读者较深感触的，是他们的大仁大义，从个人的小恩小怨中跳脱出来，关注的是社会民生，忧心的是国家民族的未来。为民族前途而忧而愁，而鼓而呼，使我们仿佛看到五四一代学人的影子，同时也看到吴中先贤范仲淹的忧乐精神的传承。

说是“作品”，其实算不得“大作”，只说得上“少作”——很多人是“悔其少作”的。作品发表在校刊上，毕竟受众面有限，可依然是心血结晶。在当年，这些作者也都是各校的文学青年，风流人物。他们的文字毋庸置疑是稚嫩的，现在读来也稍有一些隔阂，文言和白话夹杂，语句欧化现象也比较明显，语气方面不是特别顺畅。毕竟当时新文化运动开展不久，还没有比较规范流利的现代白话文，但这不影响我们的阅读感受。我们仍能从字里行间感受到他们受到的古文熏陶，深厚的文字功底和国学修养，感受到他们对祖国山川和人民浓烈的爱，他们“为中华之崛起而读书”的爱国情怀。青少年朋友在阅读时感到有障碍，不必惊讶，这是历史原因造成的。但，历史割不断文字间的深情，相信你一定也能感受到。

编者编纂此书，不仅有使《馆藏名人少年时代作品选》日臻完善的美意，更加有深度挖掘馆藏、宣扬优秀文化的使命感。馆藏档案浩如烟海，但档案工作者就是要有决心和毅力，日复一日，年复一年，把有价值、有意义的档案遴选出来，让优秀的传统文化“复活”，从库房走向大众，从深闺走向闹市，抚慰、照亮今人的人生。此书若对你的心灵有一点触动，或深或浅，则编者意足矣。

编者

2018年10月

序

几个月前，苏州档案馆给我打来电话，说搜集到我母亲早期在中学校刊上的文章，一共七篇，其中有两篇还是用英文写的，问我有兴趣看么？——这简直是在逗人，我给母亲编过集子，所选文章最早出自《中学生》杂志，不少充满了少年的眼光，但有时又凶猛如狮子！我当时对档案馆讲，过几天就要去苏州，一定过去看。终于，我很快看到了，其中有一篇是新诗《这天是要变》，很显眼，一共九节，我摘录五节在下边：

我说，这天是要变，
黑的云端里会镶上青的边，
晴天的云彩要流出来，
把黑雾压扁。

你信不信我不管，
可是你总相信这世界
是古古怪怪，
古怪里含着胆汁一样的苦液。

聪明人遮住了眼，
顽固的人不要看，
蠕动的大地站着尝苦液的人，
周遭冒着火和烟。

这群人，藏着苦味儿的舌尖，
挺一挺身子，
（多么沉重的呵！）
把重负扔下，
挣脱那缧绁。

我说，这天是要变，
黑云里会漏出电光，
连续的迅雷震撼大地，
末末了儿，嘿，
一个照痛了人眼的太阳，
出现在晴朗的东天。

的确是很不错，她写这诗时也就是二十岁。1934年在苏州振华女中毕业，同学们即将分手，校刊也出了特刊，这首述志的诗就发在特刊上。资料上喜欢说母亲“出身苏州的名门望族”，这话也对也不对。说“对”，是母亲所姓的“彭”，确是苏州的四大姓之一；说“不对”，是在母亲的上两三辈就“家道中落”，苦苦地在生活大海中漂泊了。我外公曾考取了赴日本的官费留学生，学的是博物（生物），回国后在北京师范大学教过书。后来差事没了，回到故乡苏州，去松江中学当过两年校长，再后来就回苏州赋闲。母亲先在松江读初中，又回到苏州读高中，她不能算是读书的种子，心中倒有一些造反心思。高中毕业，考取了北京的大学。没上几天，自己就退了学，独自住在女子公寓中，靠写文章为生了。走这条“文学之路”，是那个时代许多少年的梦想，但大多数都会破灭的。母亲命运还好，折腾了一两年，名声一度大噪，《中学生》杂志曾发表了捧她的万字长文《子冈论》。那时的母亲，也就二十二三。又没几年，抗日战争爆发，母亲转向了新闻，参加了《大公报》，也秘密参加了共产党。心思和笔墨都彻底变了样，再不“卖弄”少年的眼光了。在苏州档案馆，我给苏州振华女中的校刊照了相，向他们道了谢，随后就离开了苏州。

不久前，他们又来了电话，说从二十世纪浩如烟海的史料中，编选出一本苏州名人少年作品选，说“几经研究”，决定要我写序。我颇意外，自己哪里有资格呢？我近年倒是常去苏州，那里生活富足，鱼米之乡的孩子自幼就容易喜欢舞文弄墨。我还参加中国作协代表团，在苏州附近接触过一些文学少年，更从他们手中接过印刷得蛮漂亮的文集。我粗略翻了翻，里边不少现代的“风花雪月”，文字华丽而琐屑，明显缺乏生活的力度。我很惊异，这时苏州少年的眼光，与我母亲那辈人有了很大的反差。我总不能在序言中说到这些吧？我开始犹豫——这些心里话能够写进序里么？

电话那边还在争取：“我们思过来又想过去，只有找你了！”那口气是真诚和不容置辩的。

我问：“文章作者都是振华女中的学生吗？”

“整个苏州的，以中学生为主，也有几篇大学低年级的。你肯定能看到少年眼中当时的苏州全貌……”

这实在有很强的诱惑力，我便答应下来。书稿很快寄来，很厚很厚的上、下两册，没有目录。由几十个作者的近百篇文章组成。每个单元先是作者的姓名与简历，随后是作品，每人少则一两篇，多则三四篇，我母亲与费孝通、张青莲三人，可能是作品最多的。但我始终弄不明白书的排序结构，是以作者生辰为序呢？还是以发表的时间为序？遇到同一作者不只一篇的情况，我就前后翻阅着和比较着，最后总算弄明白了：是以作者的出生年月为序。该书第一篇文章发表于1915年，作者出生则在1887年。文章涉及的内容也相当宽泛，有文化，有科学，有哲理，还有种种的制作工艺。这宽泛与这深度，真让今天的中学生感到羞愧。理清了这一点，我就顺流而下，从容而又顿挫着把稿子翻了两遍。

早期苏州的山水或许如同今天的一样明媚，但从性质上讲，却依然是传统礼教统治着的世界。最前边的几篇文章，都明显让我听到了如同鲁迅"救救孩子"的呼声。但这样的文章数量不多，马上就出现基于"科学救国"的大胆实践的文章，其作者有许多已载进近代或现代的科学史。再往后，一些社会科学的奠基人开始发出了他们尚嫌稚嫩的声音；再后，则是如我母亲这样的文学青年走上舞台……依据我排出的这个队列，可以抄出以下的作者姓名：匡亚明、钱锺书、张青莲、杨绛、费孝通、何泽慧、钱伟长、胡绳、谈镐生、过邦辅……他们不仅很有名，而且大部分与我父母还都有过种种的"瓜葛"：杨绛、费孝通与何泽慧（后来的钱三强夫人）与我母亲是振华的校友，胡绳是我父母1938年入党时的介绍人（之一）……这些"瓜葛"纵横交织在一起，就从一个侧面或一个角度焕发出那个时代的特点与光彩。我作为书的第一读者，自然对这些与我父母有"瓜葛"的人的早期作品有非常大的兴趣，可以从中了解这些前辈早年思想的形成与走向；其次，看到他们与我父母"纠葛"在一起，又使我得以更深地了解我的父母；或许还有第三，我如果以此方法"走出书外"，去阅读同类的"书外之书"，那么就能对那个时期的中国社会有更多更深的思辨。

话题还回到这本书上来。档案馆的本职工作究竟是什么？以我个人过去的了解，它是专门收集政治材料的，以备政治运动之需。我过去有一个很大的误解：善良与正直之人，应自觉回避与档案馆来往。如果让它找上了你，一定没好事。但新时期的事实扭转了我的偏见：是从前三四年开始，北京好几个区县的档案馆先后找到我，要我参与他们整理文史资料（档案）的工作。我这时才知道，如今的档案工作已在不知不觉中转了型。这实在是件化弊为利的大好事。于是，我此后再遇到有档案部门的朋友找上门来，就变成热情相待了。

还有一个问题，就是本文一开始时说的现代苏州孩子喜欢“弄”文学的倾向，这不能强加阻止，但我总是有些忧虑。文学和文化，是不能在锦衣玉食、饱暖有加的情况下去附庸风雅的。我们的时代究竟有哪些特征？我们的文学和文化究竟应该有什么样的走向？地域文化又究竟应该向何处发展？这些问题连大人也不容易搞明白，又怎能寄望于小孩子去弄清楚呢？所以我认为，如果小朋友在年幼时期过分在文学、文化上下功夫，可能会做出许多“无用功”。当然，从另一方面看，我也承认这样的话——“学音乐的孩子不会变坏”。热心并忠诚文学的孩子，也当然是同样，至多会因为过于天真而吃亏。我觉得，比文学更重要的是我们丰富的民间文化，如果把孩子从小引导进朴素的民间文化当中，就真可谓功德大矣。苏州，是我国东南的一方胜土，百多年来它向国家推出了众多优秀人物，其中有些人获得大成功，最后在北京、上海站稳了，就成为国家级的人物。也有些在竞争中失利了，中途铩羽而还，回到苏州买了房子田产，自己休养生息，等待东山再起。同时用心培养孩子，居然就有为数不少的家族，其第二代又重新去到北京、上海乃至世界许多巅峰国家，重新成为风云际会的人物。苏州不是大地方，但它的深与厚，却值得我们仔细体会。今天苏州每年创造的物质总量非常可观了，我更希望它在文化内力上，也创造出越来越多的价值来。在这个问题上，我国其他城市似乎还没有哪个能与苏州相比。

少年的眼光是可贵的，但人要成长，年纪老大了，如果依然是孩子的眼光与心灵，那岂不是有些“妖怪”？苏州山水过于妩媚，苏州食品过于糯软，苏州缺乏锤炼性格的艰苦环境。我很希望苏州孩子成长到一定阶段，有勇气走出苏州，到中原去，到北方去，到西部去。目的很简单，就是要寻找和苏州的反差。不能发现和战胜反差就不能成材。我这样讲，绝对不是站着说话不腰疼，我年轻时就离开北京到新疆与河北的基层工作十五年，在那些地方遇到的坎坷，成为我后来生活和创作中的巨大财富。反反复复的生活最终把我“定”在了北京，但我还有“两只脚”，一只要跑新疆塔里木，一只则跑苏杭。苏州孩子不必羡慕园林池塘中的小鱼——“鱼游莲叶东，鱼游莲叶西，鱼游莲叶南，鱼游莲叶北”，应该争取早一些冲天而起，学一学庄子《逍遥游》中的大鹏，飞向大自然与人生的极致之处。光飞得远尚不足贵，还应该能够飞回来，像杨振宁那样，半个多世纪前从清华大学飞出去，对世界科学界做出了自己的贡献，终于又飞回了清华。他的合作者李政道，则打算飞回北京大学，北京大学将给他准备的房子修饰一新，旁边的房子都是他的老朋友，其中有冰心、冯友兰、江泽涵、陈岱荪与侯仁之等。“苏州孩子”也不必与上述的“国家孩子”相比，其实随时回到苏州走一走、看一看，故乡肯定是非常欢迎的。故乡在变化，孩子本人也在变化，让这两种变化相互激励，苏州也就在这个过程中，在物质与精神的两个层面之上，同样变得非常之大了。

最后，请容许我再次感谢这本书的作者们，以及当年哺育他们的苏州风土。当然，也应该感谢在幕后辛勤工作的苏州档案馆的朋友们。

徐城北

2004年8月25日于北京

目　录

少年费孝通和他的同学们。写作本书收录的这些作品时，费孝通等人还是青少年——正值世界观、人生观、价值观的确立期。从他们的作品中可以看出，他们关注社会民生，忧心国家民族的未来。阅读这些作品，我们仿佛看到五四一代学人的影子，同时也看到吴中先贤范仲淹的忧乐精神的传承

浦化人（1887—1974）

无锡石塘人。1909年考入苏州圣公会所办的桃坞中学。1911年考入上海圣约翰大学正馆，毕业后被派至无锡江苏圣道书院。1916年8月升为西安圣公会会长，任职期间撰写了《半生之回顾》。曾在河北张家口为西北军创立弘道学校，担任校长。1925年秋，因西北军受挫和弘道学校解散，他返回无锡，开始研究三民主义。1927年初，他参加西北军赴苏参观团，目睹俄国十月革命后的新情景，在归国途中秘密加入中国共产党。不久由中共郑州地下组织介绍去上海，先后担任中国济难会总会翻译兼会计、中共上海中央局翻译、中共临时上海局委员及宣传部长。抗日战争全面爆发后，他在延安任中共中央英文翻译，新华通讯社翻译及社长，并曾任延安外国语学校英文系主任、华北联合大学外语学院院长、北京外国语学院院长等职。中华人民共和国成立后，历任中国人民救济总会监察委员会办公室主任，中国红十字会常务委员，第三届、第四届全国政协委员。

本书收录了1915年他发表在《苏扬学报》上的《学生成功之要素》《中西格言录》两篇文章。时年28岁。

学生成功之要素

求学者，成功之方法；成功者，求学之目的。方法互殊，而其目的则一也。故观学生之达到目的与否，不必观其所入学校之大小，当视其成功之何若。中国兴学已四十年，学生统计已达百余万，而国势岌岌如今日者何欤？以成功之学生居少数耳。是以强国之道，不外乎有成功之国民，爱国志士不可不注意也。化也不敏，敢以管见所及，条举学生成功之要素，供之读者，其亦有土壤细流之助乎？

（一）立志　舟车无方针，不能行远；学生无志向，不能成功。有志者虽难而觉易，虽苦而觉乐，专心致志，循序渐进，必有成功之一日，且志宜高大，不宜卑小，故青年当为救国救人而预备，不当为求名求利而奔走，孔子所谓“谋道不谋食”是也。

（二）坚忍　西哲云：成功之秘诀，在始终不变其目的。至哉言乎！中国学生目睹时局之阽危、外人之侵略，无不顿足攘臂，而思一雪国耻救国患，以尽一分子之义务。迨身处其境，挫折当前，则退志遽萌，热心即冷。自昔旋乾转坤之初志，付之东流，而徒叹国之不可救药，坐待犹太波兰之续。岂知古今中外之豪杰，靡不屡遭失败，几经顿挫而后成功，惟其临难无葸，甘受锻炼，再接再厉，方有绝大之嘉果。孔孟周游列邦而道不行，基督舍己救人而门徒散，当时之失败，可谓已达极点，而不知其将来之巨效，即胚胎于是乎？至若大禹之治水，科仑布之觅地，林肯之释奴，何莫不从坚忍而来乎？

（三）贞洁　学生之失败，大半因陷入试诱。在校之时，有规则范围之，师长勉励之，功课束缚之，虽有试诱，罕有间隙可乘。惟在假期之中，卒业之后，杂处于繁华之场，往来于恶俗之间，其不落于陷阱者，方为英雄本色。诗翁坦内生曰："洁心之人，其能足以御十。"良以贞洁者，为能天君泰然，心无二用，浩然之气蕴于中，激昂之色形于外，处事坦然，遇难不怯，而大事成矣。

（四）谦抑　"满招损，谦受益"，人多知之。然于学界中求一谦让者，不可多得。天资聪明者，课绩优胜者，班次高上者，师傅宠遇者，交游广盛者，境遇宽舒者，皆易生骄傲而不自觉，骄则导之助之者不拒而自去，恶之嫉之者寻隙而欲攻，危孰甚焉。故在校时，学高不骄，待人以和者，出校后办事与人和衷，立功不争盛名、操业不贪巨俸者，人皆敬爱之，则无阻碍，且知其忠诚可恃，而与之重任矣。

（五）牺牲　凡欲成其志者，心以全副精神将之，使达到其最高之目的而后已，他事不暇计也。孔子曰："士志于道，而耻恶衣恶食者，未足与议也。"孟子曰："人有所不为也，而后可以有为。"青年既抱大志，自当捐弃一切嗜好，不辞劳怨，不畏强御而后可。得一宝物，尚必出其重价，何况我学生之欲得成功者，岂可不牺牲其精神、金钱、光阴以得之乎？

以上五者，语极平常，人多道之而鲜行之，然欲为成功之学生者，决不可以缺一。夫佐人实行之能力有三：优美之书籍，一也；忠直之师友，二也；完善之宗教，三也。三者相辅而行，不可偏废，而亦尽人可得，然则我最宝贵之学生，又何惮而不为也？

原载1915年《苏扬学报》

中西格言录

自古英雄豪杰，多有服膺于一二格言，终身奉行，而得建大业福后世者。今化人略取中西格言中之最有价值者，汇录于左（按：当时报纸为竖排，下文见于左方），读者若肯采取一二，悬诸座右，铭诸心版，以为一生之金针，则其获必多，收效必巨，可断言也。

我决志欲成轰动世界之伟人。（郎佛罗之警句）

苟无热诚，则无大事可成。（美国思想家爱茂孙之名言）

不轻小事，而后能成大事。（拿破仑）

华盛顿有五德，一节制，二忍耐，三决断，四克己，五注意。

勉强者，成功之母也。（董克曹）

人生价格之高下，自定之耳。

勿俟机会之来，宜自造之。

切望成功，永勿以为已至。

学问如植物，其根苦，其实甘 。（英谚）

节省光阴，即长生之术。

品行即能力。（青年学生当注意此语）

质朴，英雄之本色也。（马可黎）

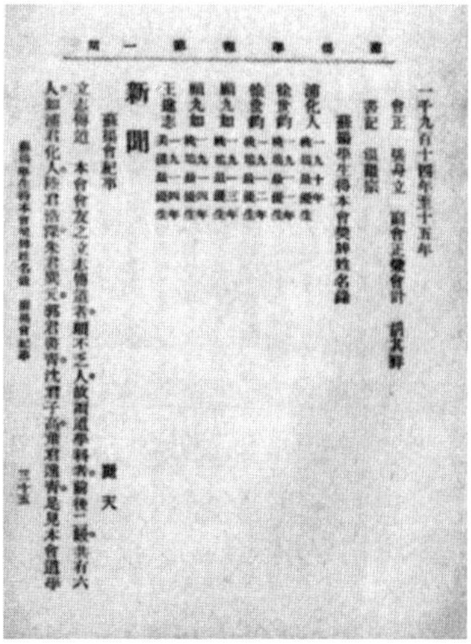
一千九百十四年至十五年

新聞

《苏扬学报》第一期，该刊物由圣约翰大学、桃坞中学等合办

黄金无种子，生于勤俭之家。（英谚）

人生伟大之势力，惟自重与克己及知己三者而已矣。

欲建特别之事业者，必具特别之性格。

贫困者，天与以磨宝石之金刚砂也。（苦学生勉之）

成大事业者，其始必失败，其终必不失败也。一失败而遂止，乃必终于失败。

一滴之泉，永久不息，而坚硬之石，亦为之穿。

爱人者，世人尽爱之。

不能制己者，不能自由。

不制情欲，将为情欲所制。（何连士）

极劳苦之中，含无量之乐趣。（弥尔特）

立身之大道有三：一曰谨慎，机会之来，亟注意也；二曰猛勇，机会既至，尽能力也；三曰忍耐，机会未熟，贵利用也。

身安不如心安，求人不如求己，一动不如一静。

原载1915年《苏扬学报》

张一贯（1901—1978）

江苏苏州人，国学大师钱穆的第二任妻子。1921年考入江苏省立第二女子师范学校，1926年毕业，此后历任慧灵女中小学、城西小学教员，文山初小校长、北街中心小学校长等职。

本书收录了1922年她发表在《江苏省立第二女子师范学校校友会汇刊》上的《与人论文书》一文。

与人论文书

某姊如握。昨接来信，敬悉某君自毕业以后，在家专修国文。若骈文，若律诗，尤为注意。妹闻之，不胜钦佩。然惟此是务，未免太为迂拙。夫文为语言之代表，以能说理叙事描情写景为上。而说理叙事描情写景，尤以真切为主。所谓骈文律诗者，不问事理之切实与否，但求声调之铿锵、辞藻之华美，雕琢太甚，铺张过当，往往词多而意少。若是而研究之，岂不与文之本旨相刺谬乎？鄙意以为学文之目的，在于文笔自然，文体自由，使良好内容能充分表现，不为形式所束缚。其说理圆到，叙事清晰，描情写景无不合宜之文，即形式不美，格调不高，吾人当奉之为模范，学习之，仿效之。否则文字虽工，宜掷弃之，焚毁之，不必加以研究也。今世界进化，岂可以陈腐之文，阻碍文学之进步乎？是故，求思想感情之发达，注重观察与经验，为文学家必有之事。至于文字之结构与描写之方法，亦不可不讲。然必先有良好之内容，而后可以着手。如因形式之束缚，而致精神不能自由发展，若骈文、律诗之类，皆非真正之文学，也不识吾姊以为然乎？

顺颂

近绥

某上

原载1922年《江苏省立第二女子师范学校校友会汇刊》

吴进贤（1903—1998）

字寒秋，安徽歙县人，书法家。5岁开始在方砖上练字，13岁背井离乡到常熟学生意，辗转谋生。1919年考入晏成中学，毕业后任职新民社。1926年考入金陵大学，学习文学诗词，兼修英语、书法。先后师从蒋炳章、李根源，并得故乡贤达陶行知先生指点，擅行楷，尤精隶书。20世纪30年代初，苏州大水成灾，与吴清望、余觉、蒋吟秋合作的正草隶篆四体屏条义卖，群众争购热烈。这四人也被小说家程瞻庐誉为“吴中四杰”。1935年创办进贤小学，次年又创立进贤国学讲习社。1949年后，以教书为生。其作品多次参加国内外大型书画展，并为博物馆、美术馆和园林部门所收藏，其书画风格影响日本及东南亚一带。

本书收录了他1923年至1925年发表在晏成中学校刊上的《暑假归途经武林水灾即景》《从一个塘边得来底故事》《游留园记》《回忆》《愁湖闲话》《愁湖残客诗稿》《医院中之暗杀》《但愿》《红杏·黄莺》《我庐记》《忏情记》《诗七首》《哭故友郑鹧鸪》十三篇诗文。

暑假归途经武林水灾即景

一叶轻帆出大荒，江村烟火尽茫茫。舍南舍北洪波侵，山后山前雨势狂。
天外黑风吹水立，海滨妖孽跨空张。冀灰不杀鳌倾祸，怕看哀鸿逐队行。

原载1923年《苏州晏成中学季刊》

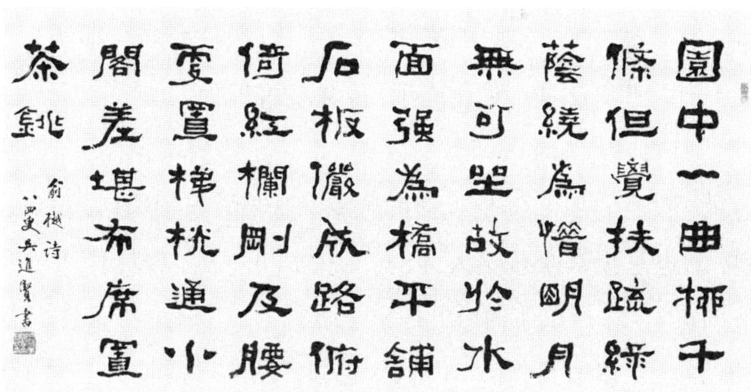

吴进贤的隶书平易中见奇崛，大拙中寓巧思，显得沉着稳健，老练古朴。其书画风格影响日本及东南亚一带。出版有《毛主席诗词选》《千字文》等。生前为中国书法家协会会员、苏州市文联艺术指导委员会委员等

从一个塘边得来底故事

绿悠悠底塘畔，两面夹着许多高山峻岭，一个天晚的时候，淡淡月色映着路上两个行人。他们噜噜苏苏地抢着商量，脸上还露着愁急底状况，说道："怎么样呢，怎么样呢？"眼珠儿一霎，忽然"扑通"一声，从那塘里送进耳朵，原来就是那两个行人，跳了一个下去，一个大喊着道："不得了！不得了！"也就随着跳下去。一霎时，塘里水花儿四溅，等到救了起来，两个人湿淋淋地站在岸旁，像两只水鸭。诸位！你们必定要问，他为什么要寻短见呢？这个恰巧作者知道他们的底细，待我来告诉你们罢：

原来跳塘那个人叫做吴观镛，是一个小资本家，一年到头常在外面做生意的，救他的那一位是观镛的胞弟。观镛做人很明白，虽则自己不是读书出身，却也是很喜欢栽培人才的。他的长儿名叫以煌，作者曾经和他做过一年底同窗学友，所以他的历史是完全晓得的。以煌少年英俊，聪明非凡，对于书画两道，更多心得。十八岁时，就在中学里毕业。他的志愿要想升学，不过观镛没有多大力量，使他的儿子上进。后来得着同族里面的人和自己的弟兄，一齐努力吹嘘，才打通了那条经费的路径。以煌就到上海，考取一个很著名的大学，从预科升到正科，孜孜不倦的，足足吃了四年苦头。次年就要列入正科毕业。不料在考试时间，因用功过度，得了一个毛病，送进医院，后来没有几天，就和这五浊世界永远分别了！

可怜观镛将半世心血，尽放在他的儿子身上，他的希望，无非要教儿子成为千里驹，可以光大他的门楣。并且不但是做爹娘的，有这种希望，就是乡党里面，也都是静听他的好音。而且他还有留学外洋底准备，岂不是大家眼睛里，都要格外盼望，他将来做乡党里一颗明星么？

咳！以煌今年才廿二岁，已经与他们长别了；一切所有的希望，都是和烟云一般的消散了！他学校里代发了一个身故底电报，是他叔父先接着，当时痛惜万分，是不必说。后来大家打算，将观镛叫回家来，再给他那个死信。不料，弟兄两人在半路上，弟弟已经六神无主，透出破绽，酿成这一出惨剧。

咳！可怜呀！可怜呀！哪晓得他们两个人，湿淋漓地回到家里，一吓儿又惊天动地地大哭起来，好像狂风骤雨，霹雳惊天一般，哭个不了。别的人家从那哭声里，还听得出一点，就是儿呀！心肝呀！哥哥呀！这许多凄凉痛切的断肠声，直刺到我们耳鼓里，我们又岂有不替他挥去几行热泪的呢。

皇天呀！皇天呀！你究属有没有良心和恩惠？谁教你老早摧残这辈有用的英才呢？

原载1923年《苏州晏成中学季刊》

游留园记

留园者，刘氏之寒碧庄也，建于前清嘉庆间。泉石之胜，亭榭之美，为三吴冠。余耳其名，非伊朝夕。甲子春，挈伴往游。是时，百花含英，被峭寒勒住，未获呈妍，而寻春者遽至，不免为桃李笑也。园中陈设精雅，花木茂盛，又藏书万卷，琳琅满目，益以清泉瘦石，异兽珍禽，置身其间，似别有洞天，非复尘境矣。余与诸友穿廊过榭，登假山、临清沼、览佳卉、抚古树，赏玩之余，继以感慨。溯自前清嘉庆，迄今百余年，两经尘劫，胜地名区，鞠为茂草，独此园不毁于干戈扰攘之时，殆造物多情，特留之以供吾人游览乎？相与且行且语，瞥见柳暗花明处，红男绿女相率俱来，以点缀园林之胜，然各乐其乐，又安知予心之乐耶？游毕出园返校，援翰记之。

原载1924年《苏州晏成两级中学季刊》

1917年，留园主人盛宣怀孙女等在留园小蓬莱合影。光绪年间，常州人盛康购得刘氏寒碧山庄。经盛康苦心经营，留园被营造成江南著名的园林，尤“以冠云峰为最”。春秋季节，适逢美好时日，园主便会邀约宾客饮宴其中，而前往游览的人们也是摩肩接踵，所谓“掎裳连袂而往游焉”。盛康之后，留园由其长子、清末洋务运动的代表人物之一盛宣怀继承

回　忆

娟娟的月儿实在可爱，我走她也随着我的影儿走。我那时在儿童的时代，不肯相信普天之下只有一轮月亮。我想，江南和江北的月亮或者也是不同一的，我家门前的月光也不是你家门前的月光。

在街头上散步，看见一爿店门口挂着有只邮政箱，我很怀疑地想道，那只箱怎么可以传达信函？同伴的哥哥就对吾说道，因为当中有个仙人的。

子肖鼠、丑肖牛、寅肖虎、卯肖兔，我想若然我今年肖兔，明年要肖龙了，再隔一年要肖蛇了。还有李家老伯伯对吾说道，肖了蛇，又要肖蝎子了。

夜来跑出门外，和一辈孩子游戏，忽而有个哥哥喊道，鬼怪来了，猛虎去了。说时用手指着那绿阴深处的一块黑影。那时我似乎领会得到，即刻旋转身子，奔回家去。这种影像深刻在我的脑筋中。承认那黑暗就是鬼神，就是猛虎，到于今还有些儿不甚了解。

五岁入了私塾，便自然而然觉得先生是神圣不能侵犯的。走来走去，甚至连他的影子都不敢亲近。先生见了我，总是要勉强我向他打恭作揖，还要向板壁上孔圣的神位跪拜。我那时被先生刑罚，我哭丧了脸地念道，隔厢里的孔圣人，做甚不出来替我说说情啊！

晏成中学由美国南浸信会在苏州创办，后与苏州慧灵女中、上海晏摩氏女中等合并成浸会联合中学。1949年后，晏成中学与慧灵女中两校合并，一度称晏成慧灵中学。1953年1月，由苏州市人民政府接办，定名为苏州市第三中学校。图为晏成中学后门

乡邻徐妈妈对吾说，某日出门拾着一个铜币，便不意地把那铜币送给一个叫化子了。后来，拾着一个银元。他以为这是善有善报。我听了，亦很相信。明日，果真跑出游嬉，探出袋子里一个铜币，送给穷人，自己想天上将有一个银元要飞下来。不知道在街上走到黄昏，却也找不到什么，我转失望地觉得有些肉痛。回家哭丧地骂徐妈道，上你的当，化了一个铜币，怎样善无善报的呢？

原载1924年《苏州晏成两级中学季刊》

愁湖闲话

使我之身忽轻如蝉，能栖于蓬，乘长风腾乎空际，与日月星辰为伴侣，以言逍遥，逍遥之至矣。虽然覆杯水于坳堂之上，芥为之舟，使我忽小如蚁，而乘此舟，则亦不知一勺水之小，何尝不逍遥也。颜回箪食瓢饮，人不堪其忧，而回甚逍遥。庄周梦为蝴蝶，不自知其为梦，而周亦逍遥。是故，一切乐境唯心所造，一切悲境亦唯心所造。吾人愿为乐观派，岂必求得天国而居之？以心游，而不以身游，如孙兴宗之赋天台山可也。

原载1924年《苏州晏成两级中学季刊》

愁湖残客诗稿

书怀

半榻清风分外凉，频年心事费思量。冯欢寄食歌三阕，阮籍穷途泪两行。知己无人投辖少，浇愁有酒引杯长。请缨未遂终军志，读罢《离骚》独自伤。

无题

寂静门庭万籁收，残英倦蝶意轻柔。春情旅馆终宵恨，别梦关山万里忧。琴剑未能偿志气，诗书聊可寄优游。少年情绪无人识，谁慰心中万斛愁。

月夜游宝带桥

题桥肯作相如语，鬻带难忘御史名。明月清风不须买，高车驷马亦何荣？夜行舟似在华汉，蓬转身移入化城。弄笛牧童看蟾兔，收缗渔子戏鸡鹊。

祝吴东园先生七十寿诗

高人祝寿集群贤，名士嘉宾赴盛筵。海屋添筹刚七十，蟠桃结实颂三千。大椿不老八千岁，伟业能传一万年。甘拜先生劳纸笔，更随东海宴群仙。

赠甲子级毕业诸同学

一度清光客梦残，故人惜别未曾安。花开花落寻常事，胜景无常心胆寒。

（金君绍儒）

文章今古见行藏，大好男儿气骨强。为卜他年功建日，无双国士姓名扬。

（唐君希贤）

气概雄豪体育家，鸿名吴地有人嘉。中原赖有新人物，雪耻他年自可夸。

（陈君国斌）

交情不论浅和深，离别尝教泪满襟。屈指他年腾达日，再期把臂证同心。

（沈君开成）

二十四桥风月好，先生常去听吹箫。神情自有温柔处，满腹奇才不自骄。

（汤君亦可）

博学多才寄此身，希文慕道老成人。鹏程万里青云志，结绿青萍不染尘。

（吴君继忠）

年少多才自可钦，天涯沦落少知音。会看破浪乘风志，挺秀眉尖一快心。

（毛君乃良）

穷年矻矻耐艰辛，模范青年见此身。谁解别愁愁解别，平生第一素心人。

（李君师吉）

少年英俊读书多，风格端凝意气和。最是虞阳好山水，珊瑚玉树两京柯。

（杨君湘年）

下笔凌云眼界空，数年别绪笑谭中。明知此恨人人有，只愿他年德望崇。

（胡君风章）

从来豪杰本天生，有志勤修毕竟成。不爱春华爱秋实，他年碑碣勒勋名。

（戴君松恩）

荫孙与我漆胶投，侠气豪情孰可俦？三载过从相契合，故人不见使人愁。

（吴君敬祖）

词采缤纷调抑扬，能将妙笔写柔肠。文章本是关天分，谁及君家独擅场。

（柳君支英）

古来才子本风流，意歛高超笔更遒。自是文坛推作手，多君落笔思悠悠。

（王君良峰）

书声嘹亮月黄昏，意气岸然笑语温。人影隔帘窥玉立，琼箫一曲更销魂。

（叶君夏熛）

课余常见抱琴来，调奏思春春不回。羡煞文章有奇气，少年具此不凡才。

（钱君祥云）

一曲骊歌未忍分，落花惜别怅离群。从今古调无人唱，欲听瑶琴何所闻。

（张君长群）

今日送君行，担簦与负笈。他日迎君归，如鹤鸡群立。（周君福源）

送君今日出东门，听唱骊歌欲断魂。话到别离良友憾，交成莫逆古风存。

一生大雅人钦服，半世英名世所尊。努力春云能直上，他年文字好重论。

（陈君退思）

白菊

送酒人来梦不成，东篱月映倍光明。洁身我敬渊明节，留得千秋隐逸名。

篱边舍畔发寒光，远望浑疑地上霜。多少高人诗兴淡，对伊消瘦费思量。

寄竹

人生天地谁非寄，万种深情付竹竿。为爱清阴能蔽俗，借来常作太虚观。

贺年诗

腊鼓凭催岁月迁，贺年人寄贺年笺。题诗愧乏江郎笔，聊托新辞祝进贤。

原载1925年《苏州晏成两级中学季刊》

医院中之暗杀

某医院医士善割症。一日，某甲患肠病前往割治。医士以为手续不难，遂于夜间电灯之下施割。不意，割开外皮之后，电灯忽然熄灭，一时医生及看护均失措。俟得灯燃之，则病人已一命呜呼矣。

原载1925年《苏州晏成两级中学季刊》

但 愿

但愿把我的身体，
化成了一叶扁舟；
泛在那苦海之中，
把那许失意青年，
一个个渡将过来，
同登快活的岸上。

原载1925年《苏州晏成两级中学季刊》

晏成季刊社中文编辑部职员，大名鼎鼎的程金冠就曾是晏成校刊广告部的职员

红杏·黄莺

一枝红杏盈盈笑，
一个黄莺款款飞，
杏花开笑口，
问鸟乃时归。

红杏说完了，
娇羞没所依，
黄莺飞过来，
对伊作细语，
诉出知音稀。

春来三月了，
桃花阵阵香，
红杏消瘦黄莺忘，
可恨这一番番风雨，
把它摧残了，
人独不凄凉，
黄莺站在竹竿头，
相对桃花面，
忆不起当年的红杏了。

原载1925年《苏州晏成两级中学季刊》

我庐记

我庐环绕山水，前植杨柳，文友问余曰："庐何名？"余曰："以我为名。"遂书"我庐"悬于其上。庐内藏书一架，琴一张，窗牖甚多，光线明透。余日处其内，观书、看花、养鱼、种竹，时而舞蹈，时而高歌，狂放自由，以为至乐。有时心怀不畅，情绪恶劣，则抱琴坐于绿杨之下，歌高山流水之曲，赋碧天明月之诗，借此遣怀，无不快意。余每夜深不寐，索尽枯肠，作湖上春痕小说数页，或成新诗一首，始就寝。春之夜，则有花香蒸鼻，杜宇啼声；夏来则蝉噪高林，蟋吟四壁；秋风栽菊；冬夜读书。一年十二度蟾圆，明月娟娟，无不与我庐相对也。吾今生二十年矣，感世局之沧桑，为欢几何，今日之我庐如此，数十年后之我庐为何？言念及此，能不悲乎？是为记。

原载1925年《苏州晏成两级中学季刊》

忏情记

“相见初无一缕情，似此无情，倒也忘情，后来何必又多情。一种风情，万种离情。　别后伊谁更有情，一霎钟情，半世伤情，况为孤客不胜情，便遇多情，何以为情？”

这首小词，名为《一剪梅》，就是《忏情记》的缘起了。光绪十八年，记得西子湖堤，有一段伤情旧话。内中有个姓韩的才子，单名叫作英，生得聪明超人。十岁进了私塾，不久就能作文章。平日欢喜读古今风流才子的作品，过目不忘，十四岁学作诗，一字一义，都风流旖旎，有大家风，所以师长非常地器重他。他们想这个孩子来日一定是个多情人，不是《西厢记》上的张君瑞重生，定是《石头记》上的贾宝玉再世。韩英的父亲本是当地一个富宦，身前至少有几十万银子，一生一世只有这个宁馨儿，自然欢喜溺爱得他不得了。任儿子养成一种骄矜习气，好像要上天就跟他上天，入地就随他入地一般的。

那年韩英不知不觉已经十六岁了。他的塾师已经去世了，他寻常除掉填词作诗以外，欢喜和他的一位表妹到外面逛逛风景。原来他的表妹叫作魏翠芬，自幼丧了父母，无依无靠，寄居在韩家长成的。韩英和他游嬉，起初只因为大家都是天真烂漫，像胞姊妹一般儿要好，后来也渐渐地两避嫌疑起来，韩觉先夫妇俩早已打定主意，原想把这一对孩子配成了夫妻，也算天成佳偶的一桩事。并且他们自幼已经熟识了，将来自然一定完满。岂知道韩英这个孩子说也奇怪，他虽然时常和翠芬在一块儿读书、看花、拍球，始终不肯露出一些贴身的意想。翠芬虽则比他长着两岁，也是那样懵懂，不染世故人情的。但是，照旁观人的目光，这对可人应该情窦初开了。隔了一年，那时是个三月天气，西湖之畔，桃花开得热闹十分，有许多红男绿女，在那里游春玩景，他们的脸上都现出一种兴高采烈的模样。还有那蜂狂蝶舞，花红水绿，引得一辈游人诗兴勃勃，所以吟诗的吟诗，唱歌的唱歌。他们说这真是天堂呀，这真是世外的桃源呀！韩英恰巧那天也独自到那里，他赏鉴了这般光景，觉得天上人间再没有西湖这般灿烂了，所以倚着栏杆吟道：

“绿女红男缘底事，春来结伴漫游，桃花人面半含羞，要从花好处，黏着许多愁。　且向西湖浮舴艋，开怀便抵瀛洲。嫌他春水太温柔，倩丝丝翠荇，随处挽轻舟。”

韩英吟罢以后，忽然觉得有一阵异香，打他鼻子边经过，他回头一看，原是有个明眸皓齿、秀色可餐的女子站在他背后。那时他们俩的目光相触，彼此都有一种不可思议的态度。不多一下，又有一个老妇和一个小孩子，一齐走拢来。韩英不好意思，只得仍旧对着那些落在地上的桃花暗暗出神。还是那个老妇人先开口，问道：“公子，你莫不是独自一个人到此么？这般景致要把人看得痴了。”那个女子接着道：“他又不是看景致，他是在那里吟诗。”这一来，弄得韩英更觉纳罕，没头没脑，他的面孔红了一阵，又白了一阵。隔了多时，方才回答那女子道：“是的，我乃看见这般美景有点儿诗兴勃发起来。女公子所说不差的。”老妇人道：“痴丫头，你去管人家怎么？”说时把两个眼黑都收进去，对他的女儿闪了一闪白眼。那个女子听了害羞了一阵，只见伊慢慢地从衣袋里探出一块丝巾，双手去掩着那副秋波眼，呜呜地哭将起来了。老妇人只当作没有看见，到是韩英着急，他站了起来，走近那个女子，细语说道：“这是我辜负你了，哪个料到，我填了一首词，要害你哭的呢？”韩英一会儿就去和那老妇人周旋。那女子的哭声遂也停止了。他们觉得韩英一定是个非常人，在老妇人的意思，他们是打宁波到此，人地都生疏得很，就是在西湖游玩，也没有个头绪。韩英既是本地人，他又像他女儿一般的天真有趣，乐得邀他一齐嬉嬉走走，所以就打个主意邀他。韩英也首肯了。大家谈谈说说，方知那老妇人姓张，也是个旧家。他女儿闺名兰香。

那一天别的没有甚么，却单是把那一对天真有趣的可人把柔丝缚住了。日落之后，韩英辞别他们，独自回到家里。那时张家住定了客栈，一连几日，韩英都私自到那里陪伴他们游嬉。

一天，他们正在苏小小墓前徘徊来去，张兰香忽地里问韩英道："你怎样对着这个坟墓凝想出神？你真要痴了。"韩英道："这不过是一个女子的坟墓，我不知道一到此要发出一种不可思议的意念，然而你看那上面题满的诗莫非是一辈多情种子做的事？"张兰香接着道："那末一个人欢喜对着这一个香消玉殒的女子吐出心肝，也太不值得了。"说了，又对着韩英作一微笑。韩英走近伊的身边，要想回答一句话，猛不防老妇人亦转过来了，大家仍旧沿着湖岸走，走了多时，他们都觉得非常疲困了。如是跑进一爿茶社，煮熟两壶茶，大家不住地喝了一通。

老妇人道："兰香，你和弟弟到外面去看风景罢。"兰香何等玲珑，见机而动，携住自家的弟弟往外一跑，他想横竖要向前走的，跑出茶社，先和爱弟坐在一株树下等候。

老妇人见女儿去远后，开始谈谈寻常应酬的话。他说，自从丈夫见背，留下一男一女，虽则聪明玲珑，也还有上十万家私，表面上固然好过日子，其实六亲无靠，女嫁男婚还不知仗着哪个亲戚朋友呢，说时泫然欲泪。一会儿又转笑道："韩英，你真是个好孩子。我本想把兰香配给你，无奈天公不顺人意，不替你们撮合呢。不过一桩事是要紧的。我老妇人总想问个明白，就是你的爹娘究属已否替你配亲？"韩英一想，这事不便说明，不如暂时支吾，所以回答他道："想必我的父母还没有替儿子想到这层呢。"老妇人又道："我们在西湖住得好几天了，明天清早要起身，打回家去。你回去尽可将这几天的事说明给大人听。来日省得要生出甚么关系。好在你也极其灵敏，等到我们去后，大可写信和我们通消息便是了。”说了就走出茶社。远望见兰香和孩子坐在桃花树下，不胜欢喜。兰香那时也看见他们，走向前来迎接，一声“母亲”，面上还带着一种娇憨的笑容，粉红的脸和那桃花相映，那副神景古人有两句诗道，“心中多少难言事，尽在低声唤母时”，就是兰香那时的写真了。大家游玩了一会，天色渐渐地黑了。韩英和他们言别，引得兰香母女两人都淌出眼泪来。韩英不得已辞去他们，趁向原路归回家来。

那日夜里，韩英独自凝思，想到天下果真有这般天作之合，来日好事告成，到是一段风流佳话。摊书拥被，对着窗前几朵花影，沉沉地入睡了。隔了一会，那时正值午夜，有一阵角声，忽然又闹得韩英醒转来了。韩英这时好梦初醒，回忆前情，若有所失，不由得吟道：

“花自轻盈月自明，月也多情，花也多情，月将花影护疏棂。物自多情，人自无情。　百唤千呼应一声，却是无情，可是无情。水晶帘外立亭亭，道是无情，还是多情。”

吟罢之后，东方渐白了，鸡也喔喔啼了，韩英就起。他探得兰香母子们一定回宁去了。韩觉先却不知道儿子有此奇遇。韩英也不好意思把来告诉父母知道。韩觉先那时又在预备儿子的婚事，他因为看见儿子已经这许年纪了，早些替他成了家，博得眼前，就可抱孙子，到也属大幸的事。

一天早晨，韩觉先因为儿子小病在床上，走进韩英房内，看见儿子的面上憔悴非常，他原当他是因为连日到外面逛游，过分劳顿的缘故，岂知韩英却是害起心病来了。韩觉先其时心中固然不快，然而却又被欢喜之心战胜。那时他就不问长讯短，对他儿子说道：“英儿呀，爹将要替你打算亲事了。王家伯伯来过，他说五月大吉。我想是好极的。你也这般大了，翠芬这个女儿是何等灵巧，好在你们从小是一块儿长成，大家都晓得大家的心了。”韩英听了顿觉得满身不是了。隔了好一会，他方始回答说道：“爹呀，孩儿年事尚幼，婚姻问题尽可缓议。”韩觉先听得只自不作声。望外一走，恰巧王家伯伯坐在客厅里，韩觉先随口把儿子的意思告诉他知道了，王家伯伯大大不以为然，他说：“现在的青年儿女一定要替他早婚的，否则任他在外面呼吸新空气，效假时髦，将来一定要弄得不尴不尬、非驴非马的，简直可以不问皂白，替他完婚便了。”觉先听了点头称是，遂即择定日子，预备替儿子办喜事了。

却说韩英这个孩子，有一种孤僻的性情，不欢喜争论长短。自从那日小病起身，他想生在这种家庭，用尽百般计划，终究总打不破强迫婚姻的摆布。他一想也罢了。所恨也不是为你别个，只是那日西子湖滨之约要成画饼了。在我固非有意薄幸，然而张兰香这个女子的前途一定被我断送了呢。

却说张宅一家大小回到本乡后，张兰香终日在家枉费思量。他也是个有情种子，本意和韩英订白头之约，一切的微生物都钻不进他的心孔了。他打定主意，以为韩英回去之后，一定能如所愿。不料，此事竟出人意料之外了。

五月十四日，韩公馆门前悬着许多鲜红的灯，上面还有窠斗般的大喜字。原来内中那位韩英少爷行结婚礼。灯烛辉煌之夜，照着一对玉人，在许多宾客的眼光看来，说是什么月圆花好，喜气满庭，但是仔细一看，韩英的脸上却露出一种惨淡的模样和一副憔悴可怜的神情。那夜的事，却不知怎样。且说当时张兰香抱病沉重，忽地里接得韩英一封书信，折开一看，只见满笺淋漓，尽是泪痕，急得他手足失措，魂魄分离。他读罢之后，长叹一声道：“生已足矣，死何足惜？”看官们，可怜韩英洞房花烛之夜，即张兰香香消玉损之时。为情而死，也太不贪生了。张兰香死后，却也遗下一封书信，略谓情场失意，人不甘再活在人世间了。

五月二十日，杭州公报载着一节韩英失踪的新闻，一时传遍全城。韩觉先的一家不必说，自然急得要死，好好地做新郎，哪个料到他要闹出这个岔子出来，所以四面八方托人寻觅。

一年之后，仍然没有着落。后来魏翠芬已经生下一个儿子，他对人说，韩英在家，虽然没有一点痕迹可疑，不过他尝说，无论如何，我是个独养儿子，父母费尽心血养成我，我总不辜负祖宗父母便是了。那时在魏翠芬犹不知不觉，现在却了解他的预言了。

三年之后，张兰香有个表兄名叫胡奠邦，到西湖祭妹，因为张兰香临死时要求葬在那里。那时适值暮春三月，桃花人泪，点点成血。胡奠邦泣不能抑之际，忽有一个年少和尚打他面前走过。那个和尚望前走去，走走又回转望望。胡奠邦最后的哭声就是“兰香归来”，这一来更引得那个和尚不肯走。胡奠邦后来住了，看见那个和尚生得眉清目秀，英俊风流，不似寻常的出家人，因之也对他望望。那个和尚忽然间问道：“兰香乎？莫不是张兰香？”胡奠邦听了，忙道：“是的。大和尚何以知之？”那和尚道：“唉！说来话长呢。你倘要知道，请到小寺去坐着，促膝而谈。可是，伤心往事提起了，又要枉费不少眼泪。”奠邦听了，益发奇怪，遂与和尚同到寺去。原来那和尚不是别人，便是韩英。彼此谈罢，相抱痛哭。当夜，韩英入梦，会见那已死的兰香，醒来又吟成小词一阕，道：“见说三更梦可凭，好梦初醒，正是三更。弱魂自恨太无灵，多少丁宁，总是分明。　颠倒思量起剔灯，无限风情，只盼来生。今生已是等浮萍，人比风清，福比云轻。”

原载1925年《苏州晏成两级中学季刊》

诗七首

题范公任君新作敝帚集（二首）

其一

闲情妙意尽文章，秀出羊城翰墨场。（苏轼赠姜唐佐诗）
积玉碎金皆可诵，生花彩笔岂寻常。

其二

翩翩丰度自芳华，谁作才人解语花。
别有会心尤颖悟，新书一卷向人夸。

湖上春痕记

自题近作长篇哀情小说

昔时曾作武陵游，湖上春痕记旧愁。
石烂海枯情不改，笺残笔秃恨常留。
十年心事千行泪，一卷新书百尺楼。
信口雌黄非得已，任人笑骂不知羞。

题无锡战史（四首）

其一

春秋褒贬笔通神，一卷琳琅万劫尘。
几许沧桑人事里，那堪回首惠泉滨。

其二

当年烽火哭声中，避炮逃枪西复东。
大好锡山遭战祸，最怜男女命途穷。

其三

桃源何处托身安，劫后山河未忍看。
骨肉流离魂亦苦，一回思念一悲酸。

其四

新编战史纪灾情，留得书生万世名。
寄语军人须爱国，地盘何必共纷争。

原载1925年《苏州晏成两级中学季刊》，标题为编者所加

哭故友郑鹧鸪

三年阔别的相思,
到于今还不见你,
本想放假归来,
快活地看看你。

霎时间世界上充满了黑暗,
只可见银幕上的你,
大家默然沉寂的时光,
可还是你活泼泼地。

红日沉了,
明星落了,
恶风吹来,
鹧鸪死了。

可怜的郑鹧鸪呀!
你果然死了么?
你可爱的儿女,
哭得不成声了,
你听得么?

可敬的郑鹧鸪呀!
你果然死的么?
你可爱的朋友,
肝肠断了,
你知道么?

果然你死了,
也罢。

人生本是个泡影，
到于今我虽不见你，
多少年之后要见你了，
我见你——
莫非也要到那九泉之下了。

可怜的郑鹏鸪呀！
我要拭去了我的泪痕，
我想止住我的哭声了，
我要忘掉了你的神情，
我想抛去我的忧伤了，
无奈那——
书卷上的琳璃，
银幕上的肖影，
把我的记忆系住不放了。
可怜的郑鹏鸪呀！
四十五年的烦恼，
留得一堆黄土，
歇浦潮声，
呜咽似哭，
你安慰么？
你瞑目么？

原载1925年《苏州晏成两级中学季刊》

匡亚明（1906—1996）

江苏丹阳人，又名匡世。1924 年就读于江苏省立第一师范学校。1926 年进上海大学中文系，加入中国共产党，旋从事党的秘密工作。1927 年曾以江苏团省委特派员名义领导宜兴秋收起义。后任中共江苏省委徐海蚌特委宣传部长，上海总工会秘书长兼宣传部长。曾四次被捕，受尽酷刑而坚贞不屈。1937 年被营救出狱后历任中共中央社会部政研室副主任，华东局宣传部副部长兼《大众日报》社长、总编辑等职。中华人民共和国成立后，历任华东政治研究院党委书记兼院长、中共华东局宣传部党委副部长、东北人民大学（后更名为吉林大学）常务书记兼校长、南京大学党委书记兼校长。1982 年起为南大名誉校长。1991 年被任命为国家古籍整理出版规划小组组长。晚年主持编写《中国思想家评传》丛书。著有《孔子评传》《求索集》《匡亚明教育文选》《社会之解剖》《血祭》《学习列宁的风格》等。主持《大众日报》时，社论多出其手。

本书收录了他 1926 年发表在《学生文艺丛刊》上的《儒家哲理观——“中”》《孔孟“仁”的哲理之厘定》两篇文章。时年 20 岁。

儒家哲理观——“中”

中国是伟大的文明古国，它的哲学思想，正好似庄严的深山幽谷，多么丰富，多么深邃，决非三言两语所能简括说清。但因一时读书有感，昧然想从丰富深邃的哲理中提出一个“中”的思想来，加以学术性讨论。自知难免很多遗漏失当处，但愿海内外明哲，给以批评指正，藉以引起学术界对此问题作进一步研讨，这就是作者本意所在。

十·二七晚润之附识

中国哲学思想是发源于北方——黄河流域——平原，因在这平原上宜耕宜牧，所以就产生出一种重实际生活的哲学思想。孔子是这样，就是老、庄、杨、墨也是这样，总不外乎国家怎样就可以太平，人民怎样就可以安乐，个人怎样就可以修身，……总而言之，都是较重于实际的社会问题、生活问题。到后来，佛教道教的学说兴起，虽渐渐儿也带了些“出世”的色彩，但终于是极微薄而至多不过占一小部分的势力罢了。所以中国哲学思想的中心，我认为就是重实际生活。

在这重实际生活的思想里，因为受了种种时代和环境的影响，就发生了两个极端的派别：一派是纯粹“为我”的消极主义；一派是纯粹“利他”的过激主义。前者的代表是杨子，后者的代表是墨子。“为我”主义完全从自身着想，除自身以外都不去管，但也不去加害他人。换句话说，就是社会是各个“小我”的集合体。这各个“小我”如能“各人自扫门前雪，不管他家瓦上霜”地把自己顾好，那社会上自然无争战掠夺的祸害了。所以杨子说：

损一毫利天下，不与也；悉天下奉一身，不取也。人人不损一毫，人人不利天下，天下治矣！

“利他”主义，亦即所谓兼爱主义，是从“大我”上着想的，所以墨子口口声声只说：

视人之国，若己之国，……天下兼相爱则治，交相恶则乱。

只要有利于他国他人，则简直可以把“小我”牺牲了。这两派的思想，各执一偏，都太极端了！但都属空想而难于实行，而且“人性不同，犹如面”。这些“为我”“利他”的极端思想，果能实行时，也难保不酿出可怕的危险来，因此一点，就产下直到今日而还存在的“中”的哲理观。“中”就是不高不低、不左不右的意思。照梁漱溟先生的说法，凡事都求其调和得中，便称作“中”。

现在先要弄清何为哲理观，因为不明何为哲理观，决不能进而讨论到“中”的哲理观。要明白何为哲理观，先要知道哲学的定义。历来对于哲学所下的定义，多不一致。我现在姑引胡适之先生在他所著的《中国哲学史大纲》里下的定义看一下。他说：

凡研究人生的切要问题，从根本上着想，要寻一个根本的解决，这种学问叫做哲学。

这是胡适之下的定义，当然还可以有别的定义。如果暂以胡适之之说为例，那么，哲理观就是寻求“人生的切要问题”“根本的解决”的学问和思想。而今所谓“中”的哲理观，又是从中抽出来的一小部分。但不要看轻这一小部分的哲理，它在中国哲学史上确占有重要的位置。

要知道“中”的哲理，实出于两不相容的极端主义的调和的要求。孔子说：“执其两端，用其中于民。”这里的“中”就是：

不偏之为中，……中者，天下之正道。

“中”是没有定体的。尺有所短，寸有所长，随时随地，都有“中”的存在。儒家认为大至治国平天下，小至修身养性，只要能得乎“中”，就无往不利了。所以孔子又说：

道之不行也，我知之矣！知者过之，愚者不及也。道之不明也，我知之矣！贤者过之，不肖者不及也。

他以为道之不行，道之不明，都是受了“有过不及”的干扰。所以愈加提倡这个“中”字去补救那种“有过不及”的流弊。朱熹解“中”字道：

中者，无定体，随时而在，是乃平常之理也。

但要达到这平常之理而无“有过不及”的流弊，确是一件难事。所以免不了孔子有“中庸其至矣乎，民鲜能久矣”的嗟叹。

虽然中庸的道理，实难做到，可是这种思想确根深蒂固地种在我国民的脑子里，直到现在而未消失；也可以说中国的国民性也多少受了这“中”的哲理的影响。我且把它的几个要点分述如下：

一、重“天命”　许多不顺遂的、失败的事情，是免不了的；假使世上事事都是遂意的，事事都是成功的，那是不可能的。事实上，“失败”“逆意”是奋斗的兴奋剂；“遂意”“成功”是苟安的麻醉药。世界的一切光明进化，都是奋斗的结晶。苟安则必然导致安于现状、停滞不前的局面。儒家却常常拿出一个“天命”来安慰人们。说是一切成败苦乐的事情，都是天命的安排。能够顺着天命去做事，就是中庸之道了。孔子说：

君子依乎中庸，遁世不见知而不悔，唯圣者能之！

又如：

君子素其位而行，不愿乎其外。素富贵，行乎富贵；素贫贱，行乎贫贱；素夷狄，行乎夷狄；素患难，行乎患难；……上不怨天，下不尤人。故君子居易以俟命，小人行险以侥幸！

按儒家意，遵守“天命”行事是君子，冒险“侥幸”行事是小人。所以当你贫贱的时候，就照贫贱的地位去做事，勤耕力作，修德养心。虽形式上是劳苦的，然精神上是快乐的，心灵上是高洁的。假使耐不得贫贱，就去偷盗，即使侥幸成功了，结果还是“必不得其死”的。所以“守分安命，顺时听天”，就是中庸之道的一个标准范围，同时也是达到这标准范围的方法。儒家就是这样教人安于自己的地位和处境。到了孟子，他又更进一层地说：

天之将降大任于斯人也，必先苦其心志，劳其筋骨，饿其体肤，空乏其身，行拂乱其所为；所以动心忍性，增益其所不能！

孟子把一些人遇到的艰难困苦，说成是天对他们的考验，要他们不怨天，不尤人。其实，孔孟重天命的缺陷，就在于含糊其辞，不明朗，没有能明确指出，“天命”不是指有一个什么“神灵”在天上指挥自然界和人间社会一切事物的运行，而是指自然界和人间社会自身逐渐形成的运行规律，那就清楚明朗了。当然我们也不应以辞害意，以致把孔孟在这里所讲的既不左、也不右而适中的“天命”和宗教上有人格的上帝之命相混淆。这点当另文说明，就不在此详加论述了。

二、重内心自励　内心是一切动作的动机，单从行为、动作上去考量一个人的“善”“恶”是靠不住的。因为行为不过是内心中表现出来的一部分，还有许多有了动机而没有表现出来的隐藏在内心里。所以要判别一个人的“真善”“真恶”，不是仅就行为上可以做到的功夫，还要从内心上去考察才行。但是“内心”是一个无影无踪的抽象名字，如何能去考量它呢？于是又提出一个所谓在“后天的内心”中，含有“先天的良心”的说法。虽然“内心”能够征服“良心”，同时“良心”也有支配“内心”的可能。《大学》上说：“十目所视，十手所指，其严乎！”这“十目”“十手”，就是指先天的“良心”，就是“良心”去监督“内心”所起的动机。所以欲求得“德参天地”和“配天”的功效，就当力求发挥“良心”的功能，使后天的“内心”渐渐消失，至于无形。因此又提出一个“诚”字来，表出“良心”的“力”与“象”。《中庸》说：

诚者，天之道也；诚之者，人之道也；……从容中道，圣人也！

所以要做一个“人”，就得先尽“人道”。“人道”是什么？也就是“诚”。

怎样做到“诚”呢？孔子求“诚”的方法是：

博学之，审问之，慎思之，明辨之，笃行之。

莫见乎隐，莫显乎微；故君子慎其独也！

《中庸》上有一段讲“诚”的功效道：

唯天下至诚，为能尽其性；能尽其性，则能尽人之性；能尽人之性，则能尽物之性；能尽物之性，则可以赞天地之化育；可以赞天地之化育，则可以与天地参矣！

这都是推诚之道，致力于“中”的方法和大用。切莫把“诚”看得、讲得太神秘难懂了，说到底，就是“内心的自励”的结果。

三、重保守　在这“中”的哲理中，“保守”居很大的势力。拿“进化论”来讲，“保守”是它的仇敌。但是这种“中”的哲理能历久时而不受淘汰的，究竟是什么道理呢？我们且看孔子的说话。他说：

回之为人也，择乎中庸，得一善，则拳拳服膺而弗失之矣。

“弗失之”，就是“保守”的意义。保守什么呢？就是“善”，这“善”怎么得来的？就是从“博学之，审问之，慎思之，明辨之”中得来的。这种保守的态度，换句话说，就是“疑以求之，信以行之”的意思，也就是“假使我认为这件事是可能的，是善的，是对的，是适乎中庸之道的，那么，总要取信实的态度努力去做；千万不要碰到钉子，就轻易失之”。孔子又说：

生乎今之世，反乎古之道。如此者，灾及其身者也。

我们平心静气地想一想：这“古之道”，就是通常说的“天地之道”，古今相通的“天经地义”，并不是狭义的“宜甲不宜乙，宜古不宜今”的道理。就如“仁义礼智信”的五项美德，谁敢说古人是要的，今人是不要的？至多不过在名形上有所改动而精神实质是相通或相似的罢了。所以孔子上面所说的“古之道”，是广义的。若说凡是“古之道”都是好的，都应保守的，岂不是“削足适履”了吗？难道富于理智的孔子连“取舍”的道理都不懂得吗？这都是历代的腐儒拿这“保守”专看作单纯的“保守古道”，“保守”之前的一步取舍的功夫，即“博学之，审问之，慎思之，明辨之”及“温故而知新”等，都被无形地抹煞；以致所研究的老是几卷经书，所做的都是八股一类的东西，专去为孔孟作片面注解，真是很可怜的！有人以为这是孔子“述而不作”一句话的流弊，其实这不应责怪孔子，要怪的应是一些人没有理解他这句话的真实意义。

上面所述的三条——或许不止三条——是“中”的哲理之简要解剖。临了我还要说明，“中”的哲学提倡听天由命，安分守己，放弃抗争，确实是一种消极的保守思想。社会要进步，要变革，就要突破这种思想，就要打破它对人们头脑的束缚。这是应该打破的消极保守的东西。但另一方面，还要看到儒家“中”的哲理在教人如何困苦自励，如何“博学”“审问”“慎思”“明辨”“笃行”等方面，确有其合理的、积极的思想实质所在。在儒家“中”的哲理中，前者应打破、清除，后者应保留、发扬。能如此，就可以在儒家“中”的哲理中找到有益于当今的不少珍贵思想。

原载1925年上海大东书局《学生文艺丛刊》

孔孟"仁"的哲理之厘定

一、导言

在未入本题之前，我先引朱希祖先生《研究孔子文艺思想及其影响》一文中的一段话来作我这篇文章的开场白。他说：

我们现在要创作新文艺创造新思想，非把中国自古以来的文艺思想整理研究，断不能创造的。所以"古"是并非不可研究的。只是要知道有"我"，所重在"作"，虽中国古来学术，何尝不可推陈出新？不知有"我"，不重在"作"，虽西洋最新学术，亦可变作"古"的；知道有"我"，所重在"作"，则中国古代学术，自有"是""非"可弃取的；即西洋最新学术，亦有"是""非"可弃取的；不知有"我"，不重在"作"，则徒然盲从"古"的，以后就要盲从"新"的了。

我为什么要引这一段话呢？就是要说明我们对于"古"的学术思想应取何种态度。许多盲目的青年们，都这般想：我们觉悟了，那种无生气的宽柔以教，不报无道的仁人君子，在这优胜劣败的竞争潮流中，决不再有他们立足的余地！"进取""冒险""奋斗""竞争"是西洋人所以取胜的原因；难道受了孔孟几千年来"礼让不争"的陶冶，致有今日不堪收拾的失败，还不该醒兴而另开辟条新颖猛进之路，去和强权抗衡，而争条生存之路吗？那种萎靡衰颓的劳什子，还存有我们现在一噱的价值吗？诚然，"温良恭俭让"乃是孔孟的根本人生观，而且他们所以能成千古不朽的圣者，就在他们能实践这种人生观。我并非孔孟的信徒来替他们宣传教义；我只是凭我的直觉把在研究中所得的一些体会，如实写出来，以作为我研究孔孟学术思想后的汇报。这点是要预先向读者申明的。

我们且扪心一问：孔孟的学说是否都是废话？孔孟是否是中国目前致败的罪人？即退一步讲，我们即使承认孔孟的学说完全是废话，甚至孔孟诚然是中国的罪人；那么，我们依据科学的精神，也应当研究一下其所以然，考究一下它的“为什么”，是否尚有改良保留的可能。就此一点，则孔孟的学说，终有够我们大大地探求一下，深深地揣摩一番的必要和价值；看看他们何以能负数千年的盛名，做中国式的——东方的——文化之中心。

我所以要拿孔孟并提，而不单说孔或单说孟的原因，是因为孔孟是儒家的心心相承的开山老祖；虽然孟子有很多的地方都是依据孔子，但他自己新发明的也甚不少。我们看他那“尽信书，则不如无书”的求知态度，就可以知道他并不是拿自己的创作性一概抹煞而一味地迷信古人的。其余虽尚有不少有名人物在儒家中很占重要位置的，但至多不过阐发孔孟的经义，没有多大的新见地，或有新见地而不合孔孟的真实主张。所以我单就孔孟二人的学说讨论，而更只就孔孟二人的“仁之哲理”作题讨论，因为“仁”是孔孟哲学的中心思想。

二、“仁”含有两种解法

有许多人见了“仁”字就联带在心境上起了“爱”的观念，仿佛“仁”就是爱人的意思；其实只这单纯的“爱”，又何尝足以尽“仁”的包含？不过这个“仁”向来就有两种解法——或许不止两种——一种是普通狭义的解法，就是上面所说的“爱”，如孟子说的“仁者爱人”和“人能充无欲害人之心，而仁不可胜用也”的“仁”字，都是推己及人的“恕”的道理；而“恕”的中间又含有爱人的意思。《说文》上也是这般讲：“仁，亲也，从人从二。”胡适之先生在所著《中国哲学史大纲》里也说：

《论语》记仲弓问仁，孔子答语有“己所不欲，勿施于人”一句。可见“仁”与“恕”的关系。孔门说仁虽是爱人，却和后来墨家的“兼爱”不相同，墨家的爱是无差等的“爱”，孔门的“爱”是有差等的“爱”；……墨家重在“兼而爱之”的“兼”字，儒家重在“推恩足以保四海”的“推”字。

拿“推”“恕”“爱”等字来解释“仁”，是狭义的解法。至于本篇所要讨论的，乃是广义的，蔡元培先生所谓：仁是“统摄诸德完成人格”的一个无乎不包的美德的“仁”。

三、解释“仁”当用分析的方法

梁漱溟先生在他的《东西文化及其哲学》的讲演录里极力排斥胡适之先生对于“仁”的解释——大致和上面所引的蔡元培先生的见解差不多——太笼统。他说：

胡君的话，我亦无从非议。但是这样笼统空荡荡的说法，虽然表面上我无可非议，然他的价值也只可到无可非议而止；并不能让我们心里明白；我们听了仍旧莫明其妙。这个他自己根本就不明白孔子的道理，所以他就不能说出使我们明白。他若明白时，就晓得这个“仁”是跃然可见，确乎可指的。……《论语》上宰我问三年之丧似太久。孔子对他讲：“食夫稻，衣夫锦，于汝安乎？”他说：“安。”孔子就说：“汝安，则为之。君子之居丧：食旨不甘，闻乐不乐，居处不安，故不为也。汝安则为之！”宰我出去，孔子就叹息道：“予之不仁也！”这个“仁”，就完全要在那“安”字上求之。宰我他于这桩事心安，孔子就说他不仁，那么“不安”就是“仁”喽。（第四章）

胡先生的论调固然太笼统空泛，我们也毋庸为他辩护，但自认明白孔子的道理而认为“仁”是跃然可见、确乎可指的梁先生，当然能把这个“仁”具体地说了出来，叫我们一看就明白了。哪知道“画虎不成反为犬”，他说的倒叫我们更深入一层疑团了。“仁”是多么伟大！分析起来，又多么复杂！我前面已经说过的，“恕”是“仁”的原素之一，但假使现在有一个某甲果能做到“恕”的境地了，那么我们至多只能笼统地说一句，“某甲仁了”；决不能像做算学那种移项的法子来说“可见恕是仁”罢？诚然如梁先生所说：“宰我他于这桩事心安，孔子就说他不仁。那么不安就是仁喽。”那么我们也可以说，“人是两足，两足的都是人”吗？子贡问孔子道：

如有博施于民而能济众，何如？可谓仁乎？

孔子毅然对他说：

何事于仁？必也圣乎！尧、舜其犹病诸！

这么个“魁乎其伟卓乎其伟”的“仁”，是梁先生轻轻地拉出一个“安”字，找出一些偏面的证据来所能表明的吗？若找出一点就想拿来解释，来代表全个；任你说得多么具体，解得多么明晰，也不能叫人相信！至多也不过使盲目者增一筹谬误的见解罢了。

所以“仁”确乎是一个抽象的混合体的总名。要想拿一句很简单的言语来表明它而不致流于抽象空荡，诚然是不可能的。犹如一个细胞（Cell），是合细胞核（Nucleus）、细胞质（Cytoplasm）、细胞膜（Cellwall）三个原生质而成的。而这三个原生质中，又分更细微的许多分子。这是多少学过生物学的人都可知道的。我们要明白这全个细胞的构造和作用，就得用解剖的手段，很精密地把它分析一下；同时我们要完全明了这“其大无外”的无形无色、无臭无声的“仁”，虽然不能抄解剖学的文章，把它切成小片装入显微镜内，但又何尝不能运用我们的理智，去探索孔孟对于“仁”所抱的根本观念和考察他们对于“仁”所下的论据而加以意象的分析呢？所以作者用解剖分析的手段去解释孔孟的“仁之哲理”，与诸家“混而言之”的解法略有不同。

四、分析前的几点说明

在没有进入分析之前，先须把古书里常有的“字异意同”，或“字同意异”的字句弄明，才可避免混淆。例如：

（一）与“仁”有相通意的。孟子说：“仁也者，人也。合而言之，道也。”我们细玩这里的“道”字与“仁”可不是有共通的意味吗？朱熹注“仁者心之德”。而蔡沈的《尚书序》里也说：

曰德，曰仁，曰敬，曰诚，言虽殊而理则一，无非所以明此心之妙也。

又说：

言天，则严其心之所自出；言民，则谨其心之所由施；礼乐教化，心之发也；典章文物，心之著也；家齐国治而天下平，心之推也；心之德，其盛矣乎！

可见“心之德”“心之妙”，都可以作“仁”的解释。又如孟子说：

仁者如射。

孔子说：

射有似乎君子。

由此可见，“仁人”“君子”都是处同样的地位，所以梁漱溟先生拿“中”和“仁”看作同一的东西，也有道理。（参看《东西文化及其哲学》第四章）

（二）仁是人人具有的先天品格。“仁”的于人，和“细胞”的于人是同样的。谁不是“细胞”的组合？谁没有“仁”的先天？不过“细胞”是有形的；“细胞”完全死了人就不能活；“仁”是无形的，丧灭了“仁”，有形的人体仍能存在。如果单就有形的“细胞”上用工夫，只求身体怎样就可以肥胖、强壮，这固然也有道理，但把这无形的“仁”抹煞了，当然不对。“仁”是人人具有的先天品格，这句话怎么说呢？孔子说：

仁远乎哉？我欲仁，斯仁至矣。

有能一日用其力于仁矣乎？我未见力不足者！

性相近也，习相远也。

孟子说：

人皆有所不忍，达之于其所忍，仁也。

恻隐之心，人皆有之。羞恶之心，人皆有之。恭敬之心，人皆有之。是非之心，人皆有之。恻隐之心，仁也。羞恶之心，义也。恭敬之心，礼也。是非之心，智也。

都是说明“仁”是人人所共有而勉励人不要忽略的话。再如《尚书》说的：

顾諟天之明命（《太甲》篇）

克终允德（《太甲》篇）

克明德（《康诰》篇）

克明峻德（《尧典》篇）

这里所说的“明命”“允德”“明德”“峻德”，儒家认为都是人人所固有的；所以只要自己去“克”，自己去“顾”，自己去“明”，就可以做到。这都是鼓励人要有“自我觉悟”的意思。

到了孟子，便大声疾呼地说：“彼丈夫也，我丈夫也，吾何畏彼哉？”可以说纯是倡导“自我”，人人都是“丈夫”的平等地位了。他目击当时势位的不平等，所以又提出“天爵”“人爵”的观点来，消灭那种不平等的阶级区分，愈加显出“自我”的贵重。可惜未能再进一步使这种“自我平等”思想具体地实现。这是中国的不幸！我不知道现在往往说“古人轻自我”的学者，听了此语，作何感想！

五、“仁”的分析

要解释“仁”，首先要从分析着手，分析对象主要指广义的“仁”，不是狭义的“仁”，上面已经说过。要知以孔孟为代表的儒家的“仁”，乃是中国封建社会的产物，它反映了封建社会需要稳定的要求，而事实上它对中国封建社会延续了长达数千年之久，也确实起了很大作用。其中有些东西，即使社会发展了，也变革了，却至今乃至今后仍有参考价值。现将“仁”的主要原素之分析，略述于下：

（一）亲亲　父母兄弟姊妹以及亲族，是与自己关系最密切的人。不到几个月的孩提，就知道爱他们的父母兄弟姊妹；不到几岁就知道爱最亲近的亲戚；对于其他毫不相干的旁人，总觉得淡薄一些。这原是人情之常，势所必然。儒家就根据这种人情之常提出一个“己所不欲，勿施于人”的“恕”字来；教人都应以自己对待父母兄弟姊妹以及亲戚那样，去对待其他人。孟子说的“老吾老，以及人之老；幼吾幼，以及人之幼”和孔子说的“亲亲之杀”之类的，都是顺着这种人情之常讲话的。至于墨家，便不然了。他反对这种从“亲亲”出发的有私的人情，而另提倡无私的公的人情，所谓“视人之国，若己之国；视人之父，若己之父”的不分“人”“我”“彼”“此”的“兼而爱之”，不容带有丝毫“私我”的色彩。这种思想虽更高尚，在逻辑上也有理，在人情上总是一时难于被人接受。母子的慈爱、夫妻的恩情，谁能对一切人都是这样呢？所以引起孔孟的极端反对。

每个人入世后第一个接触到、感受到的就是“亲亲”的关系。因此“仁”与“亲亲”也就不得不发生重要的关系了。孟子说：

亲亲，仁也。

未有仁而远其亲者也。

这类话在《论语》《孟子》里随处可以找到。他们在“亲亲”里头又提出两个条件来，就是“孝”“悌”两个字。有了“孝”“悌”两个条件，愈加把个“亲亲”显得重要和具体了，但是他们所主张的“孝”“悌”，原是相对的；所谓父慈，子孝，兄爱，弟敬的便是。反之，要是做父亲的不慈，做阿兄的不爱，就发生不起“孝”“悌”了。可是到了后来，就也渐渐地“反本归末”地有了流弊。如孔子的高徒曾子之流，他们便专在“孝”“悌”上讲究了。说什么毛发是受之父母，不敢毁坏一点；换句话说，他们是要拿一个“孝”字来笼罩一切的伦理道德，教人怎样做一个儿子，屈服在家庭父兄统驭之下。什么叫“我”？“我”是没有，不过是父母的遗骸罢了！孔子教人怎样做“人”的“人生哲学”，至此便一变而为教人怎样做“儿子”的“人生哲学”了。后来孟子虽然极力矫正这种流弊，重新提倡相对的不是单纯的“孝”，毅然推重舜之不告而娶、匡章的脱离家庭，并不害于“孝”。因为他们的父母都不“慈”。假使他们百般地听从，那么舜只好终身不娶，匡章只好死了；这种愚孝，究竟有什么道理呢？但终于拔不掉那根深蒂固的、深刻在民众心灵上的愚孝的观念。

“孝”“悌”原不过“亲亲”中的一个条件的名称，表示父子兄弟间的一个很适合的态度。虽然这种态度不能不随着时代潮流而有些“大同小异”的变更，但是做父母的止于“慈”，做子女的止于“孝”，做哥姊的止于“爱”，做弟妹的止于“敬”，这种相对的和谐的精神总是少不了的。我们不能否认人的一切情感都由父母兄弟间开其源；同时也就不能否认“孝”“悌”有存在的必要！——当然不是那种愚孝——但与其说“孝”“悌”，又不如说“亲亲”。因为“孝”“悌”是对家庭而言；“亲亲”却不为家庭所限止。孔孟心目中的“仁”的第一个原素，是“情感”和“直觉”。“亲亲”就是这种“情感”和“直觉”的源流。所以“仁”的第一个原素就是“亲亲”。

（二）忠恕　根据上面所说的，我们就应提出，怎样去运用那种“情感”和“直觉”呢？“忠”“恕”两字就是这个问题的简括答案。这两个字的含义，胡适之先生曾作过如下解释：

《周语》说：“考中度衷为忠。”又说：“中能应外，忠也。”“中能应外”为“忠”，与《三朝记》的“中以应实，曰知恕”同意。可见“忠”“恕”两字的意义本相近，不易分别。

《中国哲学史大纲》因为“忠”“恕”的意义难于分别，所以放在一起讲。但同时又不能不认为多少总有些分别。《论语》记子张问仁道：

令尹子文三仕为令尹，无喜色；三已之，无愠色。旧令尹之政，必以告新令尹，何如？

孔子只说：“忠矣。”子张又问道：“仁矣乎？”孔子说：“未知。焉得仁？”这里的“忠”，是事理的“当然”；就是章太炎先生所说：“周以察物，举其徵符，而辨其骨理者，忠之事也”的“忠”。令尹子文这样中肯的态度，而孔子只许他一个“忠”，更可以作“仁”是无乎不包的美德之反证。再来看“恕”字的解释：子贡问孔子道：“有一言而可以终身行之者乎？”孔子对他说：“其恕乎！——己所不欲，勿施于人。”可见“恕”是“为他人设想”的意思；也就是章太炎先生说的“闻一以知十，举一隅而以三隅反者，恕之事也”的“恕”。总上所说，我以为“忠”“恕”的根本区别，就在一是客观的（忠），一是主观的（恕）。

因为孔孟对于一切事理总喜欢持主观的态度——也许是重直觉的缘

故——所以讲“恕”的地方更多于讲“忠”。有时把“忠恕”连用，而下面所讲的意思，仍是偏于“恕”的一方面。如《中庸》上说：

忠恕，违道不远。施诸己而不愿，亦勿施于人。

这不是个好证吗？再如《大学》上所说的“絜矩之道”：

所恶于上，毋以使下；所恶于下，毋以事上；所恶于前，毋以先后；所恶于后，毋以从前；所恶于右，毋以交于左；所恶于左，毋以交于右。此之谓絜矩之道。

孟子说“老吾老，以及人之老；幼吾幼，以及人之幼……古之人所以大过人者，无他焉，善推其所为而已矣”这一类话，更单说“恕”的道理了。

总而言之，“忠”“恕”的道理，都要拿“情感”和“直觉”去使行它。显明些说：就是要推广“亲亲”的道理。所以“仁”的第二个原素，就是“忠”“恕”。

（三）诚　孔孟极力提倡“诚”字，就可以知道他们都是主张“性善说”的。怎么说呢？因为“诚”的意义，是求充分地发挥其“本性”。假使“本性”是“恶”的，岂不是叫我们努力地启发这种“恶性”，而去使那奸诈万恶的手段，作那贼仁贼义的行为了吗？但是怎样就可以启发无遗地恢复其“本性”，而使它配合而成“仁”的各原素之一呢？这是孔孟亟于要解决的，也是我们所亟于要研究的问题。《中庸》上说：

诚者，不勉而中，不思而得，从容中道，圣人也。诚之者，择善而固执之者也。

这里的“择善而固执之”一句，就是孔子教一般人“入诚”的方法。像孔子心目中那样“不勉而中，不思而得，从容中道”的圣人，事实上是少见的，大多数人是“诚之者”，我们所当特别注意的，就是那后面的“择善而固执之”的“诚之者”。孔孟承认“智”“愚”是必然有的差别；但无论“智者”“愚者”，只要能尽心去求，总是可以达到“诚”的地步；只要能真正达到“诚”的地步，就不必再计较他怎样达到的手段。所以孔子说：

或生而知之，或学而知之，或困而知之，及其知之，一也。或安而行之，或利而行之，或勉强而行之，及其成功，一也。

又说：

自诚明，谓之性。自明诚，谓之教。诚则明矣，明则诚矣。

不论他如何“知得”，如何“行得”，只要他能“知得”“行得”，总是一样的；不论他“自诚明”“自明诚”，只要能“明”，能“诚”，总是一样的。

大凡人起邪念作恶事，总在人不见处。所以“入诚”的方法能教你，而你是否照这个方法做去，就没有人能完全监督你了。因此非要下切实的内心修炼工夫不可。这种修炼，并不是修道炼丹的修炼，而是反省克己的修炼。《中庸》上说：

君子戒慎乎其所不睹，恐惧乎其所不闻。莫见乎隐，莫显乎微，故君子慎其独也。

《大学》上说：

小人闲居为不善，无所不至。见君子，而后厌然掩其不善，而著其善。人之视己，如见其肺肝然，则何益矣！此之谓诚于中，形于外；故君子必慎其独也。

又说：

所谓修身在正其心者：心有所忿懥，则不得其正；有所恐惧，则不得其正；有所好乐，则不得其正；有所忧患，则不得其正。

这“慎独”“正心”，都是内心的修炼工夫，全靠自己去做，决不是第二者所能督察得的。孟子所主张的“五教”——有如时雨之化者、有成德者、有达才者、有答问者、有私淑艾者——也都不过是尽指导的责任；决不能像宋人般的助苗长啦！

以上是讲“入诚”的方法。我们再来看看“诚”的功效。《中庸》上说：

唯天下至诚，为能尽其性；能尽其性，则能尽人之性；能尽人之性，则能尽物之性；能尽物之性，则可以赞天地之化育；可以赞天地之化育，则可以与天地参矣。

又说：

诚者，物之终始。不诚无物，是故君子诚之为贵。

故至诚无息，不息则久，久而征，征则悠远，悠远则博厚，博厚则高明。

孟子说：

至诚而不动者，未之有也；不诚，未有能动者也。

都可以见出“诚”的功效，多么伟大啊！

不过孟子讲“诚”的地方很少，而讲“尽心”的时候却很多。大约他所讲的“尽心”就是“求诚”的道理。如：“尽其心者，知其性也；知其性，则知天矣。”与《中庸》说的：“唯天下至诚，为能尽其性……”的一段话，不明明互相契合吗？不过易其名罢了。有许多人脑子里以为“诚”就是说老实话，但我们当知道“诚”决不止说老实话而已啊！

孔孟教人只是要披露“本性”，不要为“物欲”所蒙蔽。所以“仁”的第三个原素，不能不数到“诚”了。

（四）礼义　“礼”“义”好似一个模型，是一个支配一切“欲”——情感、直觉当然也在内——的模型；要一切都合得上这个模型，方始算得一个完全的人——圣人。梁漱溟先生以为儒家的“礼”，和法家的“法”有同样的作用。不过法家的“法”，只能用于已做之后，或至多恐吓人不敢那样做；而儒家的“礼”，则能更进一层教人不欢喜那样做。所以“礼”比“法”高一着。孔子也曾将“法”与“礼”比较过。他说：

道之以政，齐之以刑，民免而无耻；道之以德，齐之以礼，有耻且格。

结果，“礼治”比“法治”要高一着。“义”呢，也是和“礼”同样的作用。不过“礼”是可以看得见的，“义”是看不见的，仿佛有“表里”的关系。陈顾远先生在他的《孟子政治哲学》里说：

到了孟子，便因为时势的关系，他便在孔子讲“仁”以外， 添个“义”字，作为行“仁”的工具。

“义”固然是行“仁”的工具，是“仁”的原素，这是对的。但孔子又何尝不注重“义”，何尝是孟子添的呢？不过孟子把“义”比“礼”看得郑重些。所以一部《孟子》里有很多的部分是讲“义”的。而孔子则把“礼”看得很重，所以往往碰到孔子讲“礼”，在效率上讲起来都是一样。

大概孔孟对于“义”的观念和我们现在所说的“真理”的观念相同。现在人常常说：“我们应当为‘真理 ’而牺牲！我们当求‘真理’！ 我们当向‘真理’走！”和他们所说的“义，人之正路也”“见义不为，是无勇也”不是同样的命意吗？所相异的，就是我们现在所说的“真理”是客观的，孔孟的“义”是主观的。告子说：“义，外也；非内也。”孟子便急忙和他辩论了——辩得很有趣，我现在将原文录下，以飨阅者。

告子曰：“义，外也；非内也。”

孟子曰：“何以谓仁内义外也？”

告子曰：“彼长而我长之，非有长于我也；犹彼白而我白之，从其白于外也。故谓之外也。”

曰：“异于白马之白也，无以异于白人之白也。不识长马之长也，无以异于长人之长欤？且谓长者，义乎？长之者，义乎？”

曰：“……长楚人之长，亦长吾之长，是以长为悦者也，故谓之外也。”

曰：“耆秦人之炙，无以异于耆吾炙。夫物，则亦有然者也，然则耆炙亦有外欤？”

这一场话，终于把告子驳倒。孟子以为“义”是从自己心坎里发出，决不可以丝毫假借的。

“礼”呢，则纯是外面的仪式。但这种仪式，必根据于“义”。孟子说：

义，路也；礼，门也；惟君子能由是路，出入是门也。

孔子说：

礼云礼云，玉帛云乎哉！

可见“礼”虽是一种仪式，而根本的命意不在仪式而已。孔子说：

恭而无礼则劳；慎而无礼而葸；勇而无礼则乱；直而无礼则绞。

君子义以为质，礼以行之。

孟子说：

言非礼义，谓之自暴也。

非礼，无行也。

这数语，把“礼”“义”的关系，说得很明白；在这里，“礼”“义”的用处，显得更重要了。吾人立身处世，若不把“礼”“义”作根据，就免不了“劳”“葸”“乱”“绞”和“自暴”等弊病。所以“礼”“义”是“仁”的第四个原素。

（五）乐　这是“仁”的最后一个原素了。孔子说，“兴于诗，立于礼，成于乐”，可见做到“乐”的地步，就达到完成的目的了。但“乐”究竟是一回什么事？为什么孟子听见齐宣王好“乐”便欢喜道：“王之好乐甚，则齐其庶几乎？”我以为“乐”是情感和谐的表现；同时是启发情感的工具。孔孟强调情感，所以把它和“礼”看得一样重。我们且看《乐记》——虽然许多部分是伪造，但描写这个“乐”很能尽致——上的话：

夫民有血气心知之性，而无哀乐喜怒之常。应感起物而动，然后心术形焉。是故志微、噍杀之音作，而民思忧；啴谐、慢易、繁文、简节之音作，而民康乐；粗厉、猛起、奋末、广贲之音作，而民刚毅；廉直、劲正、庄诚之音作，而民肃敬。……是故先王本之情性，稽之度数，制之礼义。合生气之和，道五常之行，使之阳而不散，阴而不密，刚气不怒，柔气不慑，四畅交于中，而发作于外，皆安其位而不相夺也。

又说：

乐行而伦清，耳目聪明，血气和平，移风易俗，天下皆宁。

不容多引了。读者在这几段里发生什么情操？举个实例来说：当我们听了很纯熟和谐的音乐——不论琵琶、玉琴、胡琴、风琴……都可——时，是否感受到一种不可分析的情绪？带有偌大的神秘作用的“乐”，所以能成其为“仁”的一个重要原素啊！

上面所述的五个原素，我们只好当它五个大纲看待，尚有许多的大小分子即德目包括在内，暂不作详说，以后有机会再讨论。要理解这个“仁”，就必得首先提到上述五原素而剖析之，不然，便是不完整的。读了孔子所说的“何事于仁？必也圣乎！尧舜其犹病诸”的话便可看到，在二千多年前的封建时代，孔子即以何等高尚的热情为他所怀抱的实现“仁”的理想，艰苦奋斗了一辈子。虽然因为社会条件的限制，他不可能再前进一步，但即以仁的现有形态而言，其中仍不乏我们现代应予借鉴、参考和研究学习的东西。

六 、两个重要的余论

好在本题所最要紧的就是厘定“什么是仁”——即“仁”的性质，讲到应用方面，“仁”的范围既然那么大，则应用方面当然也很广了，姑俟他篇再作详论。下面两个余论，只好当作这篇文章的补钉看。

（一）“利”与孟子。胡适之先生说：“孟子论政治，不用孔子的‘正’字，却用墨子的‘利’字。但他又不肯公然用‘利’字，故用‘仁政’两字来代。……这是孟子政治学说的中心。”我想这未免太冤屈孟子了。“利”固也很重要，但行了“仁政”，自然有“利”。若说行“仁政”便有“利”，而说孟子是把“利”隐去而用“仁政”来代，那么孔子的“正”行了后又何尝没有“利”？为什么不说孔子也是把“利”字隐去代以“正”呢？

这未免胡先生的臆意过深了。老子说：

是以圣人后其身，而身先；外其身，而身存；非以其无私耶，故能成其私？

孔子也说：

大德必得其位，必得其禄，必得其名。

所以“圣人”“大德”，虽然不以“利”作计较，而“利”自然会有的。可是他们的“作为”，并不是为“利”，乃是为的“义”——真理。君子小人的区别，就在他们“作为”的动机上。若为“利”而去做，以至见“利”忘“义”，便是小人。为真理——义——而持“行其义不谋其利”的态度去做，便是君子。所谓“君子喻于义，小人喻于利”，就是这个道理。孟子是儒家的高卓，他当然知道正心修身的道理。假使他自己便存心为“利”，所说的“仁政”的动机是“利”，不是“义”，那么，他不是变了儒家的败类、孔门的仇人了吗？胡先生的论断未免太失之检点了。

（二）孔子的好古观。有人拿“述而不作，信而好古”来反驳孔子，说他放弃创作的天性，只是好古，因袭主张。持这种批评的人很多，他们都自认为“自我的发见者”，一切事情都要拿“自我”作中心，藐视一切的古人。这种精神固是不差。但我相信短时期的“自我”，和已往的、纵的“亘古”相比，真好似驹光过隙；一个“自我”的精神思想，和古来千万个英杰圣贤的精神思想相比，真好似沧海一粟的精神思想，不问路径，不靠凭藉，而任“自我”去发展，恐怕反不能跳出古人的精神思想的圈套呢！因为社会的进化、文明的兴盛，都是连续性的、逐渐的，即使外表上看去是突然变革，也是由来已久的结果，决不是一人或少数人之力所能突然造成。假使福尔顿（Fulton）不借助他的前辈瓦特（Watt）的水蒸汽——汽机——的力，怎能创出火轮船来？所以无论什么伟人，都要拿已故的学说和成绩作一切改进的张本。若把古的一概抹煞，一切都要自己所创作的，那么最好是从“茹毛饮血”的生活起。试问于事实上可能吗？章太炎先生说：

旧章诚不可与永守，政不骤革，斟酌向今，未有不借资于史。

这个“史”不是古的一切之结晶吗？“述而不作，信而好古”，固未免过分一些，但这句话是否就可以代表孔子的全副态度？还是一个疑问。为什么呢？因为他既是放弃“自我”和“创作”的好古家、因袭家，那么他只要一味“述”好了，更何用“笔则笔，削则削”地参加那历史取材的制裁？更何用“博学之，审问之，慎思之，明辨之，笃行之”和“温故而知新”的求知精神？所以孔子的“好古”，实在是“推陈出新”的意思。读者千万不要弄差！

最后特引胡叔异先生一段语词恳切、寓意深长的话于下，权作本文小结。胡先生说：东方文化，在世界上已公认它有存在的保留的价值，但是要追究谁可以代表东方的文化，当然舍我其谁，惟有我们中国当之无愧。自从西学东渐后，一般醉心西洋物质文明的人士，趋向功利主义，注重效力观念，而把中国一切固有美德，像“砥砺气节”“坚苦自立”“安贫乐道”“克勤克俭”等，完全抛弃在一边。至于讲到学术一层，也只有天天羡慕西洋的各种发明，哪有时间来研究中国固有文学艺术及一切古代的科学发明？总之，凡事出之于外人之手，什么东西都是好的；出之于本国人自己之手，什么事都是不好的。

对此，我只作下列补充，即凡事出于本国人自己之手，好的必须保存发扬，不好的必须排除抛弃；凡事出于外人之手，好的必须吸取学习，坏的必须抵制弃去，这才是复兴中华、繁荣文化的康庄大道。

东方文化的主人翁啊！

你们忍抛弃所有的优秀文化祖产吗？

原载1926年上海大东书局《学生文艺丛刊》

费青（1906—1957）

费青的兄弟姊妹均有成就。该图为费母与其子女合照。费母怀中抱着的是费孝通，余从左至右为费振东、费青、费达生、费霍

苏州吴江人，著名法学家。在大革命时期，他是苏州各校学生联合会的活跃分子，请恽代英、萧楚女等同志到学校演讲，创办平成工人夜校，并帮助纱厂工人罢工。1926 年暑假，他被选为江苏学生代表，去广州出席第八次全国学生代表大会。回到苏州后，受到孙传芳通缉。1929 年毕业于东吴大学法学院，旋至上海暨南大学任教，并开办律师业务。1935 年考取清华大学公费留学资格，赴德国柏林大学研究院攻读法律哲学。后历任云南大学、昆明西南联合大学教授，东吴大学法律系主任。与吴晗、袁翰青等教授创办《中建》月刊，自任主编。因该刊鼓吹民主，被当局查封。1949 年后，才得以复刊，改名为《新建设》。中华人民共和国成立后，历任最高人民法院委员、政务院法制委员会委员、中央政法学院副教务长、第二届全国政协委员。

本书收录了他 1929 年发表在《东吴年刊》上的《苏城园林一字评》《法律学院苏州本校同学会》两篇文章。时年 23 岁。

苏城园林一字评

予嗜山水，春秋佳日，知好三五，裹糇出游，登陟险峻，揽窥幽奥，所不辞焉。寓吴十载，于天平、灵岩、邓尉、穹窿诸胜，屐痕殆遍，而城中公私园林，距离尺咫，游览尤数。爰就臆见所及，著一字评之。得当与否，惟同好者有以教之也。

公园	新	留园	华	狮子林	富	西园	清
鹤园	静	怡园	美	拙政园	畅	蘧园	幽
沧浪亭	古	惠荫园	曲	半园	小	遂园	破

原载1929年《东吴年刊》

法律学院苏州本校

同学会成员合影

法律学院苏州本校同学会

我忽忆起在我三年前到法科的第二天朝上，被呜呜的汽笛吹断了一夜苏州的好梦，张眼看，原来自己已是上海的人了！从那天起，我真的感到在苏州过的日子，好似甜蜜的梦境一般。

我是这样地回忆着苏州的古城碧野，苏州来法科的同学也个个都是这样地回忆着，所以在灯前饭后，总可听得我们在似赞美非赞美，似怨恨非怨恨地谈说着苏州。

"……天赐庄后面方塔顶上的猫头鹰窠，现在不知怎样了……"

"……那天刚从后门溜了出来，正在百步街桥头吃馄饨，会得碰到徐大块头，回校去吃了一顿加料大菜……"

"……他在苏州的绰号叫'五车博士'，现在怎样我们倒忘了，真是便宜了他……"

"苏州"二字把我们的心牵了拢来，至少在回忆中给我们以一种说不出的相同的感觉。不知哪一天晚上，一个同学忽然说："我们何不就在这'苏州'二字的基础上，造起一座建筑物来呢？"本来，有了基础的建筑物是不经造的。不到几天，我们这座美丽的"苏州本校同学会"就成功了。

适值我们整个的东吴大学，要出年刊，年刊里一定有许多苏州景物的像片，我们也就摄了这张小影插入。这样一来，岂不是我们就永远地置身在苏州了么？

原载1929年《东吴年刊》

戴松恩（1907—1987）

江苏常熟人，著名作物遗传育种学家，中科院院士。1924 年就读于晏成中学。1931 年毕业于金陵大学农学院农艺系。1933 年赴美留学，1936 年获康奈尔大学博士学位，并被选为美国西格玛－克赛学会荣誉会员。1937 年回国后，历任中央农业实验所麦作系主任、北平农事试验场场长等职。中华人民共和国成立后，历任华北农业科学研究所副所长、中国农业科学院副秘书长和研究生院副院长。1955 年 6 月被聘为中国科学院学部委员（生物学地学部，后为生物学部）。他从 20 世纪 30 年代起即从事作物遗传育种研究，并长期从事农业科学技术领导工作，先后对小麦抗赤霉病、油菜自交的影响和烤烟选育推广开展了研究，并对中国开展小麦非整倍体的研究工作提出了有价值的见解。撰有《中俄美小麦品种杂交的遗传研究》《美国杂交玉米在我国的利用问题》《中国油菜自交影响研究》《关于迅速制定“种子法”的建议》和《为什么研究小麦非整倍体》等 90 余篇论文，主编《中国大百科全书·农业卷》“农艺学科”。

本书收录了 1924 年他发表在《苏州晏成两级中学季刊》上的《校乘》一文。时年 17 岁。

校乘

强迫运动 本校自今春开学以来，体育主任冯家声先生实行强迫运动制，每日下午三时半至四时，每学生必到场运动，不然则记过处罚。此外，又新添拳术一课，教师为马先生，其所授之拳可为全苏冠矣。

新添校医 本校麦校长觉得一校之校医不可缺者也，故于开学时，聘请福音医院马、荣二先生为本校校医。诊所在本校对门，诊期在礼拜一、三、五四时后。

篮球比赛 二月十九日午后，本校篮球队与南京金陵附中篮球队作友谊之比赛，结果为四十五与十二之比，金陵附中获胜云。

三月廿二日，本校篮球队与苏州二中比赛篮球，结果为二十六与十三之比，本校获胜云。

三月廿五日，本校篮球队战败萃英篮球队，结果为四十四与十之比。

三月廿七日，本校篮球队又战败萃英篮球队，其结果之相差较前为小云。

四月三日，本校篮球队与桃坞中学比赛篮球，结果为十九与九之比，本校得胜。四月十日，再作第二次之比赛，结果为二十四与二十三之比，本校获胜云。

1923年的运动会

平民教育 三月三日为本校平民学校开学之日，故于是日开欢迎会以乐彼等之心，且使彼等不致虎头蛇尾，始终不一，而失其国民之资格也。

影戏 三月四日，本校科学主任钱嘉集先生所组织之科学研究社映演《赖婚》（*Way Down East*）影片于师麦堂，观者约有五六百人云。

网球比赛 四月廿二日四时后一师网球队与本校网球队作友谊之比赛，在本校球场，一师俱败，结果为四与零之比。

赴申夺得锦标 五月一日本校田径队、篮球队及网球队赴申沪江大学，参与浸会中学运动会，至五月五日始回校。田径队及网球队之锦标均为本校所得，但篮球锦标属于沪江附中云。

原载1924《苏州晏成两级中学季刊》

邵宗汉（1907—1989）

著名新闻工作者。1926 年毕业于苏州桃坞中学。1931 年进入新闻界，在上海《大晚报》任国际版编辑，后应聘为《世界知识》的特约撰稿人。抗战全面爆发后，他参加“上海文化界救亡协会”，主持该会“工商通讯”。其间，参加胡愈之主持的“复社”，翻译了斯诺所著《西行漫记》的前六章。同时与范长江、夏衍、恽逸群发起组织“中国青年记者协会”，对团结新闻工作者共同抗日起了积极作用。1939 年，经中共中央南方局负责人廖承志决定，他被派往香港，任《星岛日报》主笔，担负了同国民党争夺海外宣传阵地的艰巨任务。1941 年，他被派往马来西亚的槟城，担任进步华侨报纸《现代日报》总编。抗战胜利后，先后担任《民主日报》《华商报》总编。1949 年担任中国人民政治协商会议共同纲领草案整理委员会委员，后调任新华社副总编兼国际部主任，还曾任《光明日报》总编辑、世界知识出版社副总编等职。

本书收录了 1926 年他发表在《桃坞学期报》上的《桑梓碎墨》《与友人论交道书》《巴黎黑幕记》《本校春秋（之一）》《本校春秋（之二）》《忏悔》《烈士殉名说》七篇文章。

桑梓碎墨

予家居毗陵西郊，乡名怀北，无高山巨川、名人胜迹堪供墨客之点缀，游人之浏览。然运河萦回其东，林樯蔽天；铁轨蜿蜒其北，汽笛振耳，回非穷乡僻壤比也。惟回顾桑梓，民气虽开，恶俗未革；学校虽设，家塾尤多。农民世守祖法，蚕户坚信神佑，长此不改，进化无由，因条志风俗、教育、实业三则，参以评骘，虽东鳞西爪，在所不免，而一得之愚，当不为大雅君子所弃欤？

一、风俗

吾乡咸安分良民，鲜豪暴欺诈之徒，故风俗醇厚，犹存朴茂气象焉；然弊之所在，亦不能为吾乡讳。闾阎妇女，喜诵经佞佛，以求福辞祸。偶遇疾疢，辄许愿抽签，冀神默佑。病或愈，则楮仪报赛，无效则诿之命，未敢一言渎神也。丧葬必延僧侣，梵呗喃喃，谓始尽子道，否则为群众讪诮，故一乡之间，禅院错落，缁黄不炊而食，乡氓事之若父，凡此实堪嗢噱。尤奇者，丧家必延男巫，鸣角振铃，踯躅叫呼，为胡旋舞禳之，是曰“驱鬼”。葬必先延阴阳家，相山川冈地之形势，择年月日时之支干，反是则谓祸殃立至。此疾病丧葬之迷信，亟宜祛除者一也。吾乡婚媾，由父母主其成，子女在襁褓而媒合之议已起。迨男冠女笄，佳耦怨耦，漠然不知。结缡之后，或以性情不洽，或以品貌见憎，于是反目脱辐，习以为常。旷夫怨妇，所在皆是。此婚媾专制，亟宜改良者又一也。尤为痛心者，厥惟妇女之缠足。女龄七八，缠足为母惟一之要务。活泼精神，摧残殆尽；身体发育，遂为束缚。噫！此我国千余年来女子所以纤弱不堪事任者也。清季此风改革，差强人意。而吾乡蚩蚩之徒，非缠足之妻，中心怏怏，引为终身憾事，故育女者非缠足不可，为人女者亦争相效尤。处此新潮澎湃、高唱解放之时，而怪象若是，国风扫地矣。此缠足恶习，亟宜痛革者又一也。

二、教育

乡立小学，不下十余，每校学生不过百人。执教鞭者，上课则敷衍塞责，出校则酒食征逐。生徒之学业，一若越人视秦人之肥瘠，忽焉不加喜戚于其心。生徒利其然也，入校则心猿意马，在家则牧牛驱羊；上下交相贼，而教育不堪问矣。往往高小卒业，无黔驴之技，有名母之长。父兄虑子弟之蹉跎也，乃延师设塾，为根本救济计。而又有大谬不然者，授业西席，未窥孔孟之道，妄诠圣贤之训，甚或句读不知，自欺欺人。如是欲求解惑难矣。故今日乡间子弟，学校为夫兄所沮，家塾为师长所误。善钧从众，恶钧谁适，宜乎垄上道旁，时闻不辰之叹，而迩来草泽所以罕俊杰之士也。不仅此也，无论学校家塾，女生十无一二，若肄业中学师范，则更麟角凤毛，渺乎不可觏矣。

三、实业

吾乡农蚕二业，通邑闻名。田多膏腴，收获恒丰；桑颇茂盛，丝茧常美。然墨守成法，鲜加革新。

以言农事，则一夫所耕，不逾十亩，终岁锄耰铚艾，寒暑靡间；而炎夏苦辛，尤为可怜。当赤日裂背，白汗洒雨，匍匐泥淖，新苗割肤，夫耘妇馌，无时休息，人事尽矣。不幸天灾流行，螟蝗麇集；时或旱魃波臣，狼狈为祸。于是仰天吁叹，徒呼奈何，而官粮租债，克期迫索，不应则身系缧绁，幽居囹圄。予睹斯情，未尝不兀臬而叹，农业之改良必不容缓也。

以言蚕业，则树五亩桑者，可摘茧四五石，获利颇巨。故虽甕牖绳枢之家，必量力育蚕；然育蚕非易事也，气候有寒暑燥湿，桑片有干润污洁，起眠

1921年江苏省立女子蚕业学校一隅

稀密，咸有定程，偶一不慎，即媒孽瘟僵。蚕户不知也，以为蚕有蚕神，若虔诚以荐馨香，神必据我，反是，神必降罚。蚕户之祈神愈殷，蚕之疾疢愈纷，此吾乡蚕业所以不发达也。噫！自嫘祖教民育蚕以来，已四千余年；迨中外通商，遂为出口大宗。洎乎今日，东邻蚕业，几与我国相颉颃，不谋改良，将望尘兴嗟矣。当路者曷其省诸。

原载1926年《桃坞学期报》

与友人论交道书

窃闻之：独居无偶，孤陋寡闻；同道为谋，益德辅仁。故一介之士，必有密友。人有孤生而无兄弟者矣，未有特立而无朋友者也。孔子论损益，朱穆言绝交，柳子厚有《师友箴》，王友亮有《正友篇》。诚以近朱近墨，不可不豫也。仆与今人接，读古人书，略探交道端倪，愿为足下论之。盖交之难，在知所交之心。所交出于为仁义者也，而交之以名利，则必唾弃。所交出于为名利者也，而交之以仁义，则见迂腐。所交实为名利而显为仁义者也，若交之以仁义，则阳亲而实疏；若交之以名利，则阴纳而显拒。是故交之要，未交检其行，将交试其心，行相合，心相知，然后亲之如手足，敬之如师傅，芬若芝兰，坚比金石。此古人所以重交友也。夫知交难，处交尤难。今有人焉，平居无素行而乐与吾游。交则贻诮清流，拒则贾怨小人。仆谓宁交无拒。昔郭林宗丁母忧，受贾淑吊。后贾淑迁善，林宗盛名不渝，升萧进艾，未可持为定论也。然此可为君子语，不足为常人道。吾侪学力未到，心多驰骛，其浸渍濡染，常视所交之人以为转移，又乌可贸贸然从事哉？要之，君子交分清浊，清以近贤，浊以化人。择善回恶，以修其身，斯得之矣。自世风浇漓，人心叵测，平日追随游玩，以肺腑相示，一旦临小利害，辄反目若途人，遇患难则下石焉。彼固不知交道为何物，夫乌足责？传曰："美疢不如恶石。"夫石犹生我，疢之美，其毒滋多，直谅之中，乃有真友。愿留意焉。

原载1926年《桃坞学期报》

巴黎黑幕记(译作)

寒风萧索，素娥云翳，巴黎城中一人年可而立，徘徊于灯光黯淡之下，霜雾弥漫之中。忽闻和鸣锡钖鸾，轮音辘辘，因立道旁避之。俄而驾近，御者勒马，两少年启车门呼曰："若非莫讷德医士乎？吾曹访探久矣，请速驾。"莫方踌躇，一少年昂首言曰："医士名噪畿辅，今二竖早夕纠缠，慎毋犹豫，致居膏肓也。"莫乃同驾。

鞭扬马驰，倏出城门，而向原野。未数里，驾停，则已至一幽寂之广厦，三人相继下。

两少年者貌龄仿佛，莫知为昆仲也。兄趋叩扉，阍人应稍迟。门启，詈声与掌声齐响，莫不之讶。盖当时小民被笞，不犬豕若，素所目击也。甫进门，闻楼上凄惨咽呜声。比登楼，一美少妇年约二十，鬓发蓬松，周身为礼服，肩巾紧围，巾端绣一"E"字——乃法国贵族之纹章。莫至是方悟。

少妇见三人至，睁目怒视，狂呼其夫其父其弟，并数一至十二不已。未几，幼爵取匣与莫，莫启视，中实麻醉药。莫被胁再三，因给少些服之。药性周张，少妇颠簸益剧，号声愈厉。

莫危坐妇傍，一筹莫展。长爵忽谓莫曰："尚有病人在。"因更登一楼，干草狼藉。牛衣中一弱冠村童，切齿拊胸，仰天而卧。莫近察之，见刀创血淋漓，系致命伤。莫询二难究竟，长爵怫然曰：“村犬妄斗吾弟，咎由自取，不足怜也。”村童泣谓莫曰：“权贵掠劫我财产，芟荑我农功，散离我兄弟，亵渎我姊妹。吾侪忍气吞声，敢怒而不敢言。深望天降之灾，以涤斯恨。医士见一少妇乎？彼余姊也，已出阁，伉俪甚笃。不幸为少贼（即幼爵）目睹，狼心顿生，胁余姊夫让之。姊夫固懦弱，且为彼佃户，无以拒。但余姊虽乡村纤弱女，傲骨天成，宁为节殉，不遗身辱。谋于余，余为姊夫道之，姊夫乃决意拒绝。”

“医士乎，一波未平，一波又起。少贼以姊夫无能为，暮则挟之来，置于雾霾中，彻夜无寐，旦则御之归。如是者，姊夫益不支。日前亭午钟鸣十二，遂溘然长逝。少贼闻耗，立攫余姊去。适余在道旁，趋归告父，父心裂死。余有幼妹，藏之客乡。夤夜持刀潜进内室，遇少贼。少贼迎面举梃，余挺刀直扑，胸反被创。医士乎，我一死何足惜！顾老父含冤九泉，孀姊憔悴无援。生不能啖其肉，死定当索其命也。”

村童复谓长爵曰：“天网恢恢，疏而不漏，若尔曹者，神人共殛。苍苍诚有知，尔曹共无噍类矣。”言讫而逝。嗟乎！人非木石，其孰无情？莫处斯境，能不洒泪向人乎？

莫回少妇室，呼声仍不绝。长爵谓莫曰：“识时务者为俊杰。汝所见事，不足为外人道也。”莫唯唯。莫视少妇病凡七日，时相接言。惟询以家世，辄缄默。莫亦不敢复问。是日子夜，少妇竟别世。莫告二难，兄弟弹冠相庆。长爵遣莫金，莫辞归。

黎明，门外现金一箱，乃赠莫讷德医士也。莫思二人之贫残酷烈，痛彼姊弟之横遭死亡。因缮录所见闻，纤悉不遗，拟私递大臣。盖莫未尝不知爵士之势倾朝野，与之较长短，犹以螳臂之斧当隆车之坠。但正义所在，汤火不辞，或冀大臣之能白覆盆冤也。

信未递前，爱佛梦德（Evremonde）侯爵夫人访莫。夫人端庄娴雅，有大家风，谓莫曰：“妾不幸生长贵门，唾诅于万民。日前凌辱彼家姊弟事，不特医士忿忿，妾亦心酸，顾无能为力耳。妾闻村童有幼妹在，医士可实告乎？妾虽不惬于夫之贾怨于彼姊弟，得施赡彼妹，或弥恶万一，积德以遗子孙。此妾之苦衷也。”莫实不知，无以对。

莫送夫人出时，一黄发孺子蹁跹车中。夫人指谓莫曰：“爱氏门祚盛衰，惟此子耳。”言毕，登车去。

是晚，纪纲仆德福基引一客人。客请莫速驾，有急症待治。莫信为真，披衣升车。既入，四肢桎梏，口塞以布。俄而两爵继至，长爵取出莫所递信付之一炬，片字无剩。复狰狞顾莫，莫垂头懊丧。

驾停勃司帝尔牢，乃贵族私有囹圄也。二难处莫于蚕室，洋洋而返。

莫居狱中，腷臆无诉。思发妻则黯然销魂，念彼姊弟则泣下沾襟，恨二难则怒发冲冠，肠日九回，忽忽若亡。居无何，铁窗风味，饱尝树木之年；贵族专横，已临天诛之日。革命军起，而莫讷德遂于斯时出狱焉。

译者曰：本篇原文为英逖耿氏《双城记》。逖氏生在十九世纪，痛恨英国权贵恣睢，小民饥寒载道。因寓言于法国未革命时情景，藉为权贵秦镜，洋洋数万言。兹所译者，什一耳。原文缠绵悱恻，感慨淋漓。译者不文，多失庐山面目，阅者谅之。

原载1926年《桃坞学期报》

本校春秋(之一)

弦歌续响

溯沪案暴发,同学星散,驹光如驶,暑假弹指已过,本校定九月四日为秋季始业日,诸同学咸负笈担簦,载欣载奔,相逢一笑,宛诉离衷。

阙里多士

本学期新旧同学之到校者,约三百有奇,融泄一堂,析疑质难,益德辅仁,当可预卜。

萧规曹随

上届圣经正音教授富德泽硕士携眷赴津,英语教员莫新格、金惠兰两学士放洋回国,中文教员孔肖云先生潜修清华,理科教员杨瑞田学士、体育指导王炳简先生高栖上林。本届特聘美国三一大学文学士鹿威陵,圣约翰理学士张彭瑜、文学士吴曾榕,东吴大学理学士汪嘉麟,前大东书局编辑黄补星,圣约翰文科生吴天孚六先生继职。六先生学识经验俱臻至诣,焦桐逸响,到处争声;佳士陶熏,良深欣幸。

韬略鹰扬

东吴大学文学士胡维岳君,被聘为本校体育指导。胡君品学兼优,武功十全,足、篮、网球靡不讨探,田径一门尤睥睨一时。昔年赛高栏于东瀛,头角崭然，此后韬钤展施，貔貅策锻，本校体育腾骧有日矣。

荣逾华衮

九月十二日，梅校长集全体学生于纪念室，补给上届中文竞赛班次第一、全校第一、高初中成绩第一、宿舍整洁各奖品及初中文凭，一时啧室腾欢，慕蔺靡已。

三华聚顶

本校学生会、文学会、青年会于九月十七日循例举行欢迎盛会。新旧师长、同学毕集纪念室，除报告演说外，复有杂遝余兴，味外茶点，虽炙乏鸡跖，觞无曲水，而银枪舞雪，雅音绕梁，亦足以畅幽情而涤尘襟。历二时始散。

一视同仁

本校青年会谋救济失学儿童，彰显服务精神，特设义务夜校，教员为高中同学自由分任。源源报名者达七十余，迨鳣堂开课，裨益学童非浅。

学富三仓

藏书室自客岁扩充后，辉煌夺目，而本届新增《曾文正公全集》《东方文库》《少年百科丛书》《哈佛丛书》（即*Harvard Classics*）及《列德白氏图书馆之文学》（*Ridpaths Library of Literature*）五书，尤为生色。同学课余浏览，如在嫏嬛福地。

桂郁蟾圆

中秋节校中循例给假一天，高中同学复得梅校长特许，月夜可出外玩赏。方桂轮东升，徘徊牛斗，同学三四成群，翘企白兔闾阎，灯烛辉煌，欢饮黄封。咏启迪“满庭紫焰作春雾，不知有月空中行”句，倍加兴趣。十时始回校就寝。

舌灿广长

十月五日，上海《时事新报》主笔张东荪先生因公莅苏，本校邀请演讲，题为《读书与做人》。先生本处世经验，语语洞见症结，聆宏论于邂逅，幸何如之。

普天同庆

十月十日，校中停课一日。上午执旗游行，沿途欢呼演说，晚间举行庆祝。会中管弦呕哑，颇堪悦耳；而丁、蒋两女士仙舞之窈窕，刘湛恩博士伟论之风生，尤为宾客所击节称赏。

恭祝孔诞

国庆（按：此处指中华民国的国庆，俗称“双十节”，即10月10日）后三日，即孔子圣诞。是晚复有庆祝，如丁镜清女士之演舞火棍，游龙盘旋；尤敦信先生之演说，据今考古，洞中肯綮；《盲孤女》影片之情节奇离，咸使观者鼓掌拊髀，啧啧不已。

功败垂成

本校网球队练习精娴，一战胜东吴附中，再战胜萃英，不料末次与晏成作锦标竞赛，遽失所望。虽云“胜败无常”，而敌方列阵违章，亦有以致之。

六甲灵飞

本届班次足球比赛，自初一至高三先后参预，各有争霸雄心，卒以高三级百战健将，历败五军。闻得锦标后，该级尚有庆祝云。

抛砖引玉

季报部为增进同学兴趣起见，特揭中西征文悬赏，题录取者赠五元之奖品。同学才逾杞梓，文比琬琰，玉液琼膏，定能津津齿颊。

康强逢吉

开学后两星期起始，检查体格。每日下午四时至六时，张卜熊、余生佳两医士到校按名察检于肺痨、砂眼等症，尤为严密，以防患未然云。

湛卢试硎

十月五日，本校足球队与第二工专足球队作初次友谊比赛于本校操场。客军硕体魁梧，魄力伟巨，惜右辕、左蓐、中权后劲未能声气应求，故结果为六与零之比，胜利属本校。

木铎振声

十一月七日，本校青年会请顾子仁博士演说，题为《世界学生生活》。博士缕述印、德二国学生生活之艰难及其精神之高尚。反观我国之学生，以黉舍为逆旅，供圣人之刍狗，奚啻霄壤？天将以夫子为木铎，愿赠博士。

胞与为怀

感谢节校中停课一日，上午赴堂礼拜，同学慷慨解囊，顺天乐助。本城同学复捐纳衣服什物，以济贫窭。

褒鄂英姿

本校足球队，制服青黄成文，球员风云愤气，萃英、振声、晏成三校先后披靡。十一月廿八日，与东吴附中在萃英操场作锦标比赛。我方纵横捭阖，如入无人之境，结果为二与零之比，本校胜。于是，一九二五年苏中足球牛耳为本校所执。

饮至策勋

本校既获苏中足球锦标，爰于十一月卅日下午停课半日，以资修养。晚间举行庆祝，有演说、余兴及影戏等。师生之间穆穆棣棣，奏凯一堂，诚盛举也。

玉尺量才

曩岁蛮蜗触角，三吴纠纷，校务进行颇受影响。今秋粗幸敉平，百废俱兴，校中为度量学生程度起见，特举行中英文测验。争奇斗捷，各擅胜场，成绩优良，当可预卜。

经武是崇

今秋本校夺得苏中足球锦标，已征我武维扬。同学兴致勃勃，更相率为宿舍足球之比赛。于是，黄人脚下，号笛频鸣；碧草场中，健儿竞进，谓之“力矫文懦，崇尚武功”，谁曰不宜？

苦口药石

十二月十一日，韩人安东晚先生来校讲《中韩两国互助的必要》。先生痛祖国之荆棘、同胞之臧获，浮筏渡鸭绿而呼吁于我国。其词沉冤悲愤，痛人心脾，亡国恨史，足为青年当头棒喝。

聊尽东道

上海约翰青年会足球队莅苏与本校足球队作友谊比赛，结果客负。晚间在健身房角篮球，客又负。比蒇事，本校青年会略备茶点以飨嘉宾，十时始尽欢而散。

墨突不黔

十二月十九日，本校青年会请到上海持志大学校长何世桢博士演讲《学生应负之责任》，议论醒豁，不偏不党，后更发挥负责方针，以导迷津。闻博士奔走勤劳，不惜唇焦舌敝，立懦廉顽。古之所谓先知先觉者，何多让哉？

一鸣惊人

十二月十九日下午，本校篮球队与上海昌世中学篮球队在本校健身房作初次友谊比赛，结果我方胜廿六分。本届篮球队尚无相当训练，成绩已卓荦；若此日后刮垢磨光，则九合苏中，一匡吴下，佐威定霸，可操左券。

氍毹优孟

本校演剧团于十二月十九日晚献技，剧名《好丈夫》。表情不漏丝毫，摹神嗒然，遗身惟妙惟肖，是色是空，观客大有楚庄之感。

万舞洋洋

西国耶诞令节（按：即圣诞节），不啻我国旧历元旦。圣诞夜校中有庆祝之举，歌征内外，陶情则一；剧演中西，怡神无殊。翌晨，复给假四日，以资纪念。

红鸾衔信

十二月二十六日，本校高级生顾君雪涛与周女士结缡于南翔。朱丝牵幔，红叶题诗。女貌郎才，嘉偶天成。琼筵羽觞之盛，琴瑟钟鼓之乐，定非记者秃笔所能描绘。

謦欬翩翩

本校青年会每隔两星期敦请海内名人演讲，以辅同学所不逮。兹特附表于左，藉志鸿雪。

姓　名	日　期	演讲题目
杨德宝牧师	九月十八日	基督教对于世界有什么贡献
毛吟槎牧师	十月十日	今日中学生对于基督教应取何种态度
李广壎博士	十月二十四日	卫生概要
顾子仁博士	十一月七日	世界学生生活
董健吾牧师	十一月二十一日	本色教会
沈体兰学士	十二月五日	中国的青年运动
何世桢博士	十二月十九日	今日中国学生之责任
缪秋笙博士	一月九日	今日中国学生之三大问题

原载1926年《桃坞学期报》

本校春秋（之二）

前茅虑无

本校为激励生徒，研精国粹起见，爰于正月十八日举行中文竞赛，题为“为学无止境”。同学分坐“纪念”与“自修”两室，沉思力索，钩心斗角。乌丝撷宋、班之艳香；麝墨泼韩、苏之潮海。鸿篇佳制，定多巨观。

梅岭春融

高级生王凤炅、王有孚、过荫桐三君，在新春先后行结婚礼。际此三阳初泰，万象更新，花烛良宵，自饶乐趣。

负笈重来

年假已过，旋复开学。三月一日，师生络绎到校。本届教员仍旧，新同学约二十有奇。二日即鳣堂开课云。

生公说法

上海董健吾牧师于三月十五日莅校，暂驻襜帏。董牧师探讨耶教，早夕渐摩，造夐高独绝之诣。复口若悬河，舌粲莲花，谈宗教之要需，滚滚数千言，聆者为之动容。十七日清晨始返沪。

天下为公

美国鲍维尔博士（Dr. Robert G. Boville）十七日来校，言夏令义务学校之重要，并携图书多种，藉资采择。博士年逾古稀，精神矍铄，奔走中印两国间，极力鼓舞青年学生，建设夏令儿童义务学校，俾免向隅之憾。若尔人者，殆有世界观欤。

励精图治

迩来本校同学，沉潜精进，日新月异。开课甫三旬，数理研究社及桃坞艺术会，已告就绪。将来充实郁茂，发为光华。石蕴玉而山辉，水怀珠而川媚，未始非本校荣也。

争上鳌峰

四月三日，上午举行英文会考。高中各级及初中最高级诸同学咸与试。题为“日日阅报之价值”（The Value of the Regular Reading of Newspaper）。信笔挥洒，一气呵成。孰占鳌头，问之探花使者，便知分晓。

玉树玉人

英文会试毕，丙寅级植玉兰于礼堂西偏。梅校长、鲍先生先后致辞，国歌、校歌，高唱入云。玉兰绿萼素华，亭亭净直，昔人多名贵之。愿丙寅级诸君，清白如斯花，记者不胜馨香祷祝焉。

良缘良辰

高材生钱君栋，于四月十四日，即夏历上巳日，与东仓吴畹芬女士，行合卺礼于昆山寓所。女士尝肄业申江玛利亚女学，妙西乐，擅古曲，窈窕淑静。而钱君亦风雅宜人，璧合珠联，不知几生修到也。

复活令节

复活为耶教令节，校中给假四天，同学咸归省亲，至九日晨，即照常上课云。

远足梁溪

丙寅级诸君于七日晨之锡游梅园。园中亭台阁榭，池治花木，应有尽有。出园西南行，径至万顷堂，复渡太湖而登鼋头渚远眺，风帆明灭，水天一色，洵奇观也。晚九时许始抵校。

融会中西

四月十日下午，举行翻译竞赛。与赛资格：中英文须在高中者。竞赛第一，得奖马崇淦先生所赠金牌云。

卧薪尝胆

国耻日下午，本校学生会特开国耻纪念会，请东吴大学陈旭轮先生及本校王成志先生演说，词旨惋凄，令人忉怛久之。

哲人其来

美国泼林司敦大学教授鲍云敦博士，偕其夫人，于五月十八日晨莅校，在礼拜堂致辞，后复参观英文高中三年级，颇为赞许。

农业导师

东南农林科教授陈燕山先生，于二十五日下午莅本校，晚七时讲农林之重要，并携影片多种。开映时口讲指画，谆谆无倦容。比较中外农产品，益令人了然明白。

舌战江东

五月二十九日上午举行中文辩论决赛，题为“中国现在情形农业与工业孰为尤要”。正面为潘志刚、沈景韶、姜学缙三君，反面为王君纲、刘维德、严家显三君。考证宏富确审，态度雍容自然。评判员为尤敦信、顾明道、张身立三先生。结果正面负。

雄视江南

华东中学联合运动会于二十九日下午在东吴操场举行。本校田径赛素著声誉，而是会尤为本校生色。个人锦标、轮流跑锦标及团体锦标，咸为本校所获，几乎有口皆碑。于三十一日夜，并有庆祝会为本校田径队策勋云。

一月三耻

五月三十日，为上海惨案一周年纪念日。本校一部分同学参与王废基纪念会，一部分留校开五卅纪念会。有王炳简先生及刘维德、邵企华两君之演说。

桃坞中学设在桃花坞宝城桥弄，校址在今苏州市第四中学。

其前身为基督教圣公会创办于1902年的中西学堂

司咏霓裳

显道女学于六月七日下午四时，表演游艺、跳舞、音乐、古剧，俱丝丝中节。本校全体同学被邀临场，亦幸事也。

毕业考试

毕业班大考自八日起至十五日止，自十六日起，即为各级大考。

重睹西剧

二十三日夜，毕业班演西剧于纪念室，剧本节自莎士比亚《仲夏黄梁》(*A Midsummer Night's Dream*)。是剧以诙谐胜。学生家属及本校师生，每一幕闭，辄轩渠不止。

毕业典礼

二十四日上午十时起，举行毕业典礼，本届毕业二十五人，张青莲君演说中文，袁树谟君演说英文，复请姚博士演说《为何要入大学》，娓娓动听，令人忘倦。继由梅校长给凭，至十二时始散会。

原载1926年《桃坞学期报》

忏 悔

顾崇道者，春申硕腹商也。年逾不惑，膝下犹虚，忧心惙惙，时露眉宇间。妻方氏有媸婳声，性机慧，悉其隐，乃遣人至苏、常间求可以为簉室者。时毗陵西郊有小贩周金甫，发已斑矣，日犹伛偻负筐手惊闺，沿村图博蝇头利。周为人朴遬无欺饰，以此恒得顾主欢。周妻眇一目，躯胖若母豜。生女二：长菊英，已适人赋弄瓦矣；次秀英，年方稚，螓首蛾眉，见者目为村中翘楚。村女多早订婚，独此娟娟者，犹无人蹇修。又窃窃怪之。

近邻王媪，以长舌闻。能历数人家豪富男女美好，语滔滔不竭，藉三寸舌，享受酒食鹰饼。而乡里牉合之议，亦非王媪不成。方氏本毗陵产，夙谂王媪，因遣人以崇道纳簉事委焉。媪诺之，遽赴金甫家，谓其妇曰："秀姑芳辰不已二八耶？"时秀英立母侧，闻媪言，益呈娇憨态。媪续谓周妇曰："秀姑盈盈可人，曷不为择东床快婿以了向平愿乎？"女不耐调侃，赧赧去。王媪乃述来意，并云顾获麟心切，大妇又和厚，决非"醋娘子"可比。秀姑名小星而实正嫡。果至彼者，珍味绣裳，指挥奴婢，出入高车怒马不须说，而推爱屋乌，所以赡给夫妇者必丰必备，无庸老周终日奔驰矣。老周归，幸怂恿之，慎勿错过此机会。周妇颔其言，具以告金甫。金甫夙受闺中支配者，且思以小贩女而副巨贾，老人又获赡养资，宜若可为也。以询女，女亦首肯。妪闻事谐，疾复方氏。于是秀英遂为崇道侧室。

荏苒十年，梦熊殊杳。祷祠卜筮，茫然不得影响。内宾时来絮语，戏称“活观音”，以资嘲谑。秀英亦自以征兰无兆，居恒悒悒不自得。

距宅里许，城隍庙在焉。庙中医卜星相之案，星罗棋布，日惟见求财、卜吉、祈寿、问嗣者络绎如山阴道。廊之西偏有署张铁口者，童头齿豁，新来有龙虎山，人以其与道陵姓同地同，且号铁口也，争向论休咎。铁口时或有中，人益奇之。无何，沪上铁口之名大噪。某日亭午人稀，铁口方手烟管，鼻喷氤氲，嘿嘿若有遐想。倏一中年妇后随少婢姗姗来，摸二字授铁口，并道所求。铁口鱼鲁亥豕，踌躇良久，时作鸬鹚笑。因仰首曰：“视夫人举止雅有大家风，玉容丰洁，是宜男草。但据字论事，有使老伧不敢言、不敢信者。”妇促之再。乃续云：“夫人曾绝谁氏宗乎？”妇闻言，不觉心怔忡而颜忸怩，给资匆匆去。

中市某药房对面有巡士站岗，手警杖，衣制褐，寻常高度，面黝黑。妇挈少女驱车过，见警士凝睇不稍瞬，遽呼曰：“若非陈德兴乎？”巡士惊曰：“夫人何知贱名耶？”妇云：“予与君有旧谊，恐君忘却矣；但后当记忆，幸勿见疑也。”询其居址而别。诸君知此中年妇为谁？即顾崇道妾周秀英，少女则侍婢阿玉也。顾秀英觌德兴如旧相识，个中情事，犹不足为外人道耳。是夕，秀英遣纪纲仆老黄径造警所访德兴。德兴方跉踔斗室，鼻茎颦敛，若有所思，见不速客至，亟询来意。老黄探囊出纸币数十授德兴，嘱曰：“聊以备洗沐衣冠诸费。翌晨可往区长处谢职，午后六时赴某公馆，毋后期。”德兴唯唯送老黄出。假寐自思，身非刘、阮，邂逅何处仙姝，得非卢生邯郸梦耶？但馈银宛在，言犹历历，又曷故哉？复自语曰：“老陈年来心地光明，或者神明佑我，要之难得者机会。将错就错，何事鳃鳃。”东方既白，匆匆向区长辞差。区长念陈颇勤务，初不许。既见德兴意坚决，因准其请。自此药房对面无德兴踪迹。

德兴整理半日，自顶至踵，楚楚可观。及期，蹀躞访顾寓。老黄已延颈探望。既入，秀英引进一邃室。甫就坐，秀英嗫嚅而言曰：“君尝忆周氏女秀英乎？妾即其人也。妾负君多矣，愿君恕我。”德兴闻秀英名，顿触往绪，不禁泪潸潸下，曰：“予始遇夫人，怪恂愗无来历。今乃知之。翁媪无恙否？他乡话旧，予实庆幸，已往何足道。顾沪滨人海，夫人何以能于仓卒中识下走耶？”秀英忐忑曰：“妾依顾君，弹指十稔。数年前妾父来信，谓君充巡士于上海。不期天假之缘，识君于人丛。而后君可重归故乡，不日绿衣使者自递好消息至。区区此心，愿君察焉。”德兴感谢去，即摒挡回里，然犹未敢轻易为人道也。

读者尚怀疑团乎？则请追而释之。秀英八九龄时，为陈童养媳，聪慧妩媚，甚得陈母欢。比长，辨妍丑。顾影自怜，嫌陈貌寝陋，有彩凤随鸦之憾。乘间归，藉词诉于父，谓陈氏奇穷，德兴复落拓不事事；宁守贞，毋为彼妇，不则惟一死耳。金甫难之，而方氏心动。意秀英婵娟有后望，又欺陈贫懦。即传言解婚约。时陈母婴疾床蓐，闻耗气愤死。德兴又贫懦，度比豸终不甘为我下，遂听之。乡村惯例，退婚女咸相戒不取。以此秀英及笄，无人更为之牵绣幕丝。盖英实德兴未婚妻也。

德兴解识归，秀英即函邀菊英至。寒暄毕，秀英嫣然曰：“妹请姊来，无他，欲为秋华作冰人耳。”秋华者，菊英女也。菊英喜，谓：“得妹玉成，秋华几生修到，但问谁家贤郎？”秀英附耳低声曰：“郎青春逊姊丈只十年，貌与姊丈仿佛，即母家西村陈德兴也。”菊英愕眙殊甚，谓妹：“毋揶揄我。论年则德兴可父秋华，论貌则秋华不耦德兴。沦秋华于地狱，妹心安忍此？他郎唯命。”秀英怫然曰：“妹言妄耳，固知姊勿应也。然八百尊母子当何时珠还？妹需此孔亟，速归绸缪，免伤姊妹情。姊乎？秋华村女耳，德兴忠厚，其后必昌，如虑家徒四壁，捐金帛，分田宅，是在我耳。妹计已熟，姊毋峻拒。”菊英乃转嗔为喜曰：“如是，则惟妹命之从。”由是德兴、秋华遂成嘉耦。里中闻其事者，以为秀英能忏悔。

原载1926年《桃坞学期报》

烈士殉名说

君子一出言不敢忘父母，一举足不敢忘父母，非一言一行之遽足为害也，恐轻举妄言而遗父母羞耳。是故道而不径，舟而不游，父母全以生我，我全而归之，方不愧为人子。语云：“君子尚道，尤贵养身，有由然也。”不幸时遭阳九，躬遇屯艰，贪生为世诟戮，趋死为世馨香。则杀身效命，犹为君子所取。若夫事之，本末未明，身之轻重未权。吠日附膻驯，至殒命，蚩氓固不足责，而彼负转危之任，独醒之誉。至死不悟者，诚可叹可惜矣。最近北京学生惨杀案，世或义之，予有惑焉。夫列强藉约掣肘，损及国体，朝野莫不愤慨。但国必自伐，而执人伐。学生奔走呼号，纵足以警庸懦，安足以柔军阀？纵足以柔军阀，安足以慑虎狼乎？后政为武夫之傀儡，府院为武夫所垄断，中央威权扫地，已非一日。以大沽孔亟之交涉，质于苟延残喘之元首，虽贩夫走卒、妇人女子，皆知其无效。而神圣青年独以为可胁，振臂一呼，流血五步。改造之责，付之东流；罔极之恩，报以惨耗。欲爱国而祸国，欲荣亲而负亲，岂烈士所为、君子所取哉？夫有当死之道而惜死之，谓惛；有不当死之道而枉死之，谓狂。惛者人鄙，狂者人讥。以千金之躯博狂名，九泉之下，得不自怨孟浪乎？尤可惜者，供党派之刍狗，作政客之睐獒，是则身为私殉，尚复何言？尚复何言？虽然，世果有成仁取义、视死如归者，不谓之烈士可乎？

原载1926年《桃坞学期报》

蒋恩钿（1908—1975）

江苏太仓人。1926 年入振华女校读书。1929 年考入清华大学西洋文学系。一生为月季事业做出突出贡献，有“月季夫人”的美誉。

本书收录了她发表在《振华女学校刊》上的《灾民泪》《文学和革命》《读了尼采〈三种的变形〉后》《自述》《致校友的一封信》。

灾民泪

有客有客关中来，为我倾谈灾民泪。白日临照无颜色，相对神伤涕泗坠。
我读昔人哀鸿诗，以为张皇过其事。今听君谈一席话，古往今来无二致。
君言一语加一叹，顿令我心惊且悸。岂是彼苍厌斯民，既生又复中道弃。
春来亢旱天地昏，日赤似血人似醉。四野农功成画饼，阡陌纵横惟赤地。
麦既无收禾又枯，食无米粒夜无被。忽又鼙鼓动地来，妇女潜藏男走避。
骨肉分离无消息，呼天不应天如睡。兵去匪来夜转长，梦中得食亦遭忌。
砭骨寒风西北起，避风乏术身无庇。全家仰药图自尽，免受儿啼妻帑累。
可怜骨肉未寒时，已作他人口中饵。一片荒土草根尽，饿虎饥鹰掠人食。
风寒日惨哀声厉，泪尽血继容色异。求死不得生不能，痛哉惟仰赈粟赐。
可叹国步方艰日，民疲财乏虚委积。剩有同情泪盈把，权为衣食千里寄。

原载1929年《振华女学校刊》

文学和革命

当我们面向着流水的时候，看到了水永是后浪推前浪地不断滔滔向前流去；虽是你想用手来阻上它，总是不可能的，且它早又从你的指缝中流去。因此我想起了“自然”，我又感怀到他所创造的一切。在他已注定了的命运中，我们似乎是无能为力了，且也无所强阻了。但又记起了意大利诗人但底（Dante）在《地狱》中的一段话：

自然的方法和终局，
是上帝一手所造成；
技巧和艺术
显出了上帝的心；
你的艺术在后紧紧跟行，
正如个弟子随着先生；
所以你的艺术是上帝的儿孙。

那末以艺术的创造，我们可另建个世界。“自然造了个世界，艺术造了又一个世界”。我们在自然的怀里做着一个水点，就该乖觉地依了他的指导而向前，决不要停留在，或加入在漩涡的中间，失去了我们的自然之性，也就是我们在艺术的中间，不要走失了道，或是定留着不进啊！

现在是要在艺术的宫门，观探那文学的一隅。心感着了流水的滔滔，连系起了文学和革命。这是否能并提的二件事却非我所知道了。但得自笑地说：所谓文学和革命，我不敢言现在很时行的“血啊”“炸弹啊”“破坏”“毁灭”……这类充有精神和血气的革命文学，只想把所观察到的，乘思潮之所至写下罢了。

在文学的定义上——虽然说文学每进一步，它的定义便修改一下，把它和人生的关系束紧一些，而它的使命也重新估定了一个价值。但是在总共的观点上，我们可说文学是人生的反映，在这反映之中，就照见了人类的精神和情绪。“文学是思想的文字的表现，通过了想象、感情及趣味，而在于使一般人们对之容易理解，并且惹起兴味的那样非专门的形式中”。我们既知道了文学好似有灵魂的照片，当然经过了时日和着自然的播弄，他时时便影出了不同的景象，但是你若执见了以为一定要以“时代精神和地方色彩”来限制他所负的使命，诉责他以前的是陈旧而不适用，应该吐弃，这就错了，因为凡是贵宝的东西，有灵魂的形影，他永久负有着生命，这就是永久可贵了。

我们感受了：当我们读太白诗时的灵动，可坦直地说，我们所感动的，决不会减少于当时人所感受；也许他诗的灵魂直接会在我们的脑里潜生。再当我们读英国莎翁的戏剧，或是拜伦的诗时所深感的，也可无疑地说，决不会比英国人读时而减轻。天下水的成分总是H_2O。污泥了的，辛酸了的，不是水的本身。这就是真正的文学，他就永久有生命的价值而存在。

生命的东西都是带有变化性的，这是“自然”已创造给我们了。要是执定了过去的形影，要使现在一定也归宿在里面，犹若人间造就了的模型，要使没有生命的东西，随你的支配，造出了同一的形式来。但是已充有了生命的东西，你是无能把来矫作的。虽然把有生命的树，用绳紧扎，成就了你的意志；然这是多么的残酷和不自然呢？这就是说充有生命的文学，人们该容它自然地前进、革新，而不该以固定的目光，诉诸一定的模型之中。于是想起了它与

“革命”二字的联系。

革命，什么是革命？不仅是政体的改革，或社会的改革，叫做革命。革命是在求“绝对的真理和实在”。绝对的真理和实在归本也就唯有“自然”。因为“自然”就是真理的所在，也就是实在的所在。当自然创造了水，而付以流动之性，凡水不是死的时候，它总是流动的。这流动，就是归依“自然”，也就是时时在革命。人吃了东西，产生新陈代谢的作用，就是内体在革命。若是一朝阻滞了，就发现病的现象，即将生起恐怖，而得请医生采取征伐的手段，使内体复归于“自然”的代谢作用。更譬诸阻断了水的行动，一朝大汎天下为灾，也得急起导之归宿。这就很可明白革命运动的起由，而革命的不足为恐惧了。因为“自然”本就带来了革命与一切的生物。

明白了革命的原义的不足奇，而阻止了革命的神髓会演出革命运动的事实，那末我们对于一切，就该得个明确的见地。

文学是有生命的一件东西，当然引起它也附有革命性的联想。在已过去了的中外文学史上，指示给我们文学怎样的时在变化进行。就不把国外的古典、浪漫、写实、新浪漫……许多派别的怎样因果相循而在革命的说；就看我们中国文学的变革，也就得承认，文学与革命是有联系的。自唐虞、二周、汉魏六朝、唐宋元明清的演进，一时代有一时代的精髓，我们是不该以此非彼，而该知道它是一线相承，如水般的流动。虽不时有小小的波折，但这也不足为病的，因为自然是如此了。

最巧不过的，在最近的过去以至今日，适在我们政体上受到了深长的阻碍，又受到了欧风的吹拂，于是发起了绝大的革命运动；同时也就连响到了文艺界，随而起了新文学的革命运动“适应时代而产生了”。这是无疑问的。但人们怕着了政体革命运动兼有了破坏性，于是也怀疑和畏视了新文学，以为是文学的下堕，而忽略了它是向着“自然”的。同时也可悲的呢，从事新文学运动的人，有些持着——同样地陷于以“手段”为“目的”般的，失去了文学的真义，否认了以前的文学的美处，而徒高声地唱起空无所有的枪炮文学来了。

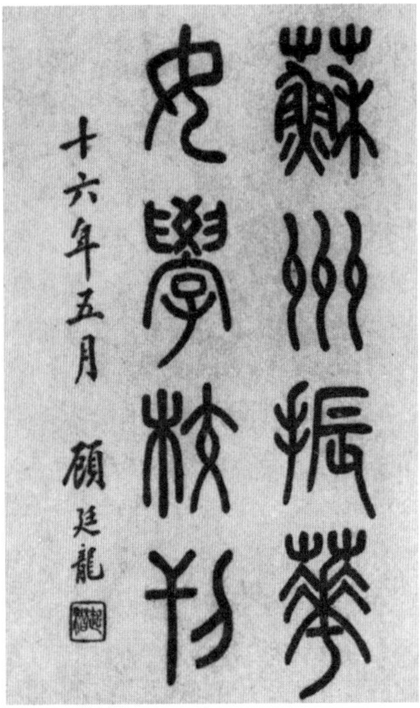

《苏州振华女学校刊》(即《振华女学校刊》)书影

这是没有认清“革命”和“文学”。

水在日夜不息地流,文学在不断地演进,照彻了人世的影形,他们原在趋向艺术的宫门。我们该爱护着一切真的影形,我们要否认一切恶魔也在里面显视。负起这使命吧!向前!管甚是出了“象牙之塔”,入了“十字街头”或是走向了“民间”,只管凭着各自的路途,不断地努力和创造吧!

原载1929年《振华女学校刊》

读了尼采《三种的变形》后

在德国超人主义的尼采所作的《查拉图司风拉钞》中，他告诉我们精神上的“三种的变形”：是精神如何变骆驼，骆驼如何变狮子，狮子又如何变成了小儿。

当精神强毅的时候，每个人神勇得像骆驼一样，负下了重大的担子，只要能担当的，不管什么，就连侮辱也显出以爱而负上了。在一般的眼光，本来生活的意义，似乎除了负重地奔向前去，也就算尽了一生之职。人是这样一个奇的东西。在精神是骆驼的时候，是只知道负重，或者只知应当负重，不管负的重是真理，是泡影，是虚荣。其实就是“真理”又是什么呢？

“骆驼负着重载向沙漠奔赶，精神也向着他的沙漠奔赶前进。”

沙漠的旅途上是黄沙漫漫，白日昏迷，你觉这重担苦吗？你将倒毙？你为了目的而在奔走？你精神真是骆驼的时候，你并没有看到明媚的河山，你也没梦到风清月秀，你奔跑吧！你尽力。苦，你是不觉得的吧？但是“在这最寂寞沙漠中第二次的变形起了，精神在此要变成狮子，他要提着自由，要在他的沙漠中自为王长”。

精神这种的变形，我不知以一个人的精神来譬喻，还是全人类的精神来显示，是更明切的适合？但是总是人类的精神吧！都将不甘于长途的愚蠢地从命了。然精神有个对敌，他是个“巨龙”，名叫“汝当。”

“几千年来的价值在这龙鳞上灿烂。”

世上不当再有“我要”存至。“汝当”的巨龙横亘在前面，精神上的狮子啊！你高声喊叫着“我要”何用呢？

国王命令他的臣下：“‘汝当’为了我的权利去死，‘汝当’为了我的尊严而服从，‘汝当’为了我的享乐献进珍宝和美女，‘汝当’……”“我要”不是逆君的吗？小民无声无息地在“汝当”的铁蹄下死了；在愚蠢地受下了“汝当”的命令下屈膝了；珍宝呈进了王宫之内；美女也都鸟一般的关进了……“汝当”的命令有几千年的价值，一切凡要生活的人，得向着“汝当”膜拜啊！但是精神有变狮子的一天，狮子觉悟到世上是要“我要”存在的。人世不仅是闭了眼的负重。骆驼的去处仅是沙漠，生命的路途也仅是沙漠，生命的价值何在？人的价值更何在？于是海涛一般的吼声突是起了，声声摇动了大地。争“自由”，争“我要”，向着了“汝当”的巨龙奋斗。人世不当有旁的“主宰”，更没有“汝当”的必要。世界展现在每个人的前面，世界是每个人的。但是“兄弟们，精神上的狮子究有何用呢？安分而虔敬的，能负重的动物不已能济事了吗？”“要创造”新的价值——这还是狮子所不能……

狮子，他仅由骆驼的改变，“汝当”在他的过去是视为最神圣的，是不可背抗的天经地义，现在为了自由而去争执，这不是劫夺的行为？不是叛逆吗？但精神上已是狮子的人，他也就有勇力来肇始这新的创造的地步。但是狮子的力，是掠夺而狂妄的，他不能创新，他是创新和觉醒的通道，于是需要着精神由狮子变成小儿。

“小儿是无嫌猜，是无怀，是新的肇始，是游戏，是自转的车轮，是最初的运动，是一个神圣的肯定。”

“汝当”的梦觉醒了，世界展现在我们的前面，决没有造物为我们已布置下了美好的新境。新的创造，是需要于每个觉醒的人的自己努力。用着了无嫌猜的天启，自转的车轮，转前去，早通过了沙漠，在那边的土下，栽下美丽的种子，拔去芜蔓的荆棘，显出了鲜红的玫瑰；摘下已熟的葡萄，开始创作你的美酿；轻歌的黄莺飞来，停在你的树上曼唱；妙舞的粉蝶逍遥着花中展招；世界是在光天之下；白日每天有鲜红的太阳，黑夜每晚有明月的映照，更加上了群星们的闪眼微笑；就是寒冷的天也永有热意在心头燃烧；这时世界没有了沙尘的可厌，清水永是荡漾，微风永是轻嘘；痛苦都遗留在沙漠的土上，这里的世界是只有人人相爱。被遗弃的人，也恢复了他的世界，有泪也仅为爱而流下，它的滋味也变了鲜甜。容我们来记起吧！这不是神话啊！

小儿每时在向着他的新的生命前进。由这创造的中间，他所发的哭声，也是带着娇美，更何况两颊的微涡，带着沉溺的笑意时。这时世界在眼前不是已被他为化而天真？不是已因他而存在？人世的精神啊！你已变到了骆驼，你快变狮子，也快由狮子而变成小儿吧！光明、美丽和甜蜜的世界是在前期待着精神上小儿的人去创造啊！

原载1929年《振华女学校刊》

自　述

对明镜，临清流，也曾经仔细端详，却总不信镜中的与水面的影和此时执笔凝思的我，有甚牵连？有甚关合？影的迷惘一片，偏有沉着千重，震笑说我“竟是复杂得很，莫测高深”。我自己也苦哭了。错综的思绪，在算微有知识的环境里，是乱丝一般的揉皱了，真是欲理无能，欲斩无力，空留下模糊中明晰似的一缕透澈，是一枝昏夜摇曳不定的烛光，有了它，从此难求黑夜的永寂，难破黑夜的恐怖，总感深深地苦了自己。

往者总好询生命的意义何存？如今就连“意义”两字也成疑问了。我生之来算是造物者的安排，则我生之长、之灭，当也有造物者在为我一手经营。我何不就此骗了生存，或让生存骗了我？然而也总不外庸人自扰。“高深”何来？“肤浅”何从？我又不禁欲笑了！

是否从浅处来的生涯？渺无所知之中得来了一线智慧，开始认识起四围的人来，于此中生了亲疏，种下了一世难拔的愁恨欢娱，牵带出生命的种种形式。细想起，真是何苦来？

母亲因生我而病了；祖母以十数年来抚孤成长，倍受人世凄凉，今一旦得含饴弄孙，是万分喜悦。终日抱着我，惟恐这小小生命会从她怀里失去。我生来就不安静，总是深夜好哭。祖母一听到我的哭声，总是闹得合家不安，责着乳母，急急把我抱起，百般逗引，直待我双睛微阖地睡去。母亲曾笑着告诉我："每夜这样的淘气，在我病中真恨得牙痒痒的，想你真要磨死我了，祖母却还这般爱你。"我笑笑无言，记起祖母总以为母亲不爱我的原故，我又低首欲泣。

母亲又生弟弟了。而她的身体从此失了健康。在痛心的回忆里我和弟弟总同声喊出了"我们杀了母亲"。那时是无知，祖母爱女儿似的爱着我，弟弟成了母亲唯一的儿子。祖母和母亲总因了我发生龃龉，在我小小心里，终于疑难丛起，背着人时不禁哭了。双重爱的争执下，我至今惟感不该有我的存在。

父亲是如此慈祥，公余总是带着我们玩。祖母总含笑地向父亲说："做父亲了，该有些大人样。不然，将来儿女长大，你只好做他们的大哥哥。"我和弟弟听了越高兴，赶着父亲不知轻重地叫起"大哥哥"了。要不是祖母喝止，在我们也许感觉叫"大哥哥"来得更亲热；因为他人的"爸爸"总使我们见了害怕。爸爸，我们的爸爸从也不迫我们读书写字，微微的笑里使我们是如此依恋。

我跟着祖母睡。躺在她怀里，睡前醒后总是迫着她念评语给我听。被我缠得没法，祖母只好一句句地低唱，有时我又入梦了，祖母却从此难睡。为了免得我噪闹，在我刚九岁，或十岁的时候，那时小学还未卒业，祖母就教我看"闲书"了。一知半解，生吞活剥，我居然看起才子佳人的书来了。从此我自己也有了事做，睡着也就安静了。

小学的同学都是男孩子，成天奔走跳跃地玩，做那英雄的梦，或是女扮男装戏的主角。母亲总说我将来怎么好？祖母袒护着说："还小呢！"父亲是到处夸耀地向人说："我这女儿要儿子样的教育她。"我自已确也自负得很，一颗童心发放出了无限幻梦，知甚天高地厚，更有那迷茫的将来？

小学卒业，被送入女子高小了。弟弟不再和我同学，而我只得随表姊上学了。女孩子群里我真有些不惯，骄贵的、偏狭的和使气的气质每令我欲忍难忍。流泪的事增多了，横刀跃马的神气从此收拾起。而往日的同学即在路上看见，也就头也不点，微透着遗忘的悲哀转而成忧郁的情调，就此多哭善感，我是慢步入了灰淡之途。

三年的柔化生涯，往事梦般吹散了。丢下竹刻的枪刀，如今是拈起金针了！每因绣得不及他人时，两眼清泪盈盈，终于撑不住地哭了。幸先生看我幼小，总是百般慰藉，直待我破涕为笑。但人虽小，总是爱高谈阔论，若无所不晓，也不管他人怨恨，总觉自己是理直气壮。这样的时光，而今也成云散烟消了。

跌出儿时的境地，我真不知如何来追写。到如今，木然的心怀把那时的肠断心碎之痛，看来若拭干眼泪是悲剧散场后的情绪了。死的神秘并不能再来恐惧我，一层层的过去的含恨痛心早就深深埋下，我觉得发掘都成无聊了。生涯至此，该合十道声“南无”，何必强写点点滴滴让自己嘲笑？但能否真把过去忘怀了？生命的路途还不知哪天是尽头，造物者在替我安排，或已替我安排，我固不必管是泪，是血，是笑，是欢，一页页打开重温一过。——咳，过去，我何能止住泪静心温来？

祖母在我十四岁那年的冬天死了。死，在我哭号怆天中还没有想到它是一个永寂。看父亲拿了条棉被给祖母轻轻盖上，噙住泪，呜咽声里向我们说：“轻声些，别噪醒了。”“替姆妈盖上棉被吧，醒来会嚷冷呢！”咳，死，那时连父亲还不明白，死是永寂？死是不能再有醒来？感谢上帝，告诉了我这些知识，从此知道死是百呼难应了。

自祖母死后，母亲又日日消瘦。凡见我们一哭，总说：“儿，别哭吧，哭得我的心越碎了。”泪声里我们相依着无言。——母亲，谁知后此时日，是使你女儿欲不哭而不能难以不哭呢？——母亲的身体是一日日在毁伤，清晨总由隔室传来她的呜咽声，在叮咛，在筹划，又深怕扰醒了儿辈的梦；听父亲的叹息声也是日重一日；用被角抑住泪痕时，我能不深感，欢笑愉悦是随祖母去了，遗留下无尽惨痛是死的赠与。

母亲在祖母死后的明年也弃了我们而去了。——我再能安静写下？只要稍为回想到那时的情形于万一，我战颤也是无力来痛述了。留下父亲、弟弟和我，三个残缺的灵魂在忍泪忍痛之下互相抚摩着创痕，还有何足道？父亲执着我的手频频说："儿，保重，你不能还哭坏了。"泪干痛定，家庭的琐事，从此我就肩下了。父亲受不住每日里的惨雾相加，故总于清晨外出，昏夜酒醉而归。每当我携着孤灯相迎时，父亲总叫一声："儿，你还没睡？"我含泪过去扶着他时，他终于撑不住的痛哭了。弟弟闻声，急着从床上跃起，过来帮我扶着爸爸，止不住也热泪横流。爸爸抚着他的肩，含胡声里断续着说："二儿，你这样衣单，千万别着冷，病了时叫我……"母亲已不再知道我们了。泪的昼夜！三个痛的心在万千无奈里度着生涯。忘了笑，失了天真，然而度日如年的此中岁月，如今早又成过去了。

翌年，继母来归。我卸下了家务的肩，得负笈姑苏，重度学校生活。自遭两度惨变，我不再是从前的我了！众人笑里，我偏欲哭，失去了的童心，从此不再回复。而生命途上的荆棘，却不断地向我刺来，微弱的心在难于忍受的悲痛下，自己拭拭泪痕不禁苦笑了！矛盾的思绪，交切得欲奋无力。用笑向着人时，留下酸泪自慰。当禁不起他人如我而在感受痛苦，终于把自己深深缚住了。难说要扯破这恼人的网独独悄悄行去，而实际不再是针针入扣地用藤葛把自己扎起？对季常说的"我要拉住白云之尾，向松风而笑"。我不是更幻梦得把自己堕入了无尽迷茫的深渊？见一条虫的受伤挣扎，我尚不忍地流泪难于舍去，我更何能自骗说，会舍了世间还有为我而悲痛的人。

国难降临了！三个星期军营化生活的转变，使我无力还来追叙我过往的思绪，并感这种思绪也无需追述了！我已坚下心，从今将收拾起一切闲绪逸情，认明该负的责任，将不顾艰苦地往前；更有何游移，来询问生命之价值？来低徊自己的一生？想到遭难的同胞，想到水淹的灾民，想到千千万万无量数驱于饥寒的人群，我噙住泪，酸痛地向自己起誓，我要改换一向来优裕的生活和茫无边际的思绪，我要奋勇地生存，我要刻苦地励行。我所享受的已

振华女校伟绩碑

属非分了。一饭一衣，总要想起饥寒交迫和宛转暴力下的人们，他们何贱？我有何贵？非分的供养我何该享受？愧恨自己没有力量，虽有满腔热血同情又何能饱暖了他们？我还能不决下心，鞭策自己，忍苦耐劳，减去些良心上的痛责？永记起我的生存，不该为我自己而生存吧！我的自述，何该再来絮渎？我虔诚地向我危急的国家和饥寒的人们三呼万岁，我含泪低首向自己告一声“努力”！

原载1932年《振华女学校刊》

致校友的一封信

诸位姊姊：

容我先告一声罪于你们之前；我是一个戆直的小妹妹，现在是用无遮的小儿女的口角来说我所“骨鲠在喉”的话，有不通的地方，是要请姊姊们原宥的！

人们都说，人们都信，母校犹是母亲，毕业生或是转学生犹是出嫁了的女儿。女儿没有一个不留恋她母亲，没有一个不希望她母亲发达，更没有一个不愿帮助她母家的。在这种世途崎岖、荆棘满地的时代，离了母亲的慈爱之怀，到处都能使人感到世界的冷酷；但只要有母亲存在一天，我们的灵魂终可以找到归宿。我们有痛苦，母亲可以安慰。我们有不敢向世人流的泪，母亲跟前尽可痛泻。母亲是我们的，我们是母亲的。谅诸姊均有此感觉！

自姊姊们先后地离了振华，大半都和母校生分了，那当然不是姊姊们愿意的事，谅都为事所牵，没有机会得时常接洽。在诸位的脑海中，必无时不在忆念母校，也无时不在回溯昔时的友伴。只是因时间的关系，使姊姊们生疏了昔日的学校和同窗。事情当然不是这简单，我们也不能辞其咎！但因了我们诞生于此地时，除了少数尚认识外，大半都是不相识的姊姊！因了不相识，我们就永没机会和诸位相与。学校，她事情太忙了，并且学子又多，没有工夫和决没有记忆力能一个个的介绍于我们——关于这一层，你们终可以原谅你们的亲爱的母校吧！——因此我们亲爱的姊姊，却成了陌路；是何等可叹的事！

现在我惭愧虽是你们队里的落伍者，但尚是你们亲爱的母校之中的后学妹妹；为了有这一点关系，我还可以自傲地说几句话于亲爱的姊姊们前。我想你们必很愿意知道母校现在的情状和小妹妹们的生活的状态。我决计把他收拾起来说个大概，贡献于诸姊！

一、学校方面

无用说客气的话；只要谁一踏进我们的校门，就会感到振华却是如此家庭式的学校。没有绿荫沉沉的草场，没有香风馥郁的校园，没有崇高精美的客室，没有……没有的真多，谅诸位都能回忆？但我学于此，游于此，起居于此，饮食于此，我们却少有感到它的不美，这总是诸位遗留下的"爱""真""善"一切的精神的美，我们尚可保持的缘故吧！本来不大的黄沙的操场上，又盖了半架芦棚，那是作我们雨中操场用的。前年学生来得多了，固有的校舍不敷应用，借了一幢校外宿舍，这是很当告诉诸位欢喜！此外的形式，也没有什么大变动，恕不细述了。校中自去年季玉先生回来后，（十月十六日）行政方面略有更改：现任的校长，就是新从欧美回来的季玉先生。王佩净先生仍在我们校里，这真我们的幸运，现在他是我们的校务主任；教务主任是季昭先生。今年又新来了一位张镜欧先生，她是新从美国留学回来，从前曾经留学过日本，也曾在我们学校里教过书，后来她留学欧美各国，在二个学校里毕业，就是胡桃山和爱的亚克大学；她确实有高深的学问和富足的经验，她可以称得一位"博学多能"的，我们怎样的侥幸呀！她从美国回来立刻就到吾们校里来，殷殷地教训我们，她对于我们的热心，诸位也可想而知了，不必我多说哩。此外对于各学科都请有当代名流，热心教育的师长，谅诸位更同情地代我们欢喜。再有一件消息要告诉我的姊姊：就是季玉先生此次回国，挟有为振华扩充校舍建立新学府的计划之基础。我不敢告于外人知道，但决不愿瞒起我们亲爱的姊姊。我知道各位师长都有为振华筹划进行的志愿，但为了事情不十分容易，所以再没有确定的把握。我想告诉姊姊们决不碍，你们是时常希望母校上进的，听了必很欢喜；定将设法帮助母校，因此我大胆地说了。我附带地再说一句，并不是自夸，你们终会明白：就是我们振华尚有此精神，在这学期的风鹤频惊中，我们自开学到今，却没有停过一天课，虽在紧急时同学来得不多，但上课的仍一心向学，姊姊们或者也要惊叹吧！

二、同学方面

诸位做过振华的同学，必更欢喜听关于现在振华的同学之生活。可惜我来得尚不久，不能有很详细的报告贡献。当我得入振华时，就使我庆幸自己得找到如此一个富有“爱”“真”“善”的团体，最初感到的是每位同学脸上的笑容，使我入到“一见如故”的状态，那种融融泄泄的日常生活，也难描写。在第一个集会里——那是欢迎新师生吧——各人的活泼的态度，诚恳的言词，让我忘了自己是新生。“自治会改组”我也随着她们忙：“今午开自治会成立大会”“今天联组理事会开会”“下午四时开大会通过……”无论是谁，聚在一处，通力合作，态度也都肃静，我默默地领略到同学之精神。励志会每月开一次，诸位总都记得。英文会同以前一样，她们告诉我的。演讲会又加了辩论，在每礼拜六会考之后举行。多了一个国学商兑会，那是为好国学的诸君所组织。现在课暇，可使你多听到各种妙音，你们也将说“小妹妹们有此雅趣”，那是嗜丝竹的诸君所组织的国乐会呀！我们一切都好。我们依在学校——我们的母亲之怀中——生活总是完满的。但是想到了我们少有姊姊来慰望时，就使母亲凄凉，我们也愀然无欢！

这信也很长了，我就收拾起来吧！末了希望的：就是请诸位时时来探望我们。若不能呢？就请时通音信。你们有欢喜的事，终不要忘了告诉你母妹！你们有不得意事，母校总是关心的，学妹们无能呢，尚可洒些同情之泪！振华是你们的；你们是振华的呀！再会了！希望你们都有音信前来！

原载1927年《振华女学校刊》

张青莲（1908—2006）

江苏常熟人。1926 年毕业于苏州桃坞中学。1934 年毕业于清华大学研究生院。1936 年在德国柏林大学获博士学位。随后在瑞典斯德哥尔摩物理化学研究所研究气体混合物的扩散分离。1937 年回国，先后任中央研究院上海化学研究所副研究员、上海光华大学教授、昆明西南联合大学教授、清华大学教授。1952 年起任北京大学教授、化学系主任。1955 年受聘为中国科学院学部委员（数学物理学化学部）。张青莲长期从事无机化学领域的教学和科研工作，对同位素化学造诣尤深，主要在同位素化合物的物理性质、同位素化合物的动力学效应及同位素分离、稳定同位素分析方法及同位素标准品的研制和氢氧同位素的天然丰度等方面进行了系统深入的研究，是中国稳定同位素学科的奠基人和开拓者，对重水和锂同位素的开发和生产起到重要作用。发表《从事同位素化学研究五十年》等学术论文百余篇，主编《化学学报》和《无机化学丛书》。

本书收录了 1926 年他发表在《桃坞学期报》上的《南沙述》《鱼鸟之乐》《天说》《为学无止境》《快雨快晴楼记》五篇文章和诗词十三首。时年 18 岁。

南沙述

南沙十里，派衍长江。爰结石缘，幸生此土。是乡今名支塘，或作支溪。虽无崇山峻岭、绝壑巨流，然遨游南亩，舒啸东皋，亦足以餐原野之淳风，穷大块之奇观也。白茆盐铁，二川溶溶；东胜长寿，双虹峨峨。塘东塘北，卖鲈觅醉之墟；舍北舍南，斗鸭围栏之地。若夫梅欹竹外，管领东风；柳俯宅边，斜分细雨。香浓桃李，鸟语枝头；色艳海棠，蝶穿花下。村氓野老，伫阡陌而耰锄；渔妇樵夫，过溪桥而问答。清明拜墓，寒食禁烟，恨此百六韶光，已近落花时节。迨夫春蚕才了，夏扈趣耕，刈麦采菽，挑菜分秧。垦陇畦，芟稂莠。戴笠披蓑，沾体涂足。旭日窥窗之顷，已往田畴；落霞彻彩之时，才归茅舍。骄阳炎炎，乐此竹林载酒；晚风习习，坐忘豆架招凉。儿童追竞渡之欢，牧竖话骑牛之乐，此一时也。银河夜耿，大火西流。络纬鸣秋，蟋蟀在户。中秋皓月，分外圆明。碧梧叶落，丹桂飘香。篱菊傲霜，林枫晚醉。何人送酒，有客停车。追栗里之高风，读吴江之诗思，此又一时也。若乃年谷丰登，仓庾充实，缝裘裁帛，烹羊炰羔。时则朔风号，祥霙舞。履琼瑶而寻野萼，煨榾柮而酌村醪。邻巷春相，茅檐曝日。四时之乐无穷，一乡之风若是。是为述。

原载1926年《桃坞学期报》

鱼鸟之乐

青帝司权，万象蜕新。春水绿波，春山如笑。杏林雨霁，红拖十里锦霞；柳岸烟迷，碧涨三篙雪浪。虞山北折，涧水西流。林深丛薄，荫碧漪清。岚影晨鲜，旭日丽松篁之翠；烟波夕映，皓月添梅柳之光。泉石正多雅趣，无非几重青嶂，一个茅亭；鱼鸟复见亲人，乐此数尾游鳞，一声睍睆。是鸟也，穿古木，掠芳丛，乘微风，下泉石，饮水而甘之，鼓翅而乐焉。游鱼扬鳍来，吞吐碧波间。夷犹黄莺侧，谓之曰："子知我之乐乎？惜子不能与我俱焉！"鸟曰："子日夕潜伏水中，曾不得颖脱而出，犹牢禁然，又何乐之足云？"鱼曰："子身未历此境，安知余之不乐耶？若夫春和景明，芷藻青青。云腴石髓，露珠津津。风翻松杪，倒听笙簧。雾净天空，俯窥霄汉。黄金散彩，濯游光而眩目；白璧沉影，唼夕华以赏心。余之乐岂子能梦见哉？"鸟曰："虽然，待我为子言之。我朝游邃壑，暮栖茂林。刷羽枝梢，坐歌叶底。弄山色，醉湖光。天地蘧庐，游行自在。离离平畴之草，颠倒秋千；灿灿上林之花，迷离金粉。影落武陵之桃，梭穿嵇家之柳。啄白粒，嗽清流。兴高而翔，神瘁而憩。假寐幽篁，双文为伴；迁居乔木，旧友嘤鸣。果子之乐乎，抑余之乐耶？"。鱼曰："宇宙一寥廓之境，林泉本鳞羽之乡。吾与子各乐其乐可也。"遂逐波以逝，鸟亦穿林而去。

原载1926年《桃坞学期报》

天 说

长日端居，手执天文一卷，冥思默坐，无所得而思绪萦然。忽有客过余，喜形于色，若有心得然，谓余曰："宇宙之渺茫莫测，吾知之矣，谅君乐闻。今为子一言之。"余惊怖其言，悚然而听之。客曰："太阳系一大原子耳，系中之有日，非原子中之有核乎？行星之绕日而行，非电子之绕核而行乎？诚若是，太阳系得非一大原子乎？"余曰："太阳系乃一光明之世界，有禽兽、人类处乎其中。原子焉得为一光明之世界，而复有禽兽、人类处其中乎？"客曰："试用最大之望远镜。由地球观察附近之行星，犹不能窥其真相，而断定是否有禽兽、人类处乎其上也。更言之，即人至任何行星中，亦不得知有禽兽、人类处乎地球之上也。今原子若斯其微，殆无量数倍小于镜内之行星，即有禽兽、人类处乎其上，又乌得而知之？夫既不得而知，又乌得而谓之必无？殆容或有也。假令原子中有人类，其所感之光波，能不异于吾人乎？则吾人以为原子不发光，而原子中之人类，或以为光明，而谓原子一光明之世界也。"余进而问曰："太阳系若斯其大，先生以为一大原子，愿闻其说。"客曰："使太阳系为一原子，而生存于更大之世界中，则其中之人类，必无量数倍于太阳，其视日，直沧海一粟之不如。又乌得知有无禽兽、人类处乎日系之中乎？其所感光波之大，又乌得知太阳系为一光明之世界乎？其视太阳系，非等于吾人视一原子乎？是以太阳系特一大原子耳。夫原子既为一小世界，则其中必有无数之小原子；而无数之小原子，或又为无数之小世界也。而无数之世界中，更有原子，而原子更为世界。依此类推，而至于无穷极，则小原子不失为小世界，而小世界又不失容无数更小之原子，未可知也。夫日系既为大世界中之一原子，而此大世界殆为更大世界之一原子也；而此更大之世界，或为更更大世界之一原子也。长此类推，以至无穷极。而大世界不失为更大世界之一原子，亦未可知也。是说也，于汝意云何？”言已，余谓之曰：“先生之言，诚足发我蒙，然终归于玄妙难识之境，而更启我疑也。先生盍闻以太之说乎？宇宙中形形色色，皆以太涡动所形成者也。以太既为虚无之物，则其所形成者玄妙难识宜也。先生之言，其本此乎？”客喜而笑曰：“余言本非非之想，念天地间容或有然。今得子以太之说而与我言相成，然则我之来非徒然欤？”须臾客去。余念其言大类邹衍之流，而不失乎大体，因作《天说》。

原载1926年《桃坞学期报》

为学无止境

学海之深广，非若汪洋万顷之有穷也，非若大块广漠之有尽也，又非若泰岳千仞之有所止也。庄叟不云乎，“吾生也有涯，而知也无涯”。知而无涯，则为学宁有止境哉？昔者宣尼论道，犹百世以俟来者。吾侪生今之世，为今之学，大别之，哲学、科学实居太半，今试即二者而粗述之。哲学中唯心与唯物之论、经验与理性之论、独断怀疑与积极之论，历数千载之纷争，经万邦明哲之卓论，前仆后继，胜而又败。循是以往，其又何极？故曰：哲学无止境者也。科学亦然。数世纪前，谓光之为物，乃细分子由物体发射。其后方知为以太之波动，然其澈底真相，犹未能断定也。牛顿之力学，二十年前认为牢不可破、万古不易者，然近数年爱因斯坦首创相对论，能解牛顿力学之所不能解之种种现象。故牛顿力学，将失其稳固之地盘，然又不知相对论能常存乎否也。月绕地球而行，地球绕日而行，日绕天狼星而行，未知天狼星又绕某星，而某星之又绕某某星也。推此以往，有何止境？空间之谓宇，时间之谓宙，昔日之宇宙为绝对，今日宇宙为相对，且呈圆状。又不知明日之宇宙若何，而后世之宇宙又若何也。昔者郎禽发明欧克史光，能见人之肺肝，轰动一时。近数月密尔根发见之光，其透射力且百数十倍于欧克史光，又未知后数十年有何更强之光也。矧今二十世纪以太学蓬勃之秋，连续论与不连续论竞霸之日，前途

桃坞中学校徽

之发展，正无止境也。岂独哲学科学而然，即宗教学亦有多神、独神之异说，争执有年，未审鹿死谁手。诚以我人所见，不过见能见之物，而不能见不能见之物；我人所闻，不过闻能闻之声，而不能闻不能闻之声。嗅觉、触觉、思想亦然。以无涯逐无涯，犹不能达止境，而况以有涯逐无涯哉？

原载1926年《桃坞学期报》

快雨快晴楼记

丙寅春，张子筑楼虞山之阳，北负苍山，南对尚水，东迎朝日，西送晚霞。仰望青天，白云片片；俯瞰郊郭，原隰鳞鳞。每选胜登临，辄手班史诵数千言，或默读《黄冈竹楼记》《岳阳楼记》，想见王禹偁、范仲淹辈，当日登楼潇洒出尘之概，余亦庶几近之乎。客王迈周，时从余游。王子能文，余数以题额请，未果焉。是岁自春徂夏，雨泽愆期，麦穗萎黄，禾苗未播，农有旱干之叹，吏循祈禳之文。天则苍苍，未副人望。佛诞之日，北风忽至，驱云南来，漫天叆叇，大雨骤降，檐溜喷薄，如涛如瀑，平畴沾足，欢声雷动。张子乃披襟大呼曰："快哉此雨！"王子时在座，曰："昔楚王快风，右军快雪，奇情韵事，传诵至今。今子快雨，即以'快雨'名斯楼，何如？"张子曰："今日之雨，可谓快绝。顾斯楼美景，殆犹不止此也。"语未毕，迅雷震耳，电影闪烁。甚雨之中，声光交错，霤沫横飞，枕簟皆湿。雷已云开，霞飞雾隐，山明水秀，万籁无声。彩虹与黛翠交辉，霁色共青畴皆润。张子曰："雨过天晴，其快殆不输于甘雨，亦将以快雨快晴名我楼乎？"客欣然抽管，大书"快雨快晴之楼"。而张子自为之记，且歌其事，歌曰："翔风至兮沛甘霖，郊原足兮浃人心。我楼同沾兹泽兮，看万屋之沉沉；主人高歌击节兮，伴王子与联吟。远望湖滨之蓑笠兮，方棹舟于绿水之浔。时或横飞梭掷兮，叹无依之孤禽。忽云散而天霁兮，

桃坞中学礼堂

乐山水初沐之鲜明。螮蝀东挂兮，彩霞西呈；远林新绿兮，碧涨波平。观南浦之落帆兮，听天际之流莺。主人披襟凭槛兮，觉气爽而神清。缅岳阳之大观兮，得黄冈竹楼之幽情。主人巢居而未名兮，遂名之以‘快雨快晴’。”

原载1926年《桃坞学期报》

诗词十三首

迎春

东皇久别盼重来，一树迎春半树开。却被梅花漏消息，争先一着占瑶台。

溪桃

仙源何处访秦人，隔岸桃花自弄春。一样红颜空色相，溪光映面认前身。

玉兰

独立亭亭映画兰，花如玉片臭如兰。全身色相原清白，未许群芳一例看。

白牡丹

早辞富贵厌繁华，洗尽胭脂淡着纱。如此丰神才绰约，此身合住素王家。

杜鹃

雨丝风片惜匆匆，百六韶光似转逢。忽听声声啼鸟过，杜鹃泪落半山红。

月季

年年月月吐琼葩，蓂荚欣同纪岁华。万紫千红零落后，一弹指顷又逢花。

虞美人

春风无力挽雄风，一缕柔情一抹红。多少女儿斗颜色，依心依旧恋重瞳。

夏菊

不甘冷淡傲秋霜，长日东篱巴缀黄。花亦喜人称热客，端阳便把作重阳。

梧桐

高干亭亭矗碧霄，风来何许听箫韶。却宜荫下消长夏，一卷《离骚》酒一瓢。

秋海棠

梧桐叶落便知秋，那得春风为扫愁。寂寞墙阴弄颜色，半含娇态半含羞。

梦江南·春游

东风到，春色十分妍。柳暗花明莺燕语，招移画舫过前川。波影映钗钿。

浪淘沙·天平游

花信透良辰，独客游春，天平山路石粼粼。直上灵峰何浩荡，潇洒吟身。

放眼阔无垠，烟锁荒蓁，遥山近水隔城闉。大块文章收拾得，付与何人？

一剪梅·秋夜

雨霁新秋净碧穹，银汉环空，大火流空。

一轮蟾影雾濛濛，枕簟凉风，团扇微风。

小坐摊笺赋草虫，画烛光中，促织声中。

夜来吟罢立墙东，叶落梧桐，谱入丝桐。

原载1926年《桃坞学期报》，标题为编者所加

姚自珍（1910—2017）

姚自珍与叶圣陶、臧克家等人的合照

江苏松江人（今属上海市）。作家，笔名罗洪。1929 年毕业于省立苏州女子中学（1927 年，省立第二女子师范学校改称省立苏州女子中学）。1935 年出版第一部短篇小说集《腐鼠集》，由此奠定了她的现实主义创作基调。1937 年第一部长篇小说《春王正月》由良友图书印刷公司出版。抗战期间，她的“创作激情最高，写作欲望最旺，创作成果最多”，在巴金、茅盾、田汉、柯灵等主编的进步报刊上发表了大量作品，其中不少被收入散文集《流浪的一年》《孤岛时代》以及短篇小说集《腐鼠集》《儿童节》中。1949 年加入中国作家协会。出版有长篇小说《活路》《鬼影》《这时代》《逝去的岁月》，报告文学集《咱是一家人》，小说及特写集《为了祖国的成长》《灯塔照耀着我们》《仙胡子》等。

本书收录了她发表在《江苏省立二女师校友会汇刊》上的《各述家庭之状况》一文。

各述家庭之状况

我家在松城之西，余呱呱坠地，祖父母及父母均爱之甚。越年而祖母见背，斯时余茫然无知，故亦不觉痛苦。次年又生一妹，及稍长则颇相友爱。余甫五龄，我父亲自课读。翌年又得一弟。越一年，余入小学肄业。余年十一，祖父又弃余等而长逝，时余父任事于苏锡，故家中颇感寂寞。我父喜莳花，故于庭前遍种各花，每于三五之夜，辄集家人坐庭中，相对谈笑。我母缕缕述我辈儿时状况，我等或唱歌或讲故事，以娱亲心，其乐融融。余年十四，负笈来苏。今每忆往事，犹在目前。余当力求上进，以副二亲之期望，愿与弟妹共勉之。

原载1926年《江苏省立二女师校友会汇刊》，原标题下有“前师三年级生 姚自珍”

钱锺书（1910—1998）

中国著名作家、学者。江苏无锡人，字默存，号槐聚，笔名中书君。1923 年，考入美国圣公会办的苏州桃坞中学。1927 年因苏州桃坞中学暂时停办，回到无锡，考入无锡辅仁中学。1933 年毕业于清华大学外文系。1937 年毕业于英国牛津大学，获副博士学位，遂往法国巴黎大学研究法国文学。回国后，曾先后在昆明西南联合大学、震旦女子文理学院、国立师范学院、上海暨南大学任教，后任职于北京图书馆、中央图书馆。中华人民共和国成立后，任清华大学教授，1953 年院系调整后，调任文学研究所研究员。1982 年担任中国社科院副院长。1989 年增补为第七届全国政协常委。著有《谈艺录》《管锥篇》《旧文四篇》《人兽鬼》《围城》《宋诗选注》等。

本书收录了 1926 年至 1927 年他发表在桃坞中学校刊《桃坞学期报》上的《进化蠡见》《天择与种变》《获狐辩》三篇文章。

进化蠡见

（一）真正之达尔文进化学说

尝谓世人不善观察，对于无论何种事物，每得偏而失全，斯言信也。夫达尔文进化学说之要旨曰："虽'物竞天择，适者生存'之定则常发见于自然界中，顾自然界之生存竞争，实分个体、团体二种。夫既有团体间之竞争，则互相竞争之个体，在组织团体时，不得互助以发生牺牲、献身、调和等美德，使此团体日渐强大。"（见所著*Descent of man*）然世人辄以为达氏进化论之要旨为"互相残杀""最强勇之生物即能生存"。此种谬见，实赫胥黎为之厉阶，即明哲如倭恩等，犹复不免。于是达氏进化学说之真诠，尽为达氏门徒极端片面误解之议所论掩矣。

（二）误解达氏进化学说之校正

赫胥黎等之进化学说，非仅误解达氏之意，亦即过信霍伯士（Thomas Hobbes）"人类在自然中，仅以保存己身之幸福为目的而生活——仅有'对于一切之一切战争'而已"（见霍氏所著*Leviathan*）之语也。故彼等视"生物界为饥肉渴血之修罗场，在此修罗场中，个体为己身利益之故，不得不行连续勿绝之残忍争斗，而最强捷之生物，独能繁荣。至于互助牺牲，实为实际上不可遇之事也。"此种论调之误解有二：1.达氏谓"最适者能生存繁荣"，而其门徒则误为“最强者能生存繁荣”也。盖生物之生存繁荣，佥恃环境之适应；至于强弱，实无甚关系。曾见蒙庄寓言载栎以不材得全，雁以无能见弋一事。夫栎、雁同是废物，而其结果相异如此。正以栎之不材，实适应斯栎所处之环境。然雁之无能，实与是雁所处之环境相抵牾也。苟云“最强之生物能生存繁荣”，何以古代生物强如三角龙（Triceratops）、巴利龙（Paviasauras）等者，除其骨殖发见于土中以外，踪迹竟绝于今日乎？2.达氏谓“互助牺牲等美德常发见于生物界中”，而其门徒则误为“生物界之互助牺牲实不可遇之事”也。然生物之相互助，本亦是一种生物界之通同原则。如驹鸟之于米梭沙伊鸟是也。故克鲁卜特金（Petro Kropotkim）以多年之观察，遂发为议论曰：“动物以种种之手段，避去竞争。吾人苟能于生物界加以详细精密之观察，可知最能避竞争，最能使己身适应互助之种属，必能繁荣。”（见所著*Mutual aid*）顾克氏之意，以为生物之进化，佥恃互助，非由竞争，不知互助仅可视为生物社会成立之原因，至于由此社会过渡至他社会之所以然，终觉不能彻底解释。职是以互助之说为被误解的达氏进化论之修正可也，而不可视为与达氏进化论相对峙之学说。

然则生物果如何而进化繁荣乎？曰：竞争与互助相剂而已。第吾之相剂，与达氏之相剂有异。其说将见于下。

（三）生物恃互助竞争相剂而进化说

夫社会之成立，既由于个体中需要性之相感，当然社会中之各个体不能不互助牺牲，使此社会之根本坚固。同时，亦不能不发生竞争，以使此社会进化。第此种竞争，非犹赫胥黎等目中之生物竞争，实是一种无形之策励，使弱者不致落伍，以使此社会中之各个体皆奋发有为，能得相等之发达进步。譬之赛跑，跑者靡不奋力前迈，欲得锦标。此虽发生一种竞争于其中，而个体间并无互相残杀之争斗，如赫胥黎心目中之竞争者。此种策励式的竞争，亦犹是也。请举例小说明之。

Procellaria, Pelagica者，一种小蹼足鸟也，常作巢于不列敦西岸外之岛屿。其作巢时，恐他种动物之袭击也，遂竭力相互保卫，闲时又互相竞赛其作巢之速及巢之坚固。故他种动物因其互助之坚及巢之固，不能袭击。亦以其作巢之速，无暇袭击。于是此鸟之种，遂大繁荣于是岛，而其形体且渐发生变化矣。Peguins鸟亦然。呜呼，此虽仅窥豹一斑，第亦足反以三隅。可知竞争互助之相剂，对于生物之进化，实甚重要也。

（四）尾声

年来颇涉猎生物学，于进化论尤为注意。凡有所见，辄择要笔之，文既芜蔓，说复鄙肤，至无当也。第颇自爱惜，不忍毁弃，亦犹魏文帝所谓“家有敝帚享之千金”之意耳。日者，季报记者索稿甚急，仓卒无以应，不得已遂择记中最有系统之一篇，加以今名而归之。其所以不自藏拙者，正欲效抛砖之引玉也。某虽不敏，请以砖视此文，连城夜光之赐，殊伫企以望之。

原载1926年《桃坞学期报》

天择与种变（译作）

译余赘语　威尔斯（H.G.Wells），英人，现代之大科学家、大文学家，亦Guild社会主义者也。自其近著《世界史纲》出版以后，威氏声誉益隆，欧美史家靡不异口同声称为“自有世界史以来此为第一”。良以是书能：（一）批评公允，叙述扼要，详略得宜；（二）于文化及科学转变发达之关键，指示明白；（三）出以世界的目光，一洗从前人豪行述帝王家谱之弊也。抑威氏善为小说家言，职是此书文笔虽纯用白描（白描指其无Johnsonism之习气而言），而清丽异常，读之娓娓忘倦，其亦犹柏拉图（Plato）所谓“纯美如静水，无丝毫特别色味”（Labeaute parfaite est Comme L’eau pur, Fuin’aponit de saveur particuliere）者欤。且威氏于记载史事之前，先述地球与生物之演化方法及其证据，洋洋六千余言，透辟精警，得未曾有，此岂他种史书所能及乎？斯文为此六千余言中立部，原名*Natural Selection and Changes of Species*（改订本第三版之第三章），以其能与人以天择及种变之具体观念也，故译而出之。按威氏初主张“最优者生存”（Survial of the best）遂致世人诟病，乃易为“较适者（Fitter）生存”。以余观之，似较“达尔文（Charles Robert Darwin）‘最适者（Fittest）生存’”之说更见精警，而有一日之长也。因行文之便，故于无关紧要之辞句（指在英文内缺此则不成文法，而于中文内有之则反为蛇足之辞句），悉略而不译。知我、罪我，是在读者。

一九二六年五月二十一日锺书识

时代表

800或80百万年前—600或60百万年前	太古代（Azoic or Archaeozoic）或则以为此时已有生命，或则以为尚无。
600或60百万年前—360或36百万年前	元古代（Proterozoic），虽无显著之生物遗迹，然此时谅已有Animalcuae,Jelly fish,Green scum 等矣。
360或36百万年前—260或26百万年前	古生代（Palaeozoic）前期尚无脊椎动物，为Sea scum bion及Trilobite之全盛时代。
260或26百万年前—140或14百万年前	古生代后期，有鱼、两栖类及生于湿地之树林。
140或14百万年前—40或4百万年前	中生代（ Mesozoic），爬虫类初发生。（前期）近生代（Cainozoic），有哺乳动物、草及树林。（后期）
40或4百万年前—自有史前至现代	新生代（Psychozoic），人类之初期。

（根据《威氏史纲》及Grabau博士之*Evolution of the earth and its inhabitants*）

此新奇之物，生命也者，当古生代前期时，方潜伏蔓延于浅濑及汐泥之中，而在此无限之空间内，当亦为吾侪之行星所仅有也。

迄于今日，生物界中虽有种种可惊愕之异点（一）（如植物中有Phanerogamia及Cryptogamia之异是也），然终与无生物有某种普遍的不同之处，盖无论过去或现在之生物，皆能生长，皆须营养，当其觅食与生长之时，则往来运动，即如植物之根穿土内，枝摆风中，亦无非运动也。且也，生物长至一定之时期，则恃种子、胞子、卵、分裂以及他种方法以产育新个体。易言之，生物有生殖力而已。

无一生物之生命及生长，能永远存在与进行，故必恃生殖之法，以防灭种之患。即如组织最简单、形体极纤细之生物Amoeba者，长至一定限度时，必分裂为二，此二新个体，复能继续分裂。又如许多他种之小动物，初则生存以活动，继则静止而失生动之气，体盖以壳，复分裂为较小之胞子，此等胞子分布散置之后，遂产出与亲体相似之新个体（二）（此等生殖法即Proliferation也）。然组织较复杂，形体较巨大，不必恃他物之助而可得见之动物，虽亦有分裂，然其生殖方法，决不止简单分裂而已也，顾无论如何，较大之生物，终不能出一法则之外，即生长有一定限度，长至此限度时，生长力即减少以至停止。及至长足而成熟，即能生殖；然仅全体中之一部分，能为此项工作而已，顾有或则直接产生新个体（三）（按即 Viviparous）。或则产生后尚须经一番孵翼之手续（四）（按此即 Oviparous），新个体方能出自卵中之别耳。及至既已生殖，动植物似为一种必然律所束缚，而老而衰，浸假以至于死。

今夫晶，无生物也，与有生之动植物异，其生长也（五）[此生长物之堆积（Accumulation）非犹生物之内长（Interssucetion）也]。可至无限之大（或则不长）。非受外力之作用，则不能运动自由；又乏内心之冲动，既未为生命所限制，遂能历百万余年而长存，且无生殖之力。由是观之，然于动植物者，不必然于晶。何则？曰：因生命问题而已矣（六）（生命问题，历来聚讼已久，然舍委之神造外，竟别无他种结果）。夫自Primate以至最低等之生物，均由细胞组成，而以细胞之成分，用化学方法合并后，虽具细胞之形，终无生命。譬之植物之细胞素（Cellose），为窒素与$C_6H_{10}O_5$所化合而成，第照此成分化合，生命仍付缺如。奥士勃（Osbourn）以为细胞中有一种Bion，赫克尔（Haeckel）以为原生质中有一种Psychoplasm，皆为生命之源，然此均臆想也。昔余作科学与宗教所以能并存今日之理由，尝以此树为一义焉。生物之生长、生殖及死亡，遂致有极可惊异之结果。夫产生出之新个体，或则直接或则经历若干时期后（七）（如蝴蝶必须经Larva, pupa等期是也）（八）（按此即Metamorphosis）。与其亲体相似，然无论如何，终有丝毫之不同，未能全肖。是种不同之点，即所谓个性（Individuality）也。譬之有千蝶于此，明年必蕃殖至三千或四千只（九）（包括此千蝶而言），然此蕃殖出之二千或三千只，非仅殊于亲体，亦且各各差异（十）（按此即达尔文之Law of Variability也）。夫欲辨别蝶之个性，非细心考察不为功，其事颇难。顾欲辨别人之个性，则为事甚易，试取人人而较之，复与其祖先相较，则各有各之个性，无一能雷同者。所谓人心之不同，各如其面也。呜呼！人、蝶为然，他种生物亦何独不然？于以见生物之种类，不独个个以殊异，亦且代代而不同也。

无论何种生物之新生裔纪（New-born generation）中，必有三数个体，较余者为强壮而适合环境，易取得存活之需要，遂能生存、生长而生殖。其裔以蕃，余者因体弱而不甚与环境适合之故，职是不易得食，且乏一种百折不回之毅力，以与仇战，以与物竞，其嗣以衰。个体如是，种类亦然。易言之，即每一裔纪内，必有天择之过程，使最适者能生存（十一）（如曰较适者生，然则似更见正确）。强而适合环境之生物，则享有优先权，及是则浸假为自然所淘汰也。

夫使环境而长此不变者，则生物适应之能力，每经一裔纪，必更见发达，然设环境一旦改易（十二）（环境固造人，然推本穷源，环境为人所造，故环境之转变乃意中事耳）。于是昔日优胜之个体，化为劣败，而昔之劣败者，或反能有出一头地之机会，生物种类，必将因之变异，以适应其环境，遂形成新种。昔日藩生强盛之种类，乃为此新种取而代之矣。

譬之有一种多毛作棕白色、居于冰天雪地、习于寒冷气候之动物（十三）（按即南北极之白熊），其棕白色Protective Color，此种个体，毛愈厚，色愈白，则愈适应环境，不致为寒冷所袭，不致为仇敌所见，且易于觅食。故每历一裔纪，毛色将益加厚白。然设气候变而为热，冰雪皆融，于是此等白色，将失其保护之能力，易为他物所见；向之厚毛，亦成为一种障碍。同时个体之内有棕色而毛较稀薄者，乃大获利益。毛色之度，每历一裔纪，反渐变棕薄，顾使气候之变也。渐则，是种生物虽暂时有诸多困难，然尚能父传之子，子传之孙，稍稍变异以适环境。反是，则斯种生物，将因气候骤变之故荡然无存，靡有子遗矣。此等变形以适应环境之现象，名曰“种化”（Modification of species），脱因山水之阻隔，故气候之更变，也仅占此满居生物之冰天雪地之一部——譬之（Gu if stream）能使障阻之一面温暖，而别一面则仍寒冷是也，职是此气候未改变之一方面。上述之一种生物（指白熊）将仍使其毛色增加厚白之度，而他方面，气候改变之一方面，则厚白之毛色渐成棕薄，且因一须抉食于白雪之中，一须奔走乎黄土之上。其需要不同，故足趾乃以之殊异，复缘气候相歧，取得之食料亦随之而改变。于是消化器官以及牙齿，遂亦不同，皮肤之汗腺又因体毛厚薄之关系，以致大相径庭，随即影响至于排泄器官与体内之化合作用，结果遂至同源一类之动物，显然不同，截分为二，有若鸿沟。此等一种生物之后裔，忽分为二种，或二种以上之现象，名曰种歧（Differ Entiation of Species）。读者须知此等基本的生命现象——生长、生殖、死亡、变异、种歧、种化等——凡有生之物，莫不如是，即数千万年前飘游于Proterozoic（十四）（太古以前之时代）时代之水中之生命基础［原文为Simplebeginning，今借用赫胥黎（Thomas Huxley）语］。亦已如是，岂只此冰天雪地中之白熊为然哉？（完）

［文中注（一）（二）（三）（四）（五）（六）（七）（八）（九）（十）（十一）（十二）（十三）（十四）均为译者补入，以使原文意义明显者也，注（七）（九）（十一）为作者原注。］

补白　译者既译毕此文，有内疚者三：（一）因欲使读者明了之故，于原文词句颇有增损，次序（指原文词句之次序）亦稍更易，读者苟以失真见斥，无所逃罪。（二）原文为鸿篇巨著中之一章，与前后文皆有关系，不读前后文而骤读是文原作，必有数处不能明了。译者欲此文成为一独立之著作，故于与前后文相系属处悉略而不译。鲁莽割裂，主臣主臣。（三）原作文章佳妙，译者才浅，既不能保存原文风味，又不能使译文在国文中与原文在英文处有同等地位，至于死译式的保存原文风味法，译者不敏，殊未之学。

此三处皆无所逃罪，不敢望读者原谅。又有三问题：（一）生命问题见注六。（二）高等生物既谓自下等生物进化而来［观复规律（Law of Recapitulation）可知］，科学家又谓Abiogenesis之说为不确，则此种下等生物复何自而来；且较高等生物既自下等生物进化而来，则今日舍较高等生物以外，宜无较下等生物之迹。如云环境不同，演化有迟速之别，则寻遍世界盖无一处无较下等产物者，岂此偌大世界，竟无复适宜演化之环境耶？（三）生物既能适应环境，则宜无所谓淘汰及优胜劣败等事实，现代科学家靡不以为最适或较适者生存。易言之，即不适者必处淘汰之列，同时又主张生物能适应环境。夫既淘汰，又乌能适应环境？既能适应，则又不至为自然所淘汰。此言似犯逻辑之矛盾律（Law of Contradiction）矣；然则究竟如何，尚属疑问。此三问题，译者在小学校初治生物时（1922年）即已横亘于胸，迄今仍未得圆满解答。虽然译者以一未成丁之小学生，知识有限，故特附书于此，以质高明。

一九二六年五月二十日，脱稿于桃坞中学之后楼

原载1926年《桃坞学期报》

获狐辩

余以不才，而喜文事。至十三四，始粗有成。斯文即三年前作也，其事则详于篇中云。时方诵习《国策》，故语颇奔放，大异乎今。倘亦侯壮悔所谓“泛驾之流兴”，非所敢望也。丙寅十一月十五日写此呈君纲吾友，以应其求，锺书题。

月之某日，女佣某氏，获一小狐于仓，以为鼬也，杀之。迨夜，长嗥起乎庭中，声惨以厉，彻晓不息。家人聚而谋曰：“是狐鸣也。昨所杀者，殆雏狐也。噫！狐，灵物也，能祸福人者也。倘使女佣祝而谢焉，陈其误而非故焉，或者免于戾矣。”女佣如言，迄无恙。家人曰：“狐恕之矣。”钱子曰：“是不可以不辩。”

常言曰：“人为万物之灵。”吾不信也。何则？雊雉见之《商书》，石言著乎《左传》。武王渡河，火流为乌；汉高起义，白帝见杀。逮夫今日，蛇也，狐也，莫不以为神灵之所冯依而崇拜焉。则是物灵于人，而人为万物之灵云乎哉？且以狐之灵，而不能自藏其身，致为厮养所歼，灵物顾如是乎？夫狐出不以时，死宜也。既杀之，又从而拜之，果何为者耶？斩关之盗，人不责其穿窬；杀人之囚，律不科其斗殴。何则？以斩关方穿窬，小罪也；以杀人概斗殴，细故也。狐而有知，宁以一拜而杀其子哉？作《获狐辩》，以解家人之惑。

原载1927年《桃坞学期报》

费孝通（1910—2005）

著名社会学家，苏州吴江人。1920 年进入苏州振华女校读书。1924 年考入东吴大学附属一中。1928 年就读于东吴大学医学预科。1930 年考入燕京大学社会学系。1933 年成为清华大学社会学系及人类学系研究生。1936 年获公费留学资格，赴英国伦敦大学政治学院学习人类学。1938 年获哲学博士（社会人类学）学位。回国后，先后在云南大学、清华大学任教授。1942 年加入民盟。中华人民共和国成立后，历任第三届、第四届全国政协委员，第五届政协常务委员，中央民族事务委员会副主任，中央民族学院教授、副院长，国务院专家局副局长，第六届政协副主席，第七届、第八届全国人大常委会副委员长，民盟中央副主席、主席，中国社会科学院社会学研究所所长，中国社会学会会长，国家民委顾问等。著有《江村经济》《生育制度》《乡土中国》等，译有《人文类型》《世界史》等。

本书收录了 1927 年至 1932 年他发表在《振华女学校刊》《苏州儿童》《苹英校刊》《东吴年刊》上的《整理校友会建议书》《南园》《落叶哀蝉曲》《怀 A》《血汗金钱》《六十四号的一个朝晨》和《为何中国没有科学和社会科学是些什么》七篇文章。

整理校友会建议书

诸位校友：

光阴一天一天地过去，社会的势力，社会的黑暗，也一层层地加到我们身上，使我们不得不回顾童时的光明和快乐，虽则在空冥的回忆中，也常得到甜蜜的安慰。为了不愿失去童时的影像，而同时却对母校发生了深刻的感情。

诸位大约也感觉到这层的罢！但是望梅止渴的行为，总是无益的事情。惟一积极办法，就是把失去了的“幼时之友”重复聚拢来，旧梦重温，定有一番滋味！

讲到我们自己呢？如何？这是不待我解释的。诸位一定觉得母校校友会太没有“实”。校友方面，也散漫不堪，如同一盘散沙，毫无一点团结合作的能力。我记得，校友会成立的时候，我时还幼。但到现在，屈指已有六七年，但是成绩在哪里？诸位能不哑然失笑？

至于校友会的性质，本负有二种责任：

一、校友之间：保持在校同学固有的感情，使不因相离而有所疏忽，或改变。

二、母校和校友之间：亦须保持其爱护之心，及供给改善之意见和方针，使母校向上进步。

把以上二点，证之振华校友会何如？鄙人等不才，固不能断其尽责与否，但由事实方面，用归纳法考察之结果：大多旧时同学，已成路人，相见不能相识，相识又不能相呼应。这种现象发见于我们亲爱的母校，实不可抱乐观。然则，果谁之过欤？诸位校友，不爱幼时之友，不爱母校则已，否则，谁还能辞其咎！

已往的已经成了陈迹，未来的时期正长。我们为校友计，为母校计，特提出此书，以供诸校友们，同此意者之采纳及商榷。

从我们几个人观察上的结果，振华校友会应注意改革的几点，述之如下：

一、组织方面

查校友会本系会长制，总揽会务，由一人负一会之全责，所以一人之努力与否，直接影响于整个校友会的前途。因之负责者人数太少，会务当然不易发达。即如出校刊一事，自议决之后，至今尚未执行，可见无专司其职之人，不易成功，所以我们拟改为委员会制。如下：

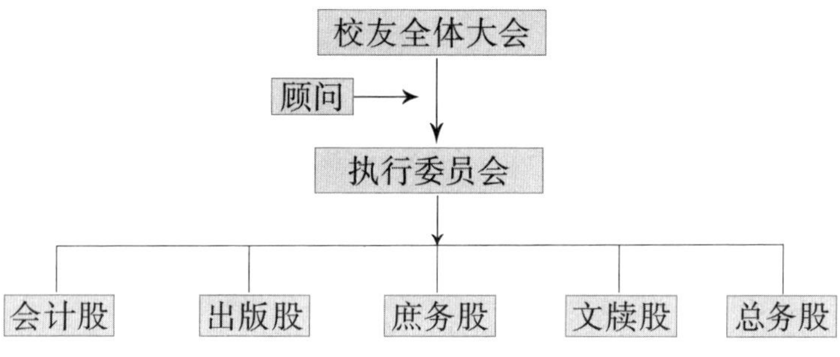

把整个的会务分成各股。每股由一人或二人专司之。

二、工作方法

照我们意见，校友会最重要的工作是发行刊物。因为校友是分散的，不是总合的，相会见直接交换意见的时候少，感情因之常生隔膜，调和和补救的方法，只可靠文字方面，间接交换意见了。

刊物的内容也可分为二部。

甲　对于校友方面：如报告校友消息及调查等。

乙　对于母校方面：当尽力发表对于学校行政等方面之意见，以供当局者之采纳。

除了刊物之外，就是提倡校友中之小组织——例如华光等——使甚接近之少数校友中组织一小团体，能补校友会之不足。

三、精神方面

总而言之，校友会之能否发表，全视校友精神之巩固与否。老实说，振华校友会之所以如此散漫，全系校友之太没有精神，所以根本须改良的，就是精神方面。现在校友们普遍所犯的劣根性是："不管事""不合作""不负责"。

诸位校友们（我们当然也在其内）！想一想，是否如我所说？没有犯的固然最好。如犯的请千万焕发起来，来建设我们新的校友会！

我们大家应该做的事：

要求在任职员宣布工作报告（《华光报》很愿意借给篇幅）。

要求速召集校友全体大会，解决一切整理事宜。

发表各人意见。

规定进行方针及工作大纲。

建设新的、有精神的校友会。

愿诸位校友——

努力！

建议者：费孝通

原载1927年《振华女学校刊》

南 园

小朋友！我们苏州什么地方最有趣？有许多人回答我说是观前街。不差！观前街的确是最闹热，而且红红绿绿的人，来来往往煞是有趣。但是观前多去几趟，就容易厌的，而且一年四季，总是这样人声嘈杂得使人头痛脑涨，呆板板的几家店，老是没有趣味的在做买卖。完了，我是不喜欢观前街的。

观前街既然不喜欢，那末有什么地方可以去玩呢？小朋友！你们若愿意听我的话，我就介绍你一块有趣味的地方罢。这地方就叫南园。

南园在什么地方呢？你们一定要这样的来问我。南园很近，就在城里，我们大家都知道，或者有人不知道，向先生去讨一张苏州地图来查一查就可以明白，在我们城里最南的一条大街，就叫十全街。从十全街南面起（地图上向下看），一直到城墙，这一块大大的区域，就叫做南园。你们现在一定知道了，南园是很大的，并不是像留园或者西园那样有墙头围，进去要钱的园子。那里是一片很大的田野，一个“城里的乡下”。

那末南园有什么好呢？有活狮子么？没有。有木人头么？也没有。倒底有什么好呢？我可以对你说：“真好，一年四季，白相不完，就是天天去，也天天有天天的景致的。”

你们若听了我的话，到南园上去——当然要你们自己走的，因为车子是拉不到的——你们一定会大大地叫起来，使你们惊奇，在这边横竖都是狭窄的田畔，苏州城里会给你寻到了一个青天浩荡、宽阔的田野。

若在春天去，你可以看见焦黄的菜花，安安意意地躺在碧绿的秆子上。讲到了菜花，我记起了一件事，就是许多小朋友做作文的时候，常常喜欢把黄金来形容菜花，那真亵渎了菜花了。菜花的黄好比在太阳下山时在天空中跳舞奔逐的仙子的轻纱。多么美丽！多么怡人可爱！如何能把黄金来比拟呢？黄金是个世俗人的宝贝罢了！

菜花轻轻地披着南园的时候，除了农夫们辛辛苦苦地在田中作工，和我们小朋友面上挂着微笑地散步外，还有许许多可爱的小蜜蜂和蝴蝶，她们一方面在很勤俭地作工，一方面却在跳舞唱歌，她们好像对我们说："作工是一件快乐的事！不作工，快乐是寻不到的！"小朋友，她们真快活极了，快活得立都立不定了。

说起了蜜蜂，你们一定要想起那些在玻璃上乱撞怒叫、拼命刺人的蜜蜂了。但是，我应当告诉你们，南园上的蜜蜂，并不如此。她们异常和善，很合着拍子，一点也不乱，就是飞上了你的脸，至多也只向你亲亲热热地接一个吻。只要你不想打死她，她决不来刺你的。因为在南园上的蜜蜂快活得只想作工，把一切打人、刺人的心思早抛到天边云外。我简单地告诉你们，天下只有那辈偷懒不肯做事的东西，才在专心用意地想欺侮人家，掠夺人家的。

南园上当然不止菜花的黄色，还有许多胭脂般的桃花、翡翠般的杨柳。

我先来讲杨柳。她最柔软活泼，真和我们在跳舞着的妹妹一般可爱。但是，她也最喜欢作弄人家，直到她给春之神把她的脚变成了根，插进了地里，她才改善了一点脾气（这件故事你们若喜欢听得详详细细，可以写封信来给我，我一定再讲）。但是有时要发发老性，只要看她把柳丝儿浸入了河里，来吓鱼儿——你们一定知道鱼儿最怕的是钓竿，和我们对于枪一般可怕——杨柳就利用了这个机会，荡在河里，来吓鱼儿，和善的鱼儿岂知她的诈术，当真的匆匆忙忙拖子携女地逃难了。

桃花红得真好看，而且都欢喜和碧绿的杨柳做伴。讲到这件事，也有一段好听的故事，有机会再讲给你们听罢。

我记得去年有一次和几个弟弟妹妹一同到南园去玩的时候，也是正值桃花红满枝头的当儿。一个妹妹定要我折一枝桃花给她，乡下人见了并不发怒，很和气地对我们说："你们喜欢，折两枝不要紧，只要不多折。因为来了一个人，折了许多，不上几天都折完了。后来的人，看了这光光的树，是不是不免要无趣了么？"我们很感谢他们。小朋友！花是天底下最美丽、最讨人喜欢的东西，但是在你们喜欢的时候，也应想起除了你之外有无数的人爱着她。小朋友！我们对于花的责任如何？我想我们应当想一个法子，使世界上没有一个人得不到他们所喜欢的花。这样子，那末花也要和你点头微笑地感谢你了。所以，看花的时候不要不加思索地就伸手出去折了一枝，折了下来，又是一挥地把她摔在泥里，这样子花要对你哭了，我也不能不向你们哭了。小朋友！记得么？"花是人人喜欢的！"

我讲了一大堆话，还没把南园讲完，就是单单南园上的春天，也没到十分之一。你们如喜欢我的闲话，那末让我下次再来讲罢。

原载1928年《苏州儿童》

落叶哀蝉曲

秋风起，落叶纷飞；寒烟迷，野草凄凄，哀蝉落叶声渐稀。汝当日漫舞高吟，今日枯零亦太悲，依稀见，哀蝉落叶两依依。

秋将去也，惜秋人；且把酒来醉，燕子已南归，且看东篱雏菊肥。看东篱菜蕊正陶然，忽闻落叶萧萧，哀蝉凄切，触动酒后愁。叹人生如露，秋深忍惜醉颜绯！

原载1929年《苹英校刊》

怀 A

渺渺兮予怀，望美人兮天一方。——苏轼

秋雨滴梧桐，秋枫处处红。潇潇夜雨，声声打进我心胸。牵动情思，远忆行人意殷殷。你那里有的是青山碧水，丹桂缟梅，小桥尽处，还有那鸟道羊肠，真是一座如花之清、如玉之洁的乡镇。课余小步，菱塘试桨，是何等逍遥自在。我这里烟雾迷天，喧哗俗地，虽说是城市，实不过一座愁城。何处去得，把我烦闷消散呢？

夏尽秋来，还是新秋的细雨断续之晨吧？！夏蝉再不在那里骄气凌人般地高鸣，小汽油船是开了，来往江中的船只，虽是断楫破帆，却都含无穷的画意。一村一镇地过去，我只恨船行太快了，已送你到目的地了。

当送你入校，经过那阡陌鸟道，左山右水，那时再不有雨意了，已是碧天红霞，日将西沉的傍晚了！这些美景，当别你后踽踽独回时，哪里有心去鉴赏它呢！这许多直到回来后方觉到确是美景。

那夜孤独地睡在远地，扰人清梦的秋蚊，让它抽血吧！念念不忘的是你在新校里如何。一梦醒来，汽笛声已催着行人归去！依样的来船，依样的江水，如今送我行了！来时不觉静寞，去时只有孤独的我了！

晨曦初启，大放光明，远近八荒，都是碧苍可爱的山峦，岸堤上的野桑，

振华女校凝怀亭

天际的白云飞鸟，小港深处，孤舟独系，几双白羽红冠的鹅，已无辜地受江水的惊漾而对鸣。晨曦又稍稍暗下来，真是阴晴交酿的新秋气象啊！待他重放光明时，才惊醒了如痴如醉的我，方知道舟已一步一步地离开你了，离开远了！我恨不能把那些山峦拉住，它又拿我送回到这座愁城里来了！咳！“渺渺兮予怀，望美人兮天一方。”

原载1929年《苹英校刊》

血汗金钱

这也许是长者底尊严罢，但是实在是事实。当敬仁的父亲——一个年将半百的老者，从他苍老的面颜上，已可给我们深深地知道，他是个受过许多世俗困苦艰难者——给他用款时，总听到一番叮嘱。“血汗金钱”是一句时常刺耳的话，所以敬仁每向他父亲要款的时候，总觉得“血汗金钱呀！敬仁！”费用老父底“血汗金钱”，于心何忍——敬仁本是个新时代里的好青年。

这是敬仁告诉我的，他在进中学时候，每月父亲给他三块钱作为零用。现在已增加了两块，因为添置物品和其他都有另费，所以五块钱一月零用，是很够了。要是精细算来，每星期也有一块多钱车钱，一星期出去一回，哪里用得完！敬仁也这样想着。在他父亲呢，看来这是宽裕有余了，所以有时总说：“我们小的时候，要是大人给了我们十文钱，快乐得什么似的，也许走进了元妙观，两文一碗豆腐花，三文一碗六只汤圆，游罢归来，既饱且乐还可多下一半——五文——贮蓄起来，新年里那大有用处了。”虽语近滑稽，但是事实是这样的。就是敬仁他也曾感到，在小学里时，每星期有了两角小洋，已很充裕地过去，那时的两角已只可抵父亲时十文了。现在，现在却难了！现在却难了！

有人以为敬仁欲望提高了，当年小学生的欲望，今年中学生的欲望，欲望奢华，钱哪得不用大呢？！实在敬仁的欲望何尝大呢？！这是可以证明的：他不曾吸过一根香烟，更不曾涂过一瓶香油、孔雀髓、士丹康，但是一块肥皂、二包无敌牌牙粉，总要的。此外几分邮票，亦所不免。有时他觉得身上太不舒服，跑到附近××浴堂里去，滗个浴，带便喊个理发匠，把头发剪一剪，小账等等，半块钱总不能省了。要是稍宽一点，跑到青年会，一乐也去，那一个浴半元，剪个头又是半元，也不算什么！敬仁更暗自庆幸，幸亏不是个女子，否则一个月理发、装饰、美容三项，恐怕那全部来用还不够呢。

有一次好像自虎丘归来罢，途中遇雨；这次的去，还是为了级会全体开茶话会去的——上既无雨伞，下又无雨鞋，只好喊了一部车子，讲好价钱四角小洋，走到半路，忽然车停了下来。

“先生！这里修路不好走，要是走那边兜去要加上一半呢……”车夫说着。

“那么怎样呢？”敬仁已明白车夫的用意似的问着。

“请加点钱罢。”车夫的笑声。

“我知道你又讲到加钱了，四角钱已不算少了。”

“另唤别部车吧！我不高兴去了！”车夫的怒声。

敬仁虽觉得太无理取闹了，但是一看附近又没有车辆，啊！这明是车夫的巧计，正想发作几句时，怜悯的观念，到他意识里来了。“他是劳工。”“他是苦工。”“他是以血汗换钱的。”“血汗金钱！”“血汗金钱！”敬仁惊悸发抖了。他只得答应了加他半角钱，忍气地拖到了校门，敬仁拿出六角钱来等他找，等了半天，车夫找给他二十七个铜元。照理当找三十六个铜元的。

“先生！算了罢，我没有铜元了，满身的汗……谢谢你！”车夫带着笑容地说。

他没法想，身边没有铜元，门房老头也没有，同时听着满身的汗……汗……又引动他“血汗金钱”的回忆，钱却已进了车夫袋里，也只得一笑置之，可是半元又非他所有了。当他拿着不足数的找头走进校门时，似乎还听见车夫谢谢的声音。当他回头看时，那微笑的影子，引起了方才要求加钱时那副可怕的脸之想象轮廓，他低着头远远地走进了校舍里去了。

又有一次——好像是星期六例假吧——敬仁出门后，为的要付车夫车费，向纸烟店里兑了一块钱的角子，当他拿到手时，店伙喊道："都有印，可以来换的……全好的！"

当他拿起看时，果然个个有印，也就匆匆地向袋里一放，走了。后来发现了其中有四角（二个双角）是坏的，说是新版不可用。他回校时，拿了去换，他以为有印，当然可以换的，当那店伙接了坏角在手时，对他看了一看，忽然觉悟似的道："嘿！这不是我们这里兑的，我们的个个都有'申'字印的，不是我给你时，你自己也看见的么。"他翻转了，把印上的字看了一看，又接道，"你看，这里不是印着个'润'字么？恐怕是别店里兑来的，什么'润庆祥'呀？'润记'呀？你弄错了！"同时那店伙拿几只角子出来，果然都有极清楚的印，印着"申"字在上面。当敬仁再拿回坏角看时，一面果是个"润"字，同时还有一面，却何尝没有印，不过糊涂的一团紫色罢了！他只得怀了那坏角，默然地归校，怀疑着个中的秘密。

后来，他听同学说道："×××是苏地的大劣绅，他的起家全是靠着铸坏角子分到兑钱店里去充用，现在果然住起洋房，面团团做富家翁。有时捐了点慈善捐，人家还称他慈善家呢！说他做什么！"敬仁顿悟了。

啊！"血汗金钱"有多少人们果是以血汗换来的？我爸爸数十年来，辛辛苦苦，勤俭过日，还不敷家用呢！世界上的人们呀！都是以血汗衷心无愧换你的金钱么？

半月后，敬仁战战兢兢地把五块钱用完了，每用一个都经他细心地考虑过，但是究竟用完了，浪费？不！他自己也不明白怎样。他捧着四角坏角子，最后叹了一口气，喊道："完了！血汗金钱！血汗金钱！"他的懊丧，把他引到睡乡里去了。四角坏的角子，却默在灯光下，仍然发出它底光芒，表示它的胜利！

原载1929年《萃英校刊》

六十四号的一个朝晨

一

太阳光似乎很不高兴到六十四号来，来时总懒懒地拖着脚，所以六十四号的朝晨总比别人家迟一些。本来，即使他早来了，也要干枯得发抖地溜跑。因为天天见着的，总是这两个睡脸，其实只有一个半，半个还要给被头盖没。看察睡着人的脸本是一件极有趣的事，可以从他泪痕或笑印中，眼腔唇边，猜寻出一些露泄的梦境，何况那些春风剪惹的甜梦？可是这两个睡脸，六十四号中的睡脸，温在平易的梦中，他们的梦真平易得和他们生活一般，任你细察深考，总也偷不出一丝梦屑。于是，平易的生活，造成了那素白的梦；素白的梦又造成了一室松弛的空气，淡枯的晨昏。这种空气，这种晨昏，有谁可以留恋（除了这两个平淡的人），何况这活泼初上的晨曦？他们也只愿如此，可以继续着他们无扰无阻的睡觉了。

最可怜的，还是枕下的那只表。行动真谨慎得不露一丝声息，忍气吞声，因为她知道，隔着枕的梦，是不可轻易惹动的。可是她虽是已经这样的小心，但是上帝最喜试探弱者，愈是你弱，压迫愈多，说他欺负弱者也可以，因为天下只有弱者在吃苦。果真，只要时候一到，短针移过了七字，可怕的咒诅立刻到了。她经验很多，所以一到七字，总是急急地想避过这危险，所以走得似乎比平常快得多。

钟声在六十四号早失了威权，尤是朝上的两次，他很识相，也不再来烦扰他们，所以钟虽是已打过两遍，六十四号中的空气依旧松弛得毫没惊动一般。不久，有一个模糊的声音发生了，猜上去，好像是个“通”字，但很难证明这是个有意识的声音。若是他们醒时，自己听得了这种声音，一定又要用那刚才新读到的行为学来强解，说这是一种行为，向表下攻击令的行为。的确，事实上是如此，不信，可以去问表自己，她一定会抖嗖嗖地向你诉苦：“不差！我听到这声音，真只好哭。因为这声音总带着可怕的凶脸同来，总是骂我和他作对，说是我有意走得快点，不让他安心睡觉。若是我真是个坏蛋，那末，骂骂也不怨，只是我永没有存过欺骗他的心哩！”这类话幸亏没有人来转述给他们听，若是听见了，一定要引起一阵冷笑：“谁叫你给我们骂呢！”这也可以说是六十四号中新产生的哲学。以前他们也怜悯过别人，也希望别人怜悯过他们。可是现在不然了，不然的原因是只为了尼采的一句话：“恶者，弱者所生之一切而已。”

继着这模糊的声音后，就是一阵木床倾轧的骂闹。真稀奇，尼采确有灵感，六十四号里的木床也会来证明他战争的哲学，轧轧地闹了一会。六十四号的生命也就开始了。

六十四号和其他宿舍，一毫也没有不同，高度和阔里相等，大约建筑这房子的工程师，和他们一般懒查对数表的。矩形的两端，向南的正中有一方窗，窗有两层：玻璃窗和铁纱窗，玻璃窗从没关上过一夜，任你窗外大雪纷飞。六十四号是不怕的，不肯显弱于冷空气的。纱窗则铁锈不堪，本来漆着绿油的铁纱不应该铁锈得如此快。只是为了同学们读白先生的英文班太认真，连Exercise 都实行起来。*Sentence and Thinking*上边有一句“If you see a thing too often, you no longer see it”。于是他们倒茶脚时，把常见的纱窗，视若不见了。顺手一挥，点点的茶，被迫着从微孔中乱挤，于是铁纱上揩满了茶，所以这样容易铁锈。读过了化学之后，对于这解释又起了疑问。书上明明是说铁锈是氧化铁，茶又不是氧，满书寻遍，也寻不出这类的化学变化。茶虽含着水，水虽含着氧，但是都是compound，他们的性质早已变去，怎会有氧化铁呢？结果争执了几天后，适在社会学班上读到了compromise的重要，于是调和起来，造成了一个新方程给那铁纱上的黑色物一个“茶化铁”的大号，这事才算解决。

对着窗的就是门，窗既向南，门当然向北。若是地理先生问时，只要说门在上，窗在下，就够了。房中有两架床，去年合并在一起，今年为了免除无限制的夜话起见，他们议决分开了。在算学书上一翻，说矩形中以对角距离为最远，于是在东北、西南两角各架一床。最初模糊的声音是常从东北角上传出来的。

“通！……天亮了么？”原来东北角上的仁兄，就是半个头给被头遮着的那位，说着时，非但眼睛闭着，即使睁开，也不会知道日高几尺的。

通听见了有人在喊他名字，也醒了不少，第一件事就是向枕下去寻表来看。表是早蜷缩得只在打战。“该死，这样快，钟还没打，已是七时过了么，混账。”他把耳朵轻轻地凑近表面，肚子寻思：天下哪有这等不合理的事？或者昨夜没有开，停了罢。“刚才睡了一瞭，什么又要叫我起身了呢？太岂有此理了。”诚实而有规矩的表，不会说谎，“早安！先生，现在确是七点十分五秒，一些没有懒惰，而且要感谢你昨夜是没有忘记喂我。”

“什么时候了？听，饭厅的门不是又砰砰湃湃地在响了么？”

没有话说，不求人家怜悯，起来就是了。只是一肚的气，只有向表来发泄一下！“哼！要你走得这样快做什么？”幸而老练的表，听惯了这一类的话，自顾自，踏着脚走自己的路。

两个头都出了被头，相对看着那顶着鸟窠般的头，见惯了也不觉得好笑。通忽想着什么要事一般地拍着床板说：“又是你，偷鸡不着，一把米又白送脱。”原来他们有一个很经济的计划，不知在哪本书上看见了一篇读书法，说朝上脑子清爽：读一遍，胜过晚上五遍。于是，他们就商量说，横竖总是八小时睡眠，晚上九时睡，朝上五时起来，和晚上十一时睡，朝上七时起来，既可省了犯校规买蜡烛，又可得十倍效力，真是何等经济。所以，他们就议决实行，试试若是果真靠得住，那末一定要献计给经济学教授姚先生，一同合作来改一改校规。计划的确完善得无以复加，而又合于科学方法，但是试了许久，总是上了梦的当。鸡是一次也没有偷到，晚上却是已牺牲了不少时光。

“不要东怪西怪，今天再试一次，失败是成功之母，你受了这一点小挫折，已是大哭小喊，将来何以能天下国家为！”比较更勇敢的刚，又捐了大格言，和老国文来做御箭牌，其实上了当还没够，要再上上罢了。

“腰酸极了，脚上还没有结巴，又是这一来！”

“倒不是么？我也翻筋斗翻动了头盖骨，健身课有点难降笃！”

但是他总究是好汉，至少他们自己认为是好汉，困难、痛苦，一些也不在心上，只怕没有，所以天天在寻找。好好的身子（别的且不要说）也不肯孝及发肤地保守起来。还要天天地爬绳攞禄高低，打架寻事。实在无事，每晚临睡还来几下up and down。其实这又是尼采的作怪，他对他们说，强烈的意志，须有强壮的身体，“我唯肉体而已，肉体之外，他无所有，灵魂不过肉体中之一物而已。”“你们要做全世界的主人，要从自己做起。”这事效果还没有见到，只怕又和读书法一般上当。

“快点罢，第一课又是化学，不好玩的，真要命！”

二

六十四号是位在全校宿舍最适中的地方，开了门直可看到林堂中部，窗是正对着“工友”们的总部和通饭堂的大道，隔壁是上楼的楼梯，这样坐落，何等重要。往来客商、同学，谁也不易偷漏，因之一辈走读同学，朝上一朝气呼呼长途挟了书而来，不免要来休一休脚，所以房中也备下一个书架，专作客货的栈房。到了有体操课时，长袍、短挂、皮鞋、跑鞋，更是百般闹热，若学了国民政府，收回了关税，不是一笔很好的收入么？

他们正在议论着腰痛骨酸，或是正在穿鞋着袜，门上有敲门的声音了。

“come in! ”

他们为了便利起见，不待不平等条约的缔结，早就把六十四号开成了一个自由贸易港，永不封锁，所以不论在床上、椅上，听得轻轻的门上有声，只要鼻子一哼，说一声“come in”，不知“coming”门就不烦你起身迎接，早就洞开了。

这事成了习惯后，一天不知哪人在晚上偶把锁子旋紧，门锁上了之后，到早上，那位老客人，又来了。照例的搭搭两记，身子一撞，门旋一转，想踏步进来。不道，铁将军毫不容情，害得他眼镜也险儿遭殃。他吃了一撞，还以为门内发生了什么事件，立刻传到工友，把门打开，只见一个半睡脸，动也不动，这真把他吓得一跳，推醒了来，才笑着在额上揩汗。

“该死，刚起来，今天化学要Quiz呢！又忘记了么？”

“什么？谁说，写，——不差，哟——快点，书——书。”衣裳还没穿齐，鞋子还没打结，两手已忙在桌上寻书。

他们的书，除了图书馆外，真少有比得过的了。三网篮、两书架、两枕边，满台子真乱得厉害。有一次他的姊姊来望他，回去笑了半天，说很佩服他们能在这假山式的书桌上读书，非有特付天才不可。把书来比假山，还是不大妥当，因为书是天天在翻动的。现在这本书在这里，隔一刻不知又哪里去了，垦荒的手太勤劲。他们听了姊姊的话，说若是假山倒好了，那块琴石，那块鹦鹉石，一指就指到了。他们别的不讲，小小的房间中寻书，一天不知要寻去多少时候，若能把这些时间积起来，真是一百个John Halifax 也早造就了。

“化学！化学嗳！……”

幸确他们上帝挈助，介绍了他们一个朋友，他虽是近视眼，看东西时总隔着一层玻璃，但是却很尖利敏捷，如张飞一般，于万重假山中寻取所要的书，如探囊取物。只要他们一喊，那本书就应声的在他手中了。

他翻开了书，“不要闹，强记几条公式再说”，一头念着公式，一头拿了面盆倒面水去了。

面水是在六点一刻时，工友们早已替他们预备在廊里，廊是接着旷大的操场，而且洋铅桶又十分慷慨，不上一时，所有热气都已送给冷空气去溶露珠去了，所以等他们起来取时，早已冷若冰霜。热天还好，冷天实在不敢领教。幸亏，他们房间位置适中，交通便利，于老火灶尤是亲热，平时虽常嫌它灰尘讨厌，那时真是感谢无穷了。

取得了热水后，上课至多也只有十几分钟，还有十几个方程式要读，吃粥是没有希望的了。于是，一面揩面，一面留心窗外的过客，若是见得了熟悉的朋友，就含了牙刷地喊。

“老朱，带个面包来！”

自从早粥增加了面包之后，他们睡得安心不少，本来学堂里的粥不比家中，他是只用来充饥的，不是用来欣赏的。充饥是一种责任，一毫不带兴味和乐趣，以前为了尽责起见，不能多睡；现在既有面包可代，而且面包又不一定要“正位而用”的，随便什么地方，什么时候，都可向嘴中乱塞。

说起了吃的问题，他们看得十分重。自从他们回府时，在火车站等了两个钟头的脱车，吃的问题更加注意了。他们说身体也是和火车头一般，煤力不足，终免不了脱车的，所以吃东西非考究不可。于是，就在小小的预算表上，在学费项下，添入一项牛乳或其他补品的小字。

起初，他们定了两份牛乳，每天朝上送来。冷牛乳很不容易吃，就买了一盏火酒灯和一听火酒。但是要煮沸两瓶牛乳，十分钟是不够的，若是为了它早起来，又不肯（即使肯也做不到）；为了它迟到上课，又说不过去，更加火酒灯是学校里规定的违禁物品。（虽则，听说女生们可以生火向炉，但是可惜我们碰不到仙人来化身，用火酒灯终是件犯法的事。）于是商量来，商量去，结果还是刚的弟弟聪明，想着了一个用滚水泡的方法，泡得虽然不滚，但是很合吃牛乳新法，不煮沸，维他命可以不死，也是一举两得。但实行了不久，两人不约而同地肚泻起来，谁也不肯不怪到不煮沸的牛乳身上去。正在那里百无良法时，他哥哥知道了，就送了一听清鱼肝油来，说是清鱼肝油，效力比牛乳大。吃过清鱼肝油的朋友们，总可以想得到那股难闻的香味。这股香味，不加训练，真是闻尚不能卒鼻，何况下咽。幸亏六十四号中的字典没有个难字的，愈是别人说难，愈是要试试。所以一吃过面包，就互相督促着吃补品了。

“吃！身体好——”说着，就是一匙，向肚中倒下去了。过了不多时，也吃惯了，非但不觉其苦，反而尤有一般滋味在心头了。别的还好，倒对不住那位眼睛光刺、寻书拿手的朋友，害他打了不少恶心。

吃完了鱼肝油，一切问题都总算解决完了，只有一样，就是和山一般的被窝，真是没工夫去掘平了。即使有工夫，也没有勇气，其实为了掘平山冈本身给愚老头儿看成了易事，六十四号是不肯做易事的。平地上没了山，成什么全界，被头叠得笔挺，成什么床！是不是？所以六十四号的朋友们，就留着这不平的美，跟着钟声去上课了。

原载1929年《东吴年刊》

为何中国没有科学和社会科学是些什么（译作）

一 、译者附言

中国人对于西洋文明的态度，可以分为三期：第一期是西学为用时期。那时一般的见解以为，西洋之所以强，在他们的坚甲利兵，若把他们的枪炮买了来，或进一步把制造这些东西的方法学了来，西洋文明尽在于此矣。经了几次败仗，才觉得西洋文明不限于坚甲利兵。更因日本的维新引起国人注意，于是有第二期政治效尤时期。西洋文明的中心是他们的政治组织、民治精神，中国所缺乏的正是这一套东西。我们要的是新政和新民，遂产生戊戌政变、辛亥革命，但结果如何呢？西洋文明尚不止此！于是有五四运动开始的第三期，“精神改革时期”。西洋文明不单是坚甲利兵，不单是民政修治，而是他一切现象底下所潜在的精神。我们要的是西洋文明的精神，只有他才能使中国生存在二十世纪的世界上。西洋文明精神为何？曰科学精神。

这种分期很容易引起误会。若以为在第二期时，第一期的态度已经消灭，第三期时大家就都能认得科学精神的重要，那就大错特错。其实到了现在，真正富有科学精神者，能有几多？就是知道了有科学那东西的人，甚至在学校里选了化学、物理为主科的人，还有承继第一期的态度，以为中国所要的只是实用科学，而且以为实用科学只限于自然科学。把科学分为实用、不实用是很错误，至多也只能说同一科学有理论方面和实用方面。但是，科学所以可以实用，全靠他的理论基础，科学的理论基础却又筑在科学的精神上。我们若认为西洋的文明有可取的地方，就应当从根底做起。但什么是科学精神呢？科学精神是人生态度的一种。哪种人生态度不能产生科学，哪种人生态度能产生科学？要解答这问题，所以我选了冯友兰先生的《为何中国没有科学》一文。在这文中最重要的一点，就在告诉我们科学的能否产生是视人民的思想方式、人生态度如何。思想方式和人生态度有他历史的根据，所以中国没有科学不是偶然的，要接受转学也不是可以偶然的。

第二期对于西洋文明的态度，现在依旧很强。普通努力革命事业的人，都把注意力集中于社会现象，设法就其表面的改革，而不注意于改革社会所需要的科学精神。科学精神是相信人可以靠人的力量来控制社会现象。社会的现象和自然现象，如地心吸力、汽油炸力等，一般只要运用得当都可以增进人类的幸福和快乐。社会科学就是想用科学方法来研究和控制社会现象的企图所得的成绩。国人认识科学者既少，认识社会科学者尤寡。所以在《为何中国没有科学》一文之后，接一篇《社会科学是些什么》的译稿。

《为何中国没有科学》的原文系清华大学哲学部主任冯友兰先生所著。一九二二年四月发表于*The international Journal Of Ethics*，原名*Why China Has No Science—An Interpretation of The History And Consequences Of Chinese Philosophy*。原文颇长，译时为札记备忘之用，故节去颇多。今应母校校刊之命发表于此，尚望原著与读者不加深责。《社会科学是些什么》的原文见*Encyclopedia of Social Sciences*第一卷Edwin R. A. Seliyman教授的引论的第一章*What Are The Social Sciences*，Seliyman教授是美国著名的经济学家，《社会科学百科全书》又是最近出版界的大成功。同学诸君如有得原文的时候，最好亲自诵读。译稿系仓卒写成，错误遗漏误会等处在所不免，但略尽介绍之责耳。

二、为何中国没有科学（节译）

什么使中国没有科学的？

当然，地理、气候和经济状况是造成历史的重要因子，但是他们只给予历史一个发展的范围，不能决定他发展的方式。决定历史发展方式的是人民生存的欲望和对快乐的追求。惟所求之乐不同，因之我们有许多不同的哲学，有许多不同的价值标准，有许多不同的历史。中国为什么没有科学呢？这一个历史现象，我们也须在中国的哲学中、价值标准中求出他的原因，所以先把中国哲学史简略介绍一下。

自周室衰微，诸侯争起，政治上是一个很混乱的时代，但在思想史上却是一个黄金时代。这时的思想有两种极端的趋势，一端是尊重“自然”（Nature），一端是尊重“人为”（Art or Human）。前者以为自然是完美的，人是自足的，不必用外界的力量来帮助，此派就是道家。后者以为自然是不完全的，人是不自足的，需要外力来帮助才能改善，此派就是墨家。两端之间有一种调和派，就是儒家。道家是包括老子、庄子和杨朱，墨家是墨子为代表，儒家则孔子和孟子，在周末时候三派争执得非常厉害。

道家最重要的主张在返于自然。天有道，物各有其性，苟能得其性，无往而不乐。庄子的《逍遥游》就是畅论此理。自然是早就完全了的，用不着人为。人若不顺其性，就发生痛苦。庄子说：

是故凫胫虽短，续之则忧。鹤胫虽长，断之则悲。故性长非所断，性短非所续。（《骈拇篇》）

依道家之说，自然就是善，不顺人之性加以制度规则，都是逆道的行为，不会得快乐的，政治上他们主张极端的放任主义就是为此。他们反对知识，知识是没有用而且有害。以求知论，人生有限而知识无穷，以有限逐无穷，真是“殆矣”了，哪里能满足？哪里能快乐？所以说：“智慧出有大伪。”依老子之意，道是完全的，人只要把人为的东西剥去了，就可以发现完全的道乃存在我们自己的本性里，所以知识的价值是绝对不被承认的。

墨家主实用，道德的标准在功利，有用有利者就是好。他的逻辑三表法，也偏重于“用之者”。所谓“有用之者”，就是“发以为刑政，观其中国家百姓人民之利”，总脱不了“利”字，和道家正相反。他以为人是不完全的，人性如素丝，染于苍者苍，染于黄者黄；所入者变，其色亦变。所以注重环境，漠视本性。他主张种种的裁制和赏罚，使人民知向善之道。

墨家教人把眼睛睁开看外界，在外界求快乐。人的自身是愚笨软弱和不完全的，一定要国家、道德，甚至神明来帮助他为善。因之他相信世界是进步的，将来是有希望的，所以他的精神颇像近代的科学精神，在他的著作里很重逻辑和定义，实是科学的萌芽，而且依传说他还会制造守地的战器。

儒家的主张适在两者之间，但在孔子之后，又发生两派。一派是以孟子为代表，偏重于“自然”；一派是以荀子为代表，偏重于“人为”。孔子自己亦稍偏于“自然”。

孔孟主张人性是善的，意思是说人的本性有为善的种子，好好培养，能扩充这伏在本性中的善，就能成为好人。所以他们注意教育，叫人减少低级的欲望。但和道家不同：他们是主张用外力来扩充本性的，主张君师的统治。虽承认天命和人力的有限，但是所有快乐和真理都可以向内心求取培养好了。

周末三家的争执，结果是墨家的消灭。墨家的消灭大概是因为他所主张的太不近人情。真如庄子所谓：“其生也勤，其死也薄，其道大觳。使人忧，使人悲，其行难为也。恐其不可以为圣人之道，反天下之心，天下不堪。墨子虽独能任，奈天下何！离于天下，其去王也远矣！”（《天下篇》）其道既不能行于天下，故墨家之思想虽足多，总至于消灭而后已。

墨家虽逐渐消灭，但偏重人为的思想留于儒家者，却继之在思想界占相当的势力。荀子就是偏重人为的儒家，他主张人性本恶。“善者伪也”，“伪”即人为之意。他要征服自然为人用，可惜他的弟子们不肖，专在他的政治哲学上用功夫，不知在他主张“重人为”方面发挥。又因他的门生李斯在秦始皇统一天下时执政，厉行思想统一，以致引起反动，及秦亡，荀学亦灭。

自秦之后，“重人为”的思想是绝迹了。不久，佛教传入中国，中国学者总不出儒释道三家，到了宋代才有人把这三派统一成为宋学。宋学虽说是儒，实与周秦之儒不同，他们在《礼记》里袭取了《大学》和《中庸》二章，更借了佛教的“天理”“人欲”两个概念来解释。孔孟以为人性是善的，目为人的本性有为善的能力，有辨别善恶的能力；宋儒以为天性蔽于人欲，只要把人欲取去，真性就可发现。这是和道家的说法很相近，但他们和释道亦有不同之处，就是去欲不必否认人生，只要能发展理性就是了，而理性又只有在人生里才能发展，所以肯定人生。

《大学》里重“格物致知”，但何者为物，又成了聚讼纷纭的问题。一派以为物是外界的事事物物，但外界五光十色，何从“格”起？就是此派的领首程颢自己也不知如何着手。有一派是指我们心理的现象是物，这种解释容易实行，所以就盛行了。

这一时期中国的哲学和欧洲近代科学发达的初期很相类。因为大家逐渐专门，都以经验作基础而且都想加以应用。但是，有一个重要的不同的地方，就是欧洲的学术是向着外界物质方面去推求和应用，而中国哲学则仍是向着内界的心灵方面去推求和应用。

欧洲在中古世纪时候，基督教时代人民是眼向着天，向上帝求幸福和正义。希腊时代和现代的欧洲，人民是向着地的。但是中国自从偏重人为的思想消灭之后，人民专门向内心去求美和善了。

科学的用处在什么地方呢？欧洲现代哲学的两个始祖有两个不同的回答。笛卡儿（Descartes）说科学可以得确定性（Certainty），培根（Bacon）说科学可以得到权力（Power）。我们可以先以确定性论，若是一个人专门在自己内心里探讨，怎么会需要事物的确定性，柏格森（Bergson）在他《心力》（*Mind Energy*）一书中说：

欧洲之所以会有科学方法，全靠他们的科学开始时是由物质方面入手的。

从物质科学上，欧洲人得到了精密、正确、要求证据和分别何者为确定和何者为可能的习惯。

若是科学开始是从内心里的东西入手，任它如何发达，也许直到现在还跳不出笼统和不确定的毛病，也许永远不能分别何者是可听和何者是可信。

所以中国至今没有发明科学方法，因为中国是从内心研究起的，我们饥饿时难道需要远远地用科学方法来证明我是要寻东西吃么？

而且中国的哲学家把哲学看得太重，不单是想想的，是要可以实行的。朱子说圣人不说明道德是什么，只叫你去做——和问甜是什么时，给你一块糖尝一般。中国是没有科学，因为一辈哲学家太重实行了。西洋哲学家重思想，以思想纯粹为喜。中国的哲学家反对空想的，空想不切实用。

因为中国的哲学注意实用，不注意思想，所以思想还没有西洋精密，但是人生都比较快乐。罗素说中国人好像都是乐观派。因为中国人注重目前的享受，所以不注意权力；因为他们不注重权力，所以中国没有科学的需要。中国哲学不需要确定性，因为他们所要知道的是自己的内心。同样的，他们不需要权力，因为所要征服的是他们自己。在他们，智慧的内容不是知识，智慧的作用不是增加控制外界的权力。道家以为外界是孽障，要蒙蔽人性的；儒家不承认外界的东西是人生最重要的。于是，如何会有科学呢？

若是中国人都信从了墨子，把“善”和“利”打通了；或从荀子，努力去征服自然以增人的享乐，中国也许早就有科学了。当然，这只是一种猜想罢了。但这一种猜想是有墨子和荀子的著作可以为根据的，不幸这些偏重人为的思想迟早都消灭了。知识上的确定性和对于外界的支配力，既不包括在善的概念之中，又哪里会在这种情形之下产生科学呢？

也许有人会问，为何欧洲人会把眼睛从天上转到地下，而中国人不能把眼睛向内变为向外呢？我是以为欧洲人不论是向天或向地，他们总是在我所谓偏重于人为的路上。基督教之先有一辈制欲派（Stoicism），教人事奉内在的上帝，这是一种偏重自然的思想。但基督教一得势，这思想就失了地位。基督教是教人事奉外在的上帝，人是不自足的，有罪的，不完全的。欧洲人更处心积虑地要证明上帝的存在。哲学家更有用了亚里士多德的逻辑，或有用自然现象来证明。直到现在求知和证明外界的事物的精神是一线贯注的，只是上帝换一个自然而已。中古和现在的思想是不能割断划分的，大家都是设法明了外界的情形，明了了就设法熟悉他，熟悉了就进而运用他。为了需要确定性和控制外界的权力，所以就有了科学。人是愚钝、软弱、没有力量，要求完全、强壮、智慧，一定要靠外力。他们需要知识和权力，他们需要社会、国家、法律和道德。但是偏重于自然的思想所产生的结果如何呢？若是所有的善都永久在我们的里面，还有什么向外界去讨求呢？科学何从而产生呢？

这样，所以中国没有科学。

三、社会科学是些什么（Edwin R. A. Seligman原著）

科学分类最初的时候，就其对象分为研究物质现象和心理现象的两种。自然科学是研究宇宙物质的现象，常和传统所谓心灵的或文化的科学相对称，后者是研究人类自己心灵界所产生的现象。这种分类是不十分正确的。因为心灵和体质不能分割，心灵作用又不能脱离物质而存在。

姑且承认这一种自然科学和心灵或文化科学的分别。后者更可别为二：一是把人类当作独立的、不和旁人有关系的个体来研究，伦理学就是一例，他只研究独立的个人思想的方式；一是把人类当作社会的一分子来研究的。以欲望论，有一种是可以自己独立满足的，一种是须靠了团体的力量才能满足的，后者我们称之为共同的欲望。共同欲望和独立的欲望一般是个人的欲望，只是满足的方法不同罢了。一方不必人家帮忙，一方是不能脱离团体。那种和团体发生关系的活动就是社会现象，解释和分类这种现象的就是社会科学，所以社会科学是以人类为社会中一分子时的活动为对象研究的一种心灵或文化科学。

人类共同的欲望既如是复杂，用以满足这些欲望的行为亦是千变万化，因之研究他的社会科学亦不一其数，大概可分为三种——纯粹的社会科学、半属的社会科学和应用于社会的科学。

社会科学中最早的是政治学。因为人类社会中最重要的当是国家，国家当然不是最早的团体，也不是永远是最重要的团体。人类开始已有几百万年，而国家在人类团体中还是新近的产物。当希腊科学初兴时代，政治的团体在那时包罗万众，所谓国家者还不受人注意。学者所以研究政治学是因为他的对象是Polis，就是指自治的国家最高的方式，不限于政治的。

希腊学术较次于政治学的就是经济学。政治学研究国家——人类努力最高尚的形体，经济学是研究Oikos——人类财产关系的家政。治众，包括妻、子、奴隶的管理，当然是很重要的，但是财富的获得，我们近来所谓的商业，希腊学者是瞧不起的。

在十六世纪时，这财富获得的问题，渐由个人的性质如中古的重利问题等，转移到国家的观点上去，开了近代经济学发生的路由。因这国家性质所以De Watteville就创Political economy（理财学）之名，他以为经济关系的改良是在国家。Adam Smith虽不赞成政府的干涉经济关系，但是仍不能不在Political economy名字之下发展他的经济思想。直到十七世纪，这门科学的社会性质才被人发现，于是研究者重用希腊的旧名，就是我们所谓“经济学”，甚至有时称为“社会经济学”。他的政治性质虽依旧很浓，但现在是公认为一门纯粹的社会科学了。

第三门可以溯源于希腊的就是历史学。在历史的开始时，他的范围是随着作者的兴趣而伸缩。Herodotus手中历史与其说是科学，不如说是文学的艺术品较为切当。在Thucydides手里，历史限于国家的事迹，他的精神是很科学的，他用的方法和结论都给政治学许多贡献。Herodotus和Thucydides之外还有许多作传记及文学的人，为了他们自己的材料寻求过去的历史。至于把历史为记载政治组织和制度的盛衰消长的，亦代有其人。历史从没有纯粹的成为“过去的政治”，到了近来因为他供给解释政治现象的材料，渐成为社会科学。最近，历史学不但在他的研究方法上少求科学化而且扩充他的范围，政治现象之外，概及一切人生现象，不论个人的或是群众的，因之成了解释一切社会现象必需的根据了。

第四门是法学。初民社会里某种习惯凝结成了有坚执约束的能力，就成了法律。法制系统是到了较高的国家才有，法律在那时才被公认为公理的形体，法学亦继之而起。罗马因为要巩固他们世界皇国，所以特别注重法学。民法靠了古时代讨论人和人之间最妥的关系得到了发展的机会，更因大学的兴起，使他成为文化科学中最盛的一门。研究他的人也远胜于政治学和历史学。

虽则罗马创了Jus geutism（Law of Nations）和Jur Naturale（Law of Nature）等名目；英国虽添了衡平法（System of equity），都想使法律能有一些伸缩。但是要使旧的法律适应新的社会是很慢的，因此法学会被视为和别种社会科学没有关系的。直到现在，才把这种见解改去。刑法逐渐受刑事学的影响。渐渐地我们听见有所谓新的社会法学了。这许多现象只是说法律的关系是和其他人类各种团结方式节节相关的。法律的好坏影响于无量数的社会生活，现代的法学家不再和以前一般的自以为独立的了，明白地承认是社会科学的一门了。

这四门——政治学、经济学、历史学、法学——起初都是独立的，后来才逐渐地发现他们相互的关系。大宗都逐渐承认自己是纯粹的社会科学，他们的前途是相互依赖于各人的专心研究。

以上所论的都是起于古时的社会科学，对于现在社会关系的好奇而产生的科学也有。这些新产生的科学有一个共同的特色，就是因为他们开创时已明了人生之网是到处相关相接，所以没有和以前的科学一般的独立情形。新的科学没有这一层壳要他穿破。

新的社会科学中第一是人类学（Anthropology）。自从地质学等自然科学成立之后，史期及史前期的人类可以加以研究了。出土的原始体品——工具、石器和动物——引起了对于他们的应用和社会意思的推出。后来更研究现在尚存的初民团体，使古代的风俗愈觉容易明了了。所以人类学在他开始时就承认他和其他种种社会科学的关系，而同时他给了政治、经济、法学许多有价值的材料。

第二门是刑事学（Penology）。Beccaria和Bentham以前是没有这一种科学的，因为犯罪的人以前是以为应该受社会的报复。犯罪是Lese Majeste——破坏皇上的和平或是扰乱社会的安宁的意思，社会自然是应当加以报复的。刑法就是如何报复的条文。后来渐觉单右社会不顾受刑人的痛苦亦属不公，于是有改良刑罚的举动，刑事学亦应运而生。隔了多时，犯罪的原因有人加以推考，认为是一种疾病。最后始发现社会是应当自己负犯罪者的责任，于是新的刑事学进而研究经济和社会的状况。刑事学成为社会的刑事学后，普通的社会生活亦因之而大明了。

社会学，也是一种新的社会科学，只有七八十年历史，至今还是没有成年。他是雄心最大的一门，因为他的领土最广，就他的名称就可见了。他要研究一切生活的基础和规律，比了政治、经济、法律关系更深的一切人群聚合的一般关系，他在文化科学中也最难。我们不能怪他为何至今还是和以前的社会科学一般，没有确切一定的范围和对象，也不足责他为何没有证实的理论，还占社会思想中重要位置。无论如何，社会学仍是人类科学中最重要的一门，只有他的进步和定律的发现，让我们有希望了解人生和他种种现象。

在社会学的历史的开端，有附属于他的一部社会作业（Social Work），好像慈善事业的历史和救济方法，以及他的组织等。他们的特性是社会调查和社会事业的结合。他主要的步骤是在研究一个实际的社会情形，好像一地儿童死亡率，然后计划一个救济的方针和实行这方针的团体的组织等。

这些工作总之为社会作业，注重于调查和实行的并行。社会作业和工程一般性质，社会作业家和工程师一般从特殊的个案着手。他调查时是遍及社会的各方面，计划他改良的方案时，不但应用各种社会科学的材料，而且及于自然科学和艺术。和工程一般，社会作业的前途是很广，工作亦向专门化进行，学校、医院、看护、理家、工厂、商店等都是社会作业服务的地方。

以上所论的科学都是纯粹社会科学，和他并行的有所谓半属的社会科学，亦可分为二：一是起源于社会性质，逐渐脱离，但仍保留一部分社会性质的；一是起初和社会是没有关系，逐渐发展，被社会性质所侵入的。二者出发点虽然不同，但结果是一样的。

第一类最重要是伦理学（Ethics）。他是立在其他科学之上，因为道德生活的正当秩序是人类努力的最后目标。伦理行为是个人的问题，因为良心行为的制裁者，是属于个人的。但是，个人的道德是社会力的结果。没有团体，就没有善恶概念。道德的起源是在想满足某种非个人所能独立得到满足的共同欲望，如初民之要猎一野象，或捕一鲸鱼，要完成这一个共同的行为，个人一定要受制于团体，一定要停止某种自由的行为，这样道德遂生。

共同欲望的发达，对于同伴的退让继续增加，行为的标准由是产生。所以，善恶的观念的起源是社会性质的，虽则是无意识的，但是一旦善恶标准成立，制裁各个人行为的力量在各人的良心中发生了。道德责任的感觉是个人性质的，使自己不能放松自己。

伦理学是研究个人的问题，但是团体间的接触日增，产生了一种新的道德问题，就是团体间的态度，好像国际关系等。这团体间的关系正是现代最没有进步的一种社会活动，团体道德远不及个人道德的重视。

所以伦理学虽然偏重于个人的良心，但仍是一种社会科学，不但社会问题不断地影响个人的反应，并且团体间的接触也不断地发生道德问题，社会伦理在道德科学中已不是没有意义的了。

和伦理相同的是教育，也许教育不是社会的产品，但是教育的起源是有社会性质的。教育学者设法想启导人智，提高兴趣时，常觉得把个人和社会拆开了是不能达到目的的。个人在团体中的行为和团体对于个人的反应是最重要，所以有学校、课级等制度产生。游戏、唱歌、跳舞等教育的作用都显明教育起源的社会性质，并且教育对于社会的责任也是不容忽视的。教育有属于个人的，亦有属于社会的，虽则社会教育技术方面和个人教育有某些不同，教育的内容、目的、方法，都有一部分是社会性质的，所以可以称他为半属的社会科学。

和伦理学、教育学相对的是那些起初和社会没有关系，后来被社会性质侵入的科学，所谓科学先驱者的哲学就是一例。他是久被视为独立的，我们讨论人生、思想、行为的究竟时，好像哲学是无所不包，他的领域是没有给科学所分割的。但事实上，每项知识由未知而成为已知时，就成为科学，脱离了他各自为生了，好像物理、化学在中古时是自然哲学的一部，后来独立了；又好像政治和经济学的脱离道德哲学。

人的社会关系非但仍是哲学所研究的东西，而且哲学的思想构成时常受社会政治状况的影响，哲学问题的性质和解决的方法一一被社会状况所限制。所以结果不但研究社会哲学者，就是一班研究普通哲学者也不能不顾问社会状况了，这是我们所以说哲学也有一部分是属于社会科学的理由。

在心理学里这一种转变更容易见到，个人心灵的研究久属于哲学的范围之内，直到生物学兴后，对于个人的感觉、反应等也可以应用试验的方法去研究，但是无论如何，心理学是不能脱尽他社会的性质。心理学者也承认，人类一切的活动不但受自然环境的影响，也受社会环境的支配。把人看作了一个独立的个体，他的行为就无从解释了。于是心理学也有了二重社会的性质，我们须以社会环境来解释个人的行为，也应研究团体的思想程序，因为个人不但无意识地受旁人影响，而且有目的和社会中各分子相合作。

除了纯粹的和半属的社会科学之外，还有应用于社会的自然及文化科学，第一是生物学。生物学所研究的是生命的方式、发生和进化，当然研究的对象是不限于人类，但是一旦及于人类，就免不了要顾到他合群的动作方面，而况新近优生学的发达，又被社会性质侵入了呢？

其次是地理。地理是研究地面情形的，但不久因他扩充到自然和社会现象的地理分布的研究，又开始分析人和社会遗产和自然环境的交葛，他研究所得的结果使社会学者能赖以解释人类社会、制度等地方性质的不同了。

生物和地理学开始时不想到人的，第二类应于社会的科学开始时就以人为研究对象的，好像医学就是。医学虽则也有关于兽类，但大都是属于人的。医学研究到个人卫生时，就染着了社会的色彩，后来医生们更明白疾病都是社会的结果。等到心理卫生、公共卫生等发生，个人和社会的相互影响的情形更受重视了。

语言学稍有不同。比较语言的研究在十八世纪及十九世纪早期，常被认为是研究民族分布、文化传播的关键，但在十九世纪的晚期，对于言语异同与分布和历史上人类移动的密切关系渐生疑问，因之他的地位逐渐低落。但是语言仍是社会研究的方法中的重要的一部。细心应用文字的历史可以显示不少制度和思想的发展情形，经济、法律、政治、历史学等学若是没有语言学的底子，就在他自己的范围中亦不易上进的。

最后，我们要讲到艺术。我不必顾他艺术是创造的活动，而科学是注意分析和解释，而说二者不相为谋。艺术的创造最重要的是价值标准，而价值标准却是起源于社会的。在艺术的历史中常有可以帮助我们解释社会制度的材料，社会制度亦有帮助明了艺术历史所以然的地方。二者是相互为用的，要求知现在社会法则的活动，就不该忽视艺术所供给的材料了。

原载1932年《振华女学校刊》

宋清如（1911—1997）

江苏常熟人，著名莎士比亚戏剧翻译家、诗人朱生豪的夫人，被誉为有“不下于冰心女士之才能”的女诗人。在苏州慧灵女中、女子师范完成初中和高中学业。1932 年考入杭州之江大学中文系。因为对于诗歌的共同爱好，和朱生豪结为伴侣，1942 年两人在上海举行了简单的婚礼，并携手进入莎士比亚的世界，对朱生豪的译莎事业起了重要的支持作用。一生从事教育工作，桃李满天下，深受学生敬爱。

本书收录了 1930 年她发表在《慧灵》校刊上的《前校长蓝纱斐女士五十大庆序》。

前校长蓝纱斐女士五十大庆序

我写这一篇要不得的东西，动机是想献给蓝小姐做庆祝的寿礼，不过这只是我的一片诚心，事实上像鸦噪般聒着的字句，所有的只是惹人烦热的讨厌！

作者附识

蓝小姐……她充满了丰富的学识、高尚的志向、优美的道德，从本国不辞劳瘁地经过了太平洋，到这里来从事宗教和教育。绛帐春风底下，造就了多少人才。最幼稚的我，曾自己庆幸得受到这一位热心的先生教授过；但同时也自惭太自荒唐，没有尽量地捉住她给与我益处的机会。

我本来要写的宗旨，想把我们所敬爱的蓝小姐介绍给没有认识过这一位善良先生者的面前。世上善良的人是不多有，但我说的这一位先生却可当得。你们只须看见她的面庞，常带着和蔼可亲的笑容，长长的脸上，浮现着微笑的曲线，你们便会相信我确不曾说谎。不过你们也会看见她脸上疏疏地刻着皱纹，这是她没有享着安闲生活的表示，也许是经过太平洋时给海风吹皱的痕迹。本来在现在生活竞争得剧烈的潮流里，哪里还配效法中国式的老太太们，喝着清茶，打着麻雀，讲着《西游记》故事，过那自在的生活。

蓝小姐不是一个贪闲的人，她在慧校现在还任着教务，这就可以给我们证明她是怎样的热心教育，并不弱于她的忠于宗教事业。她希望慧校一天一

蓝纱斐，美国人，1907年创办慧灵女学

天的发展，直接是盼望我邦文化的一天一天的振作，对于我们含有好意的外邦人，我国人该怎样地对她崇拜。

读过了十年书的我，教育还没有织成我相当的学问。尤其是英文，好像不与我秉性相近，我不曾进小学读书，中学的课程，哪里会读得领略。记得初中一读完之后，竟冒险地不自量力转学到慧校。那时我得多么担心，教会学校的英文功课，教英文的外人教师，对我都觉得可怕。但事实上我因为先生怪可亲敬的性儿，清晰的教授法，使我不敢贪懒不读，也不至食而不化，那时候兴趣便转到英文上来了。虽然没有好的成绩，总还跟得上本级的课程，这赐与，我总感谢蓝小姐。其实，这种赐与决不是蓝小姐偏心单给我一个人的，我想凡是受到她教化过的同学，大概谁都接受过的吧！

……

蓝小姐曾一手创办我的母校——慧灵——已经十多年的历史，造就不少人才。最显明的产儿，就是现在的王梅娥校长，她有那样高深的学问、精细的

慧灵女中的女学生正在做实验

办事能力，热心地整理校务，便是一个好例子。我祝颂蓝小姐有更高的寿，当然慧校也会跟着永永地发达上去，造就的人才也可以无疑地一天一天的加多起来。所以我们在庆祝蓝小姐，也同时要祝福慧灵，侥幸有怎样一位待人以和善亲热谦恭，服务又十二分认真热心的先生。

关于蓝小姐的学问，我大概知她是长于文学的。英文，我懂不得什么，不过我只觉得她的教授法，比谁都要好。她不但懂得Chinese，还常喜欢读唐诗一类优美的作品，我们因此可以想到我们这位先生中外文学的根底了。

在这盛乐的庆祝会中，我很想加入我的一点庆祝的诚意。可恨我没有清脆的喉意，可以唱出我愿意赞美的诗歌；我又不是一个画家，可以在会场上给画一帧寿容，做下次庆寿的纪念品；又不是一个文人或诗人，可以用清丽的文词，描写她性情的和善和对于中国文化上热心的功德。我自己真觉得太渺小、太卑鄙了。似这般拉杂写来，何异蛤蟆惹人厌的叫声，却硬要自己夸张是音乐，怕会给蓝小姐笑话哩！

原载1930年《慧灵》，有删节

杨绛（1911—2016）

著名作家、文学翻译家、中国作协会员。原名杨季康。钱锺书夫人。1921年进入苏州振华女校读书，1928年7月毕业。1932年毕业于东吴大学，旋入清华大学研究院学习。1935年赴英、法留学。1938年回国，历任上海震旦女子文理学院外语系教授、清华大学西语系教授。1953年调外国文学研究所（初属北京大学，后属中国社科院）任研究员。著有戏剧《称心如意》《弄假成真》《风絮》，散文集《干校六记》《我们仨》《走到人生边上》，论著《春泥集》，小说《洗澡》，译有《一九三九年以来英国散文作品》《小癞子》《堂·吉诃德》《吉尔·布拉斯》《斐多》等。

本书收录了1927年至1929年她发表在《振华女学校刊》上的《斋居书怀》《悯农诗》两首诗和《演讲会概况》一文。

斋居书怀（五古）

松风响飕飕，岑寂苦影独。
破闷读古书，胸襟何卓荦。
有时苦拘束，徘徊清涧曲。
俯视溪中鱼，相彼鸟饮啄。
豪谈仰高人，清兴动濠濮。
世人皆为利，扰扰如逐鹿。
安得遨游此，翛然自脱俗。
染丝泣杨朱，潸焉泪盈掬。
今日有所怀，书此愁万斛。

原载1927年《振华女学校刊》

振华女校来今雨斋，门墙上的木匾介绍此斋由来：1930年由庚午级毕业生建。取唐代诗人杜甫“旧雨来今雨不来”诗句，反训其义而得斋名

悯农诗（五古）

日出荷锄作，日暮归家中。
间立柴门外，叙话数老翁。
年年收成薄，无以度残冬。
苦耕了一世，何岁免饥穷。
鸟类一饮啄，较吾或犹丰。
今年复明年，嗷嗷皆哀鸿。
世事舟移壑，天道太不公。

原载1927年《振华女学校刊》

创办于1907年的江苏省立第二农业学校，校址初在盘门小仓口，后迁下津桥，培养了大批农业技术人才。图为农业学校大门

演讲会概况

演讲会本励志会中之一部，自去岁起，始脱离励志会而独立，与他会并驾齐驱。本会目的以熟练口才、谙习国语为主。会务有总会长、正副部长、书记、会计等协理。全会分为辩论、演讲二部，因人数过多，不能经济时间，乃分全体会员为三团，每二星期同时异地开会一次，中学会员辩论，而小学会员演讲。辩论者当于所辩问题，有更明切之见解与准确之判断力。待每学期终，开大会一次，嘉者得奖，藉以增进同学之竞争心。惟本会尚觉缺乏兴趣，乃加入游艺，每学期开游艺会一次，以振作会中之精神云。

原载1927年《振华女学校刊》

樊庆笙（1911—1998）

江苏常熟人。农业微生物学家，中国农业微生物学开创者之一。1929 年毕业于苏州萃英中学，同年考入南京金陵大学农学院。1940 年赴美国威斯康星大学研究生院攻读农业微生物学。次年获科学硕士学位。1943 年获博士学位，在西格兰姆发酵研究所工作。1945 年任教于成都金陵大学。1950 年至 1952 年，任金陵大学教务长。全国高等院校调整后，任南京农学院教授兼副教务长。1981 年至 1984 年，任南京农学院院长。

本书收录了他发表在《苏州私立萃英中学校刊》《萃英中学四十周纪念刊》上的《教育与社会》《母校四十周纪念》两篇文章。

教育与社会

教育之意义，固可作广、狭二释也。狭义者，即指学生之在学校中求学，谓之受教育。广义者，即指人类在宇宙间之一切活动也。此即杜威博士所主张之“教育即人生”，虽其他主张甚多，然皆略而不详，未达真意。今所论者，广义之教育也。

自来讨论教育目的者，虽不乏其人，然能触及教育中心问题者，寥寥无几。今将主要之几种，述之于下：

（一）教育以“发展”为目的——在人类一切能力之和谐之发展。（培斯达洛齐）

（二）教育以“发展个性”为目的——内心之发展胜于外界之指导。（黑智尔）

（三）教育以“美满之生活”为目的——即指和谐之生活。（斯宾塞）

（四）教育以“社会命运”为目的。（今日之社会教育学者均属此派）

（五）教育以“适应”为目的。（巴特拉）

（六）教育以“幸福利益”为目的——功利主义。（巴塞都）

（七）教育以造就“人”为目的。（卢梭）

（八）教育以“服务”为目的。（桑达克）

由上列各种目的观之，或着眼于社会命运；或着眼于幸福利益。以予愚见桑达克之服务目的为最。因教育若专为社会发展，结果则不免将人类作为发展之工具，如教育专为美满生活，则不免发生夸炫之竞争，不顾他人之利益；如教育专为发展个性，则不免使人类回复至原始之简单生活；若教育专为幸福与利益，则不免发生“有所为而为”的观念倾斜于外，而自己失去重心；若教育专为适应，则完全重于应付环境，失去创造之精神。此数派均中功利主义之毒，使吾人之生活不得安稳。虽然卢梭以“人”为教育目的，使社会份子得以健全，固属紧要，然尚在服务之后，盖服务之目的，即在造就此等之个人也。

社会之意义，即指各人彼此相互之关系而言，质言之，各人之间因彼此或多或少，均有“意识之关系”，而结成之团体，即谓之社会。所以，社会之组织乃从各人“心的相感作用”而成，两人以上，若于意识上有相感之关系，即可成立。如家庭、学校，均得谓之社会。

教育之意义与目的及社会之解释，既如上述，则教育对于社会之供献将何在哉？

（一）社会之进步赖于教育——茹毛饮血，穴居野处之太古人类，所以能进步至今日之情形者，教育也。高堂大厦，鲜衣甘食，其故无他，欲望致之耳。此满足人类欲望者，教育也。夫人类之欲望，无时或已，得陇望蜀，人之常情，人类有欲足而不足之欲望，即思所以满足之方，其法维何，即教育是也。盖教育之目的，既以服务最要，则任何社会，其构造之繁简高下、进化之程度若何，全视其社会份子之能否为人类服务增进福利为定。教育之宗旨，非仅在训练个人，发达一己之能力、才干，以利个人。要亦使个人在未入社会工作之前，训练其如何能适于社会生活也。完成各个人之习惯，陶冶各个人之性质，发达各个人之才干，全在以教育利导之。社会份子，既得造就完全，则社会之进步，意中事也。

（二）社会之改良赖以教育——六万年来，人类之进步，彰彰明矣。而罪恶之繁殖，疾病之流行，贫穷之发生，在在不免。此三者，发展于黑暗之中，为人类之注意所不及，一世纪有一世纪之缺点，若不设法以改良，社会之进步，即将为此而停止，此改良之工具，非教育而何？人类之习惯、性质、才干，既受教育之训练，则于此三者，自当具有改良之能力，且各人之习惯性质，所以能溶合，互相协助，和衷共济，以维持社会之共同生活者，莫不赖乎教育。故教育之改良社会也，其法有二。

（一）淘汰社会中能遗传之恶素。灭绝其不通者，保存其适者。

（二）改良人类之智力及性质，教育不特约束个人之习惯，改变个人之性质，亦能于自然中变易人类先天之本能，及先天之趋势。

由此观之，教育与社会之关系，大矣哉！盖教育之良否，社会之命运系焉。教育对于社会之贡献，约而言之，有下列五端：

（一）德育上之必要——涵养人类通有之道德观念。

（二）智育上之必要——传达儿童以日用生活必须之智能，以应付环境。

（三）体育上之必要——圆满儿童身体之发育，成为强壮之国民。

（四）群育上之必要——养成国民合作互助之精神，俾和衷共济。

（五）国民性教育上之必要——养成国民爱国之思想，以及国民应尽之义务。

总上所述，教育对于社会之贡献，一言以蔽之，曰，造成完美之国民而已。

原载1928年《苏州私立萃英中学校刊》

母校四十周纪念

负笈母校，受教五载，朝夕诲迪，茅塞顿开，雨露恩霑，山水习成，饮水思源，我其感母校教育之恩也。回忆入校之初，适值母校三十周年纪念。夫以初度之年，少壮力强，而三十年来艰难缔造，奠基深固，正有以奋发图皇也。其后数载，校务日上。洎乎蒋师继长，更突飞猛进，斐然可观；人才辈出，声名扬溢，而母校之光益彰。岁己巳卒业离校，游学新都，每以课务羁身，人事栗六，未暇返省。今夏便道过苏，乘间造谒；一别四载，而母校已伟然大观：纪念海公之堂，全部落成，设备骤增，规模宏大，书声琴韵，跻跄多士，气象一新，我其庆母校之奋发有为也。兹值四十周年纪念，更祝母校，与日俱长，以此学术渊府，而与代代胜迹之姑苏并美也。

原载1933年秋《萃英中学四十周纪念刊》，原题下署有“第十七届毕业生樊庆笙”

朱雯（1911—1994）

上海松江人，著名文学翻译家。1932 年毕业于东吴大学文学系，热衷于文学翻译和创作活动。大学毕业后，在松江中学、桂林高级中学及上海法学院任教之余，仍致力于文学工作，曾与人合编《中学生文艺月刊》，主编《大众夜报·七月》。中华人民共和国成立后，历任上海法学院、上海财经学院、上海师范学院等校教授。译有《地下的巴黎》《苦难的历程》《彼得大帝》《流亡曲》《凯旋门》《里斯本之夜》等。

本书收录了 1929 年他发表在《东吴年刊》上的《东吴大学文理学院 1932 级》一文和词八阕。

东吴大学文理学院1932级

歌兴黄菊，九和隆射马之仪；光扬紫庭，五政还授衣之假。山池赐宴，曲江赋诗。盖在昔皇情鸣豫之时，乃正今黉序始业之日。川渟岳峙，萃群彦于一堂；雾集烟霏，来高朋于七表。弘此三德，羡胄子之莘莘；务彼十伦，洵多士之济济。清歌吹籥，登降有三献之文；襕带唐巾，释奠作六佾之舞。于是笄珥之子，缁帷之徒，级别壬申，推岁星而学成有待；班分大一，坐春风而上舍愈多。

时则鸿都之门甫辟，自未能遭萍水以识良朋；瞽宗之教方沾，更乌可飞松花而奋鸿笔。然而朱陆异派，得时驰辨学之书；翱籍同盟，自共获论文之益。矧经义治事，许专精以分齐；沈潜高明，尽月归而异辙。其或弹毫属笔，诗成咏烛之篇；骋藻飞翰，文构登楼之赋。乍幽乍蔚，敢矜用足三冬；小巫大巫，莫笑辞成十步。梦生花于笔底，吞丹篆于空中。绣虎雕龙，薰香摘艳。扢扬风雅，固卓尔而不群；含咀英华，尤悠然而有得。是或肘不离案，类刘畯之书淫；夜必燃膏，等杜预之左癖。其或术通和缓，志切活人。学求寿世，聚窟得却死之香；技涉歧黄，灵槎获回生之药。毕窥秘要，尽得禁方。出蛇走獭之奇，驱除二竖；金液银丸之剂，涤荡千邪。是又道原乎炎帝之经，心领于桐君之录。他若弧推三角，极缀四游。罗历宿以穷三三，合天道而积九九。开方则

朱雯与巴金

宗《管子》，割圆则法《周髀》。本此以赏声光化电之奇，固大用显于试验；由是以尽动植飞潜之态，尤原理究厥隐微。别有为邦重制度修明，立国主法权强固。旁征罗马，熟复孟卢之导言；上溯皋陶，无取申韩之苛论。讼使无讼，刑期无刑。克宽克仁，继起埒张於之美；所损所益，递变识隋唐之因。斯则负其责以保障人权，故先殚厥心以研求律学。要之：曰理曰医，穷事物而剖芒杪；乃文乃法，揽源本而申典章。

兹既覆篑为山，各抱青云之志；虽复扬镳分道，宁渝白首之盟。喜盍簪兮吾辈，等息壤兮斯文。此时相悦苔岑，已征同志；他日分飞劳燕，毋闳好音。

原载1929年《东吴年刊》，标题为编者所加

词八阙

醉花阴·思乡

塘水汪汪凫唼喋，荡影时明灭。客里又春深，蝶瘦莺痴，偏教人凄绝。
回栏倚遍愁如结，只掩青衫泣。莫道恨能填，万里云山，别绪凭谁说。

丑奴儿·春思

龙炉宝鸭停香篆，漏断天明。碧树声声，梦断辽西泪数行。
凝眸终日君知否，燕蹴红英。花困蓬瀛，陇水殷勤恨未平。

点绛唇·春怀

麝冷龙炉，潇湘梦断银屏里。清明天气，最恼人情绪。
慵展罗衾，懒向回栏倚。正凝睇，垒泥燕子，带恼惊飞起。

南歌子·春闺

翠蝶因花聚，红莺入叶啼。绿屏深掩绣帘垂，生怕双双燕子笑人痴。
诉柳娇无语，唤春伴不知。满腔心事上眉丝，偷篆檀郎名字解相思。

减字木兰花·春闺

困人天气，骢马驮郎归也未。草长相思，蹙损双蛾镜不知。
绿肥红瘦，零落碧桃风雨骤。依替花愁，故把流苏下玉钩。

昭君怨·闺情

阵阵藕风吹透，瑞脑袅喷金兽。贪睡倚银床，损红妆。
正把罗裳轻褪，羞被檀郎窥见。将扇掩酥胸，面微红。

桃源忆故人·浴罢

初休兰沐银床睡，撩乱鬓云斜坠。
翠袂蝉衫褪处，隐约诃梨住。
檀郎喜入深屏里，笑卷碧纱相戏。
惊觉惺忪睡意，恼轻薄如许。

鹊桥仙·咏红指甲

俗例七夕月下，仕女争以凤仙染红指甲，不知何解，倚声赋之。

麝喷金鸭，烟添兰焰，金凤翻飞深砌。
凌波步向小庭间，便轻把茱萸试缀。
朱栏才倚，银筝又理，疑是桃花片坠。
几回漫想托香腮，却只是玉颜障蔽。

原载1929年《东吴年刊》，标题为编者所加

蒋宪端（1912—1972）

江苏太仓人。1926 年入振华女校读书，完成初中和高中学业。1932 年考入清华大学物理系，后因病转读地学系气象专业。1936 年 6 月加入中国共产党。清华大学毕业后，直接投身抗日，在周恩来领导下工作。中华人民共和国成立后，由周恩来亲笔写信，让她参加中央军委气象局筹建工作，后任气象局办公厅主任、中央气象局气象科学研究所所长、第三届全国人民代表大会代表等职，为创建新中国气象工作和军事气象工作做出了卓越的贡献。

本书收录了她发表在《振华女学校刊》《壬申级毕业刊》《秋日旅行丛载》上的《最难忘却的一天》《卧薪的第一晚》《给失学同学的一封公开信》《市民大会》《国难中通信》《毒气战争》《龙井》《游武林》《西子湖畔》九篇文章。

最难忘却的一天

客厅的檐角里，好几年前已租给一巢很平常的燕子，虽然没有特别的标识，但我敢决定它从没搬移过，除了避寒于南方。

这是难忘的一天呵！我怎样的愿意忘却了那一天呵！但是始终没有忘掉。

几位为人类拭屋子的漆匠，在客厅上忙着；而我却在书室里的摇椅上，幻着住新拭的屋子的美满的梦、安乐的梦。蓦地听得“擘拍”一声和漆匠的无所动心而带着乐祸的笑声后，我的久沉寂着的心，几乎跳出了口腔，一种不可思议的力，把我直推到了檐下。哼！正如我忖度的一样：一堆碎了的灰色的窠儿下，压着四五只毛还没生全而已满身血污的小鸟儿，最后的力的牵动，只引及了爪儿的一部分……

不知什么时候，我的双手已紧紧地掩住了两眼，竭力地掩着，希望不再见什么，两腿带了麻木的身躯尽远尽远地逃去。然而愈掩紧，那可怕而悲哀的最后的牵动愈明晰，血污的颜色愈鲜艳，一直沁进到很深很深的心底……我似乎觉得自己的面部变了青而冷酷，因急奔而喘气而波及了嘴唇，抖声而无意识地嚷着：“只愿那老燕不要回来。……不再……回……来。”

呵！这是难忘的一天啊！我怎样的愿意忘掉了那一天！然而……

原载1930年《振华女学校刊》

卧薪的第一晚

在刚才握笔记载这篇文字的时候，我是抱着绝大的志愿，预备把这次避难的经历，详详细细述说一下。可是握着笔凝神思维了一回，觉得这篇东西很难下笔。从太城被日机掷弹后，我们全家离城以至平安抵常熟为止，历时十余日。而这十余日中，事情复杂得委实难以述说。如果请文学家细细地描写起来，简直可以刊印一单行本了！可是我既写不来，而时间又是那么局促，如果像报纸上载着的、要人行踪般地记着："某日我们逃到什么镇，某日又迁到那里……"这样虽然可以把具体的事实，一天不漏地写下来，可是真太没有意味了！所以我决意撇下这大题目，为着时间的支配，我只能记这么的一鳞一爪。

事情勃发得太猝然了一点，使我们一些也没有预备的余地。在踉跄的出奔中，我们只带了一二件预备更换的衣裤及很少一些睡具。所以在乡间的十余日中，我们一般年青的是直接地实行卧薪；年长些的和小宝宝们间接地卧薪——在薪和人体之间，还隔一层被褥。

第一晚我们安息在北乡一个小镇的区公所里，他们容我们住入一间一方丈余的小屋子。但我们一家子有十多人，那屋子一定不够容的，于是男子们住在渡我们来此地的河泥船上，女子和小孩们住在这屋子里。这屋子三面是粉墙，进出的一面有四扇长的板窗，屋子里很黑，看不见是什么地，凭足的触觉，我认为是破方砖砌的。这屋子在我们无目的地漂泊者的眼光中，正是安乐窝里的一间大厦了。为着晚上的安息计，我们向农妇购了三元稻柴，平平地铺满了一地。

我们这伙难民的突然光临，给于那些农民莫大的惊异。所以不到一刻功夫，这消息传遍了全镇。我们的“大厦”前的走廊里，渐渐地热闹起来了。村妇和女孩子们，都在指着我们切切私议，似乎是怜悯我们。有的还在高声地招呼同伴快来看难民。

廊里的人声更嘈杂了。渐渐地，一个个头从开着的长窗中伸进来，观看坐在柴铺上的我们。外面黑压压的还不知有多少人。

天色渐渐黑下来了，屋子里暗得几乎二尺外不见一物。我机械地站起，想扭上电灯。可是还没跨得一步，失望立刻把我当头笼住：“我们哪来电灯？所有的只这纸灯笼！”

我懒懒点上灯笼，在墙上找到了一个钉子挂上，室内略略光明了些。回头几个弟妹已熟睡在稻草上，甜蜜得和前晚睡在铁床上的丝绵被里的样子差不多。太太们都默默地坐着，在烈日下曝黑着的面上，个个充分地表现着一天的疲乏和心中的隐忧。

我觉得无聊得很，还是睡吧！跑到门边，向观众苦笑了一下：“对不起得很，我们要睡了，明天再来看吧！”说着，我把板窗关上。外面一个老者得意的声音接着说：“你们放心些睡吧，这里是安乐土了。哈哈！”在一阵窸窸窣窣声中，我们一个个都睡了。末一个睡下的把那聊胜于无的灯笼也灭掉，为着稻草太易着火。屋子里顿形漆黑，廊里的灯光从板窗的每条裂缝里钻进来。外面人声渐渐稀少了，末后只有听差不时急奔的脚步声。我把头枕着围颈，睡在一个墙角里，渐渐地有些朦胧了。

忽的，背上一阵一阵的奇痒，热刺刺的东西好似抓上了心头。我烦躁得睡不住了，突的坐了起来。睡在身旁的妈，回头惊问，什么事，我只含糊地答了一声“睡不住”!

妈说:“乖些睡吧,明天或许还得跋涉。”

我依旧呆呆地坐着。妈知道这话不生效力,重新换了语调说:“真的快睡吧,明天或许还得帮我拿些东西呢!”这声音慈祥而凄凉,我不忍拂她意,静静地睡下了。强闭着眼,强忍着泪,默默地数着“一二三四……”催自己睡着。

然而“一二三四……”遏不住烦躁的上升,一刻儿我又坐起来了。妈大概睡着了,不再来劝我。

在微光下,略略能辨认乱横在柴上的一个个可怜的人体。小孩子们的脚没有安静的时候,尽在稻草里窣窣地骚动,大概也感到奇痒了。我觉得我们这伙人真太可怜了些,是无端地受到这些磨难。年青人不要紧,磨练磨练也好,只……

于是白天的一幕惨剧荡漾在板缝里透进来的微光中了:

右边是一条很宽的河,左面是深深的田,一条不齐正的田岸只一尺来宽,上面鱼贯地走着许多疲乏的人,尤其是小脚的妇人,差不多走上十几步就得歇下坐一回。风又刮得很大,走着的人几乎不能把自己摆稳……我肩上背着一个大包,也在慢慢地踱着。妈在后不知向谁说:“今天累了这孩子了,真是……”接着叹了口气。我眼中噙着泪,不敢回头,只顾向前走……

屋面上忽然有了两声,淅淅沥沥的,增加了心头的凄凉。想起了白天的事,泪珠又滚下来了,一滴滴地落在稻草里。

外面的雨,越下越大了。

啊!我想起了船上的他们,心慌了。他们的伞也没有,船上又没有舱,怎好?

墙东角起了呻吟声。我轻轻问:“是谁病了?”

“我!”

“是婶母吗?——要不要……?”

说着“要不要”,下面接不下去了!问她要什么呢?连白开水都没一滴了,问她干吗呢?!

由怨而变成了愤恨，我一边淌着泪，一边咬紧着牙关，无意识地把身下的稻草狠命地摘做一段段……

廊里的灯，忽而熄了。觉得时候已经不早了，不敢再发脾气了。弟妹们的小足还在稻草中骚动。忽然一线光明，在眼前过，内中分明有许多雄赳赳的青年志士，抓住了一个个着木屐的人！把雪亮的刀很痛快地一刀刀刺下，跟着是泊泊的流血。

“喝，强寇呵，谁说我们这些小国民，将来不会把你们灭迹呢！”我冷冷地笑了。

于是把围巾蒙着头沉沉地睡去。

原载1932年《振华女学校刊》

给失学同学的一封公开信

失学的同学们：

不幸得很，这次上海战事发生后，你们受了莫大的损失了！据我所知道的，你们中间家在嘉定或江湾等处的几位，的确是为了家庭的破坏或家长的失业而无力进校门了，由是这学期的学校生活，顿形清冷了不少。就是我自己，也是战区内的人民。在我避难他乡，听说家乡被日机炸得不堪了的时候，还曾写信给本校的同学说："我或许将失学了！"幸而我的命运是出乎意外的康泰——我的家竟没有遭殃，只是一家人困苦得病了大半而已。我一面欢欣自己，同时更觉得你们可怜！

那末你们对于你们的命运要感到颓丧吗？对于你们的前途要感到失望吗？不，那尽可不必！

现在暂时失学，以后仍旧好想方法续学的呢，更不必说了，就是永远失学的同学们，也不必悲伤。要知道，入校求学固可得知识，但离开学校，并不就无法学习。学习的主体是我们自己。我们有志学习，在任何环境中都行；我们自己不要学习，便是处适宜的环境，而只是无效的。所以，惟有自己不要学习才是"失学"，你们只是离开了学校，并不算是"失学"的。

看吧，有许多青年，名义上是在学校里求学，而实则呢，当听讲演时偷着干些不正经的事，作些无关紧要的思维，把课外的时间更忍心地化在不规则而无益无聊的行动里。你们想，这种“求学”，胜于“失学”几何？就是有许多为文凭、为名誉而读书的用功朋友，一天到晚孜孜兀兀地伏在课桌上，把几本教科书读得烂熟，读时既不感兴趣，没有心得；读了后又不知把它应用到日常的生活上去，将来依旧不能改进社会，有益于人群团体。那末这种“求学”，比“失学”又高了多少呢？就拿我自己来比喻吧：有时不高兴读书时，把一句极平常的句子读上几十遍，还是个“不懂”！对于那一项科学感到有兴趣时，只须读一遍，便很明白的了。因此我说，“求学”全在自己，学校不一定能造就人才，你们也不必抱怨于“失学”。

如果你们是有志“学习”的呢，朋友，鼓着勇气“独力自学”吧！诺大的世界，随处满布着供研究的材料。要看书，去进图书馆好了，不是也很便的吗？如果为生活所压迫，那末去找工作，随便什么工作也都是“学习”。同时在工余，这“学习”也未尝不能扩充到书本上去。如果是这样，为着需要而求学，那末一定不会比上学的人弱到哪里。好在现在国家需要的不一定是领袖人才，而需要的是能实地工作的人，能尽国民本分的人！能活在世上一天，便脚踏实地地工作一天，这才是最伟大的大人物！

失学的同学们！你们不必悲伤，快找机会努力“自习”，努力“工作”吧。不必恋恋于学校生活！

一个在校同学上　五·廿·一九三二

再说几句——听说有几位级友为着环境中的种种问题，毕业后将不能升学了。那末我上信中的几句话，于你们也很适用。上信中几句话，的确是鲠在喉头，我几次想向你们吐白的。请你们接受吧，恕我不另了。

在这里，我虔诚地祝你们前程远大！

原载1932年《壬申级毕业刊》

市民大会

那天，同学们清早就换上了很整齐的校服，九时左右出发去出席在国难声中的市民大会。

整着队在街上步行的时候，两旁商店里倚在柜子上的人，和宅子门首闲眺的女人们，都放着奇异的目光注视着我们，显然这不是一桩平凡的事。同时，我们学生，也觉得今天的空气有些不平常，至少是将有一幕悲壮的事情发生。而我们的行动也变得非常庄严。因为平时国家对于我们，好像隔着一层浓雾，不大容易想到并且不大关心的；而近几天来——自从日人侵袭东北以后——国家和我们，似乎接近了不少。尤其是今天的事，更好像对于国家的存亡有直接关系的，使我们觉得有莫大的责任在我们肩头上。

会场近了，望见许多国旗、校旗在空中飞舞。进门后，便见黑压压的一场挤满了同胞。前部全是有组织的团体，后面闲散着一堆堆的不同的人物——花花公子、翠华小姐、娘姨抱着哭着的宝宝、车夫、小贩……应有尽有。这当然没有什么惊奇，市民大会的“市民”两字启示我，是了，市民当然有参加的资格，不过，照我的观察，我疑惑他们参加的宗旨，至少和我们的有些不同，不然为什么他们尽说着话，一些不像集会呢？

我们来迟了，站得很后，然而在杂着的民众前面，竟开会了，奏乐声约略可以听得，以后呢？我只呆呆地站着，在骚动的人群中，站了一二小时，听得的只是嘈杂：知识界听得不耐烦后的闲谈，小姐们的笑谑，车夫和小贩的打架……啊！我来时的精神哪里去了？为什么我的头这么沉重。我几乎忘了今天为什么来到这里了，要不是一阵欢呼声警醒了我。我要知道台上的人究竟在讲些什么，于是挤前了些。现在我站在中段了，然而话还是听不清，诺大的会场，这么多的民众！据一个同学说，现在是在通过什么议案，怪道大家都在举手中。我问她可听得见，她说："哪里！"然而奇怪，为什么站在我后面的人也在举手？难道他们的耳朵特别敏锐吗？在一次一次举手的时候，同时带着莫名其妙的呼声，既不像欢呼，亦不像呼"赞成"，只好像手和口是有一种特殊的关系似的，举手时不得不呼。后来我细细地考察了一下，才发现了另一关系：原来后边的手和前边的手是有关系的，显然前面的手先举了起来，然后后边的才络续地举起。哦，原来他都是把眼睛替了耳朵，怪道我听不清。

那同学苦笑着向我说："这种议决案，就可代表全体市民的公意吗？"

我觉得我的一切神经变得异常麻木，心是沉着，面上更是不能表示什么，只瞪着眼，木然地站着不动。

不多时散会了。我依旧随着队伍走出场，走上街。脑子里或许因为事情太多了，反弄得一片模糊，所以只低着头，一声不响地步着石子街。偶尔抬头，见两旁的人依旧放着奇异的目光看着我们。忽如大梦初醒，我自己不禁疑惑起来："我究竟从哪里来，刚才不是说要出去开市民大会吗？我们怎么已经在回去了呢？难道那悲壮的一幕已经过去了吗？……"

原载1932年《壬申级毕业刊》

国难中通信

佐权：

风云不测，二日的清晨四时余，H地忽然起了惊变。本来两三天前得到过些不祥的消息，可是听惯战事的我们，当它又是些谣言之类的东西，所以一些也不惶，完全没有预备要搬家等的事。但那天早上的形势真是紧张，听说前方退了不少兵下来，或许要闭了城门守。那消息真急得我们要命，于是急急拣了些轻便而不可少的衣服之类的东西，逃出了北门；勉强拉到几个船夫，摇了三只大舢板，向北乡暂避“锋芒”。可是真是出我们意料之外：刚出城便有三架日机，沿城绕了几圈，掷下几个炸弹，并且放了不少响排枪。他们的用意，大概想炸去伤兵医院；而伤兵医院的附近青云顶一带（王慧言先生家在那里，不知有没有炸掉）遭了秧。那时父亲等人还在城内。午后到了双凤镇农村师范，傍晚父亲等人也出来了，带来的消息使我们每人痛心：说是大桥一带（城中最热闹的地方）的商店搬出不少，（近我家的）北濠弄又是烽火连天，大概是受了硫磺弹。

我们在农村师范里坐了一宵，第二天（昨天）清晨又摇向东唐市，昨晚十时到了这里。三只船载了七八十人，其中小孩又占多数，披星戴月，在茫茫的白茆塘里摇到这里来时，心也几乎惊碎了！廷楣也是同逃者。

现在我们暂住在这里一家人家，然而此地也不是十分安全的，我们不知将漂流到哪儿为止呢！我们东西也没带，今天听见的消息又是这般糟：说是太仓全城，差不多烧完了；我们以后将怎样生活呢？唉，如果这消息没有误传的话，我们便无家可归啦！然而这消息不会怎样错，至少可以说“太仓成了半片焦土”了。可怜！

校中还上课吗？我们只剩光光儿几个人了，怎么好来？苏州平安吗？

中扆在我们出奔前一天也搬走了，可是在那天晚上，堂兄又明明见她在街上。是不是不能去南京，因此回来了吗？我可不得而知了。她一定也很困苦。

如果有同学或熟识者问起我时，你告诉她们我的落难情形吧！

不谈了，盼望我们能快些相见。

祝你

平安！

宪端，三月四日

原载1932年《壬申级毕业刊》

毒气战争（译作）

（本篇译自*Slosson's Creative Chemistry's Chapter.XII*）德国在大战开始时所用的子弹的直径是十七吋，在战争末期所用的底直径只缩剩一万万分之一吋了。然而子弹越小，能力却越大；于是战争也愈来愈烈。但现在讲起来，凭你有最小的子弹，也不是最厉害的战器了：因为一颗子弹射出后，大不了伤了一两个人，以后便什么狠处都没有了，所以战士们听见子弹在头顶上飞过时，一些也不惊吓，哪里有毒气的可畏呢？毒气的分子，不像来福枪弹似的走直线的，它随处可以钻进去，只要那里有些空隙；也不像一切子弹似的，容易消灭，它有时还得在壕沟里停留好几天；更不像子弹似的看得清、听得见，它无形无踪地降临，使人们不及预防。

从前人类利用水和风时的能力是有限的，直到他们的思想超越了物理范围而渡到了化学，知道了分子的作用时，工作和战争的效力，才立地加了几倍。从前一个人厮杀他的敌人时，单靠着他手臂有限的力量来掷几种石器；大卫杀歌利亚时才知利用离心力。罗马人利用了这方法，集中了许多奴仆的力，才能把石弹从飞石车中抛到城墙上。以后人类渐渐地启发了天然的秘密，发明了说：发散一股气体，能把一个子弹射到七十五哩远的地方，用同样的力，还能使这丸子弹爆发成飞扬的小片。

讲到气体威权的所以这样大，全在他的膨胀性。理想地说起来，气体的许多分子，常常想各顾各地逃开来，逃得越远越好，一些也没有团结力。受了热后，胀力更大。钢铁和气体的性质恰好相反，它的分子结得很紧，但将热的气体通入钢筒里，便能使汽机转动，工厂作业，火车奔跑，弹子飞越……确有奇特的功用。

一粒子弹射出后，至多把沉重的铁片深深地嵌入人体，受伤的人，或许可以不死。而这很轻的毒气一放开来，立刻满漫在空气中，速度比子弹还胜一倍，呼吸到它的，却很有性命之忧！

现在大多数的战争，不过是把已知的方法扩充些罢了。但凭你的炮口从三十八厘增至四十二厘，射程从三十哩加到七十五哩，哪能和飞机、潜水艇、汤克、炸弹和毒气这些东西比呢？在英国向德国开战时，第一次用的是极笨重的汤克，以后渐渐改良得轻便了些；然而那时德国已预备了很好的步枪去还击，混凝土的堡垒和电网去抵御。另一方面说，倘使德国那时就用了氯气去攻打，那末他早就在一九一五年的春天大胜了，哪还会在一九一八年的秋季失败呢？因为那时英国对于这看不见、摸不着的毒气的侵袭，一些也不知抵御的方法，当时战争造成的残酷情景，兑尔在他的大战史上说："夕阳斜照的时候，在德军壕沟的一带地方，布满了一层层的白雾，后来渐渐地转变结合，成了很低的一团浓烟，下层是棕绿色，上层渐渐变了黄。这团雾被北风吹着，渐渐地移过了两国战线的交界处。法军呢，正仰着头，得意洋洋地望着他们坚固精密的堡垒，意为苟能抵御炮火，便可安然无生命之忧了。不料忽然大家不约而同地抬起手来，向喉头乱抓：不多一回，这些兵士便很难堪地闷死了。有的受了毒，只这样的倒下便死了；有的难过极了，发狂似的跳出壕沟，逃到后方去。其中一刻不停留，直逃到伊泊尔的也有；向西冲过了运河的也有。德军占有了胜利品后，只见壕沟里装满了的尸首，都是曲扭着身体，面上呈了黑色，嘴边尽是从破裂的肺中吐出的血和泡沫，可想而知死时的痛苦了。在法军后方树林中几千昏迷着的俘虏，枪炮等，都成了德军的战利品了。"（按：联系

此段上下文的表述，疑为作者拟例举英法联军）

其实在放毒气的前一星期，曾经有一个私逃的德国兵到对方去报告说，德国预备了毒气炮在前方的壕沟里，但没人信他。照英国人看起来，战争是一种高尚文雅的技艺，而毒气是海格公约所禁止的。哪知德人违背了那条规则，英国兵士就此做了毒气的牺牲品。

除了氯以外，德国还利用了许多别的毒气，如光气，这气也是很毒的，空气中含了万分之一，便能杀人。对于这种气的消毒剂，不是兵士们能够随身携带的。不过自从英国偷了德国的演讲稿来后，预备了许多，将甲胄放在里面，浸透了来防毒。

那次德人非常得意，以为他们能够把毒气炸弹代替了普通子弹是一件极得意的事。哪知他们自害自了！因为战争的末期，美国每天能造二百吨毒气，而英德反只能造三十吨了。一九一七年的十一月，马利兰开始设置了一个造毒气的场所。三月里把毒气装入子弹中应用，秋季的一月中，已能很敏捷地造出1 300 000磅的氯气，1 000 000磅的呕吐气，1 300 000磅的光气和700 000磅的芥末气来了。

进过化学试验室或闻过漂白粉的人，谁不恨气的臭味？这黄绿色的气体是用食盐制造的。德人在伊泊尔战争时用的是液化的气，他们把那液体装在一个个筒里，在壕沟里隔一码放一个的布置好后，筒上通一条放气的铅管，搁在壁垒上面，当那开关旋了一转，毒气就流出铅管。因为它有空气二倍半重，所以荡漾在地面上，像浓雾一样。最好是战场的地势四斜，渐渐地低向敌方，而风势也向着敌方，那末效力更大。但如果那风势紧急而不偏向敌方，那末毒气变了方向而反攻自己了，这是不如子弹的一小点。

因为氯是很活泼的气体，容易和他物化合，而且用起来一定要靠风向立功；所以后来不用这单体，而用含氯而易于发散的液体，放在炸弹里面，散置在壕沟的各处。

光气，从它的公式$COCl_2$上——氯（Cl）和一氧化碳（CO）——便能知道它能杀害身体的原因了。氯和一氧化碳这两种毒气混在一起后，不立刻就会结合，不过倘使受了太阳光，它们才能立地化合起来。因为这样，发明这化合物的德斐，叫它“Phosgene”，意思是靠着光产生出来的。

最近制造光气，不必用太阳光做触媒，而用多孔的碳质了。制法是把这种触媒装在筒中，然后把两种气的混合体压进去。一氧化碳怎样取得的呢？可以把焦炭在有限的空气中燃烧而不使它成为一个完全的氧化物。但因为要得到纯粹的一氧化碳，不用空气助燃而用从液化空气中散发出来的氧气。

光气这种气体是很容易液化的，只须把温度降至华氏四十六度便好了。如果把三份氯和一份光气混着合用起来，效力最大。光气本身有一种好似青草般不难闻的味道，所以往往在发现这种气的存在时，人们受毒已很深了；而这种气只须用很少很少的分量，便能杀人。

另外，还有一种美国制得很多的毒物叫做呕吐气，学名叫三氯硝基甲烷。其实这气也不是十分奇特的。从它的公式——CCI_3NO_2上看起来，可以知道它是从CO_2（制造各种火药的硝基）和$CHCI_3$哥罗芳（一种麻醉剂）的大部分所组织成的。这种气体虽不及光气来得毒，然而能使人反胃、呕吐、流泪。所以这种毒气射出后，能使敌人自动地放下避毒器（面罩等），如果再放别种毒气过去，便能致他们的死命。

呕吐气是一种液体，通常和了百分之二十的氯化锡，装在弹壳里。这子弹发出后，发生一种能透过避毒器的浓白烟。这种气大规模制造时用的原料是苦味酸（一种著名的爆烈物）和氯气。通常制造时，将漂白粉（中含氯）和水混在一起，成一种糊状物，把这糊状物放在一只铁蒸馏锅里，加入苦味酸钙的溶液。当这两物发生作用时，锅中温度增加，三氯甲烷也就和水蒸气同时蒸馏出来。三氯甲烷比水重，所以在水蒸气凝成水时，它沉在水底。把它倒出后，就可装入弹壳。

一个学生在化学实验室里遇到的东西，出了实验室不去再研究时往往把它们忘却；但其中有两种气体是他永不会忘掉的，这两种气是氯和硫化二氢！因为他偶然吸了这两种气，便会咳呛咽哽，甚至致病。由此我们可以想象：倘使把这二种气体合用，不使他们失掉固有的毒性，那将有多少可怕的结果发生呵？！现在是竟有一种和上面所讲的类似的化合物存在，叫做芥末气。其实它既不是气体，又不是造自芥末，不过是很易于化气的。它被称为“战争毒气之王”，可见它的功效之大了。

先是一八六〇年，英人甘司礼发见了这气。后来在一八八六年，德国化学家梅安重又制造过，但他意为去造这种东西太危险，所以停止研究。除这两人外，没有第三人注意过它，因为没有一个人见到它有什么用处。因此它是废弃着不用，和几十种别的已经发见而从未利用过的有机化合物一样，仅仅在Beilstein字典里空留着一个名字。但在一九一七年的七月里，英军在伊柏尔一带播满了这种可怕的东西。它的“成绩”非常可观；所以从此以后，德国把它看作最重要的战具，而各同盟国也极力追求。据说德人在十天内曾用去了一百万颗子弹，中含二千五百吨的芥末气呢！

制造这种危险的东西，各国化学家都看做是一件难事，然而结果是成功了！它的原料是氯气、火酒和硫磺。制造法是：将“桶里装满着多孔的砖，或是很细的管，把乙烯气从桶下通入，液化的一氯化硫从上流下，它们遇着了，便化合起来”，火酒和水蒸气通过一个垂直的、热的、满装陶土的铁管；于是把火酒变做了一种气体，叫做乙烯。另外，将氯气通过一桶熔解了的硫磺，使它产生一氯化硫。把一氯化硫和乙烯化在一起，就成硫化二氯二乙烷“Di-chlor-di-ethyl-sulfide”（$CIe_2\ H_4Sc_2H_4CI$）；但这名字太长，所以化学家就给它一个名字叫“芥末气”。这末一步作用，在美国厄治武得兵工厂里，是利用了七个紧闭的桶造成的，每桶有三万磅的容量。

芥末气的效力的所以宏大，全在它的耐性好。它是一种极稳固的液体：蒸发得极慢，并且不易分解。它能停留在壕沟里或浸润在泥土或衣服里好多天。就是用面罩也不能完全抵御；因为兵士们终有时要取下面罩的，芥末气就等着那机会侵入了。虽然有时，在战后十二小时内还依旧带着面罩，可是兵士们取下它的时候，便能立刻中毒了。有时那地方表面上没有毒气，然而当太阳普照大地时，泥土里留着的立刻会蒸发开来。如果那时人们在它中间工作用了力，皮肤上立刻会发生水泡，腋下尤其厉害，这芥末气能使皮肤发红而溃烂，使人感到痛苦和疲乏；但如果立刻送入医院诊治，那不会就此死亡或有永久的伤痕的。这毒气并能伤害人的耳、目、喉、肺等地方，甚而使人发生气管炎和肺炎。所以兵士们脱下的衣服，应当每夜放在消毒炉里消去芥末气的余毒。

除了以上四种——氯、光气、三氯甲烷、芥末气——外，还有许多别的毒气存在，有的已经制造过了，有的也许将利用的。在大战时用的有三十种，其中有许多比这用过的更可怕，像溴（Bromine）、砒（Arsenic）、氰（Cyanogen）等化合物都是。但当时一国的化学家，往往很秘密地研究；研究得有了些成绩，也很秘密留作本国军队享用。

把有史的战争通盘观察起来，守御的方法终随着攻击方面用的一步步地进境。人类终久是勇敢的、聪慧的，谁畏那新发现的危险品。当敌方用了一种新制的毒气后，这方面便有化学家寻求吸收或消除这毒气的方法。将多孔的碳质（用坚实的木料如椰子壳等做成），和别种吸收毒气的东西一同放在呼吸器内，便成很好的防毒器了，因为碳质吸收气体的力量很大。如再加入苏打石灰、高锰酸钾和镍盐，则能把毒气消灭。

这防毒器是用橡皮带紧紧地系在面上的。鼻子用夹夹住，这样呼吸只能从口里进出，而所吸到的空气全是从富有吸收力的筒中透进来的。人们在离前线五里之内，是必须携带面罩的；他们常把这东西挂在胸前，这样，他们可以在六秒钟内装置完毕。一个好的面罩几乎可以抵御一切毒气，并且可以好多天不解下。所以这抗毒问题，能很圆满地解决了。

于是攻方急待解决的问题是“怎样可以使敌方的面罩失却作用，或自动地解下”。现在兵士们常用的气中有两种叫泪气（Lachrymatories）和喷嚏气（Sternutators）。泪气（氯煸乙酮——Phen-yl-carby-lamine-chloride）能使任何勇敢的士兵在战场上流泪，喷嚏气（二烚氯坤——Di-phen-yl-chlore-arsine）能使他们打嚏。德国在大战时轮流着用这两种气，使敌人疏忽于他们的攻击，有时并且解下他们的面罩；就在这时，他们混着放出些别的毒气。

我们理想的用以交战的毒气，须要：无色；无嗅；看不见；虽然给百万倍的空气冲淡了还是很毒的；当弹壳爆裂时，不会着火，或发生爆裂声；不为水所分解；不溶于水；至少可以贮藏六个月；容易制造。可是用过的毒物中，没一种气或别的混合物能兼顾到各方的条件。譬如：光气太易蒸发；芥末气又是太经久了，以致放在敌方的壕沟里后，就是你战胜了，也不能追过去占领那块地。

对于“利用毒气来战争”这桩事，大战以后，逐渐地在禁止了。但是一方面禁，一方面还是在努力地研究或制造，这一点是足以使我们感到十分害怕的，并且也是全人类的不幸。

原载1932年《振华女学校刊》，本文系蒋宪端、何泽慧合译

龙　井

游了烟霞洞后，就翻山到龙井，太吃力了，那边山上的石级太光滑，要是从岭上到山麓一不小心就须滚下山坳，令人怖心窄足；风景却太动人了，俯看山坳间的茶树，好似一棵棵青菜，茫茫无际的钱塘江，映照得水天一色。最是“残秋风景好，山腰一带白茶花”，真是抒写得淋漓尽致。

古柏参天，浓阴匝地，覆盖着一只崭然的亭子，我们就在茶寮中坐下，啜着清茗，又在绿林深处，留了一张照相。龙井这个名词，听得熟了，是出产名茶的地方。大家就买了一些茶叶，似乎是游杭的证据。

原载1930年《秋日旅行丛载》

游武林

武林胜景真无数，九曲流泉最出尘。
四面云山千叠绿，万般卵石一泓新。
游神空谷听幽冽，洗耳清池学隐沦。
我是娄东闲散客，聊从此处乐天真。

原载1930年《秋日旅行丛载》

《秋日旅行丛载》中的插图，原图下分别注有“钱塘江畔”和“西湖小艇”诸字

西子湖畔

丙寅春暮，余曾一至杭州，距今不过五年。明湖碧绿，塔影参差，犹在目前。不意今秋旅行，又指武林。岂西子与余，原有宿缘耶？

国庆先一日，我校高中全体，乘衔尾车而驰，离胥江之朝暾，谋钱塘之夜月。入寓即寝，以蓄神备四五日之狂游焉。

翌日，吾第四组二十余人，随王师晨出步及湖滨，雇窄艇荡桨于明漪。湖水依旧，塔影已缺其一。青山四围，倒影蜿蜒，长堤两道，垂杨犹绿，荷花残梗，时荡画桨。余出手挽之以为乐，然于欣欢赏览戏弄之余，未尝不以今感昔，且观环湖新构，金碧辉煌，叹物质文明虽极其能事，而大好山湖，损色多矣。正午旁岸，至平湖秋月，见平台临湖，岸与波平，绿荫覆水，山光映发，其地为孤山之麓也。乃由放鹤亭登孤山，山虽不甚高大，而峦影涛光，已历历在目。时已薄暮，乃穿公园出，缓步以归。

次日，游灵隐。搭汽车代步，至山门，舍车徐进。见飞来峰下，岩洞窈深，溪涧屈曲，稍息，经峨峨大殿入韬光幽径。两旁万竹阴森，夹叶蔽天。经韬光寺，上北高峰，同学中有不能竭力攀登者，留诸寺中，余游兴遄飞，不肯中止，乃努力循羊肠而上，盘旋十余里而达其巅。余困惫已极，即就黄石略憩，某君谓余曰："今日胖者苦矣！"继而合队狂笑。徘徊未久，复下山，至玉泉，五色游鳞，闪烁波面。时夕阳已沉入山阴，余等急至紫云洞，洞中隆然若堂，颇壮观，出洞后，蜿蟺绕葛岭道而归。

十二日，复泛舟，兼访名庄。刘庄与望山桥相对，结构优雅，林木苍奇，惜守庄者颇不善视游人，是为美中不足。蒋庄、汪庄，亦皆精雅可观。归途中，余与严君鑫飞桨竞渡，舟子之乐，心领而常羡之矣。

十三日，游南山。先至水乐洞，洞深二十六丈，秉烛入内，尽处泉声汩汩，寒气浸骨，以手扪壁，涔滴如汗。旋出，经烟霞洞、龙井、沿九溪十八涧而曲折行。此地峰峦屏立，远隔市尘，不知前途之窎远，但见一己之渺小。泉声潺潺，与林鸟共鸣，至幽胜绝处，爱不忍释，乃跣足携履，躄躠于乱石流水之间。偶一大步，浪花飞溅，衣襟几为之湿，余乐甚，意为斯乃世外桃源，不禁欢呼一声，狮子峰跫然相答。逸兴未尽，而为失伍之惧所迫，乃加履上道。两旁斜坡皆种茶，四里始出山。沿钱塘东行，过之江大学，六和塔北折经虎跑而不及入。至湖滨，已万家灯火矣。

末日，惟以市物访友为事，无有可记。十五日晨，与湖山作别，深夜归校，越旬始笔之以为记。

原载1930年《秋日旅行丛载》

程金冠（1912—2000）

字亦伟，著名运动员，上海人。1932年毕业于苏州晏成中学。1934年参加在上海举办的第十届远东运动会选拔赛，获全国百米冠军。1936年东吴大学经济系本科毕业，同年代表中国队参加在德国柏林举行的第十一届奥运会，有“短跑怪杰”“南程北刘”之美誉。1952年调任苏州市铁路职工子弟中学体育教研组长。1980年后受聘于江苏师范学院体育系。1982年起被苏州市体委聘为顾问，参与编写体育文史。

本书收录了1929年至1932年他发表在《晏成》校刊上的《阿三的手抓子》《医诗》两篇文章。

阿三的手抓子

苍天本来是蔚蓝色，因为这码头上的灰沙，经不起一阵阵狂飙，卷起一堆堆的螺旋形，飞升天际，天空当然为灰所蒙罩。然而这种天色，又好像另是一副人生的布景，这种布景显出有一种人的生活，更其惨淡可怜！

码头静静地眠在河岸上，这里除掉几家轮船公司外，没有其他整个的商店；上边的一排，却是大大小小的竹园，下边便是两对面的茅棚，开着几家湖南酒馆，并且有几个北方人在那里做面食。

河水低落在码头下，约莫间隔有四十几个阶级，河里这时只有像鸭子一般的划船漂浮着，下水轮船抵岸的时候还早，河水暂时呈现幽微的静默。

杂沓的人群，在这码头一堆堆发现出来了。除了几个北方人叫卖糖饼子、盐饼子的，在人丛中东钻西钻以外，其他的人至少是固定地立着，他们的心目中所希望的，当然是亲戚、朋友、情人、银钱、货物、牲畜等，在他们的心中……想念着，船已到达什么地方……

灰沙也有散着在轮船公司的墙边的，但也不妨碍行人的路径；这是一条小巷，直通大街。那灰沙散在墙边的，有几堆像金字塔形，有一个人睡在上面，像是坟墓中突出的夜鬼。他一副饥眼，白瞪瞪地仰望天际，光着头，赤着脚，上身仅仅着上一件破油布衣，下身罩着半截破蓝棉衣裤。眼角和颊下，露出肮脏的眼粪和乌黑的斑痕，他的骨头很瘦，又像一只病狗。

在叫卖食物的北方人的口中，惊醒了他的假眠。他一骨碌坐了起来，贼眉贼眼地偷瞧着面馍和叫卖人的面孔，心想着这些东西怎么能到他的手中……

旁边走来了李麻子，中等的身材；裸着他那肥健的胫后的筋肉，他那一副黑的麻面，满显着智慧和机警的样子，当时在灰堆中坐着的他，慢慢地站立起来，对他表示十分的尊敬。

“你这个流氓鬼！还蹲在这里干什么？你晓得吧，这个码头上实在不能容你了！”

“我的三爹！我以后的手抓子再不痒了，别的码头上的头目和警察们，他们打得我更厉害。三爹开恩哪，洋船快到了，我替客人搬些东西，恭恭敬敬地孝顺你老人家……”

“你晓得吧，在码头上吃饭不是像做官一样的可以得贿的。你这个要死的鬼，叫你不要摸人家的东西，你总不听我的话，前天偷西瓜没有偷成，倒挨了一顿毒打，真是贱骨头！昨天又偷码头上皮蛋，未必一个两个蛋就塞得饱你的贼肚子？我现在暂时给点情分你，你要再手痒，我就不客气，要叫五殿阎王勾你的簿子了。”

船已拢岸了，汽笛声尖脆响亮，使一般人们感到震耳的战栗。不多时，那船上有能听到一种笨重的喘息，吁吁地，嗡嗡地，似乎对这搬运行李货物的灰色而肮脏的一般似人非人的动物，讥笑而且讽刺着。实在地说，机器有人喂养着，新陈代谢地添进煤块，肚子里热烘烘的，实在比较他们苦力得意而且活泼。

这时候他驮了一大包举重的东西，哼哼喝喝上了重叠的石阶。他觉得里面像一颗颗的荸荠，他把它搬到码头上面，他很想用手抓开麻袋，暂时救救饥火；但是他的指头没有多大的气力，同时他又觉得三爷短棒的可怕，心想为了一点吃食挨打太不值得了！但是来回地搬运，赚上几十枚铜子，湖南馆子的烧牛蹄筋……也吃不到，还是偷些吃罢。这末尾的幻想竟占了优胜。

被誉为“短跑怪杰”的程金冠

这时候，他为争力钱，向一个商人抗议：“我们凭心血来换几个钱，你们做大生意的不要太刻苛我们了。要知道你们只花费了几个钱……要是我们不搬，那你们赚钱就有点不便利了……”

晚上，有几个流氓在湖南馆子里猜拳饮酒，他们粗暴的喝采声和谈话的滞重声传导到外面：

“全福寿，七个巧！……五金魁手！哈哈哈哈……”

“阿三儿，你像这样就很好！宁可当流氓，不要当窃贼，手抓子要是干净，怕他妈的什么……钱……又算得他妈的什么？……”

“喝酒啊！三爹，不要多说了！‘有得一日时运转，朝朝每日有肉吃’……”

原载1929年《晏成》

医 诗

陈家宴客，戈、谢和周一同聚在厅上。周是个倒霉的医生，戈、谢自负文士，相与鄙视他，不和他交谈，而津津有味地各夸他们自己做的诗。戈自以为这句可以压倒元、白，谢自以为那句可以比得上李、杜，于是一唱一和地畅谈不绝。那周呢，在旁听得，为之窃窃地暗笑，停了一会，进前和他们攀谈道："两位先生！诗才高妙得很，在下门外汉，不知个中趣味，怎能与闻？但是先生们可也晓得医诗的道理吗？"

戈、谢正谈得高兴的时候，忽地耳鼓里送入这句奇怪的话，不禁停下话柄，很惊讶向周问道："呀！奇怪，医诗吗？有什么方法？请教！请教！"周应声道："诗有意思不足的，好比人病羸瘦，须用补药；还有语句累赘的，好比人病膨胀，须用泻药。这个法子，先生们可愿听吗？"戈、谢二人齐声问其说，周便继续说道："古人不是有咏'四喜诗'一绝吗？那四句诗道：'久旱逢甘雨，他乡遇故知，洞房花烛夜，金榜挂名时。'这四句诗，猛然地一看，倒很像四件可喜的事；如细细玩味起来，意思却不圆满。我以为人病羸瘦似的，定要用剂补药才能够好呢！"戈、谢两人便道："奇怪极了！怎样意思不足？又是怎样补法咧？"周便接口道："那个'久旱逢甘雨'的诗句，看来本似可喜，但是假使春旱遇雨，夏秋苦旱，却没有甘雨，那末何喜之有？这就是意思不圆满的处在，须补以‘四时’两字，念作‘四时久旱逢甘雨’，可不是完全可喜的吗？”戈、谢齐声答道：“是呀……是呀！”周接着又道：“那个‘他乡遇故知’的句诗，也很有缺点。但说是他乡，那末，相隔三二里的也是他乡，故知很多的，就是遇见了何喜之有？如果是‘千里他乡遇故知’才是可喜呢！”戈、谢又齐声应道：“不错不错，真正补得好。”周又接着说道：“那句‘洞房花烛夜’更是有毛病，须得服剂补药的。大凡人家娶得一位新人，如果模样好看，虽然不比西施那样的美丽，却不是寻常的，这才可喜；倘若娶得一位新人，疤麻丑陋，好像一个母夜叉，那又何可喜呢？所以这句诗必须补以‘美女’两个字，成为‘美女洞房花烛夜’，那末意思自然完全没有毛病了。”戈、谢大声称赞道：“妙极，妙极，真正补得好呀！”周再接着说道：“末了‘金榜挂名时’一句，意思也不美满。譬如这人的年纪已经到了七八十岁，纵如梁灏八十二岁中了第一名状元，虽可算是一桩喜事，然而金榜题名之日，已当就木之年！荣华富贵能够几时？一旦呜呼哀哉，也不过棺材符头上稍好看些罢了！所以这句意思，也不能算充分可喜，必须补上‘少年’两个字，改做‘少年金榜挂名时’，那末便充分的圆满了。”戈、谢声声赞道：“好极，好极，真是补得好，佩服，佩服，先生！那用泻药的方法，又是如何呢？”

说罢，三人又笑了一会，周现出很得意的态度和戈、谢说道：“在下刚才医好的这首诗，不过是雕虫小技，无足为奇，而蒙二位先生谬奖了许多，我真是愧不敢当啊！先生要听用泻药的方法，那末我索性破一点功夫，说给你们听听吧！……唐朝的杜牧不是一个大名鼎鼎的诗家吗？他——杜牧——咏清明的一首诗，是人人赞美的，两位先生！可还记得那几句吗？”谢即急忙地答道：“记得，我这极鲁钝的脑海里，还有些模糊地记得咧，可不是：‘清明时节雨纷纷，路上行人欲断魂。借问酒家何处有？牧童遥指杏花村’的四句七绝吗？”周道：“是，是，不错！这四句诗，如不拿精确眼光去诊察，一定不知道他的毛病在哪里。据我看来，这诗如人病膨胀一般，不用药来泻他一下，终归大腹便便，很为难去看的。”谢道：“可真吗？你先生且慢开口，待我想想，须用什么泻法。”于是谢就口中吟哦着，心里推敲着，过了好久，横竖摸不着这诗的病源，随口和周说道：“先生，我看这诗字字有劲，不能减换一个，如被你用一番泻药，怕这次定然不免要泻坏……”周不等他说完，哈哈地笑了声说道：“的确有病，试将这四句诗，各删去顶上二字，好比替病膨胀的用剂泻药，不是简捷老练得多吗？”戈、谢说：“不对，恐怕有些欠解吧？”周摇摇头说道：“不，毫不欠解，不信我细细插嘴解释一下，谅来你们必然赞成的。这首诗既然是咏的清明，第一句上‘时节’两字，已足够代表清明了，所以要泻掉‘清明’两字才显得出老练得劲，不像有膨胀的毛病；第二句‘路上’二字，也要删去，因为野处的行人终在路上，绝没有能够在天上行的，所以‘路上’两字，冠在‘行人’顶上，太觉累赘；第三句‘酒家何处有’几字，自有借问的语意包含在里面，所以‘借问’两字，简直赘文，尽可删去；第四句‘牧童’两字用得过于详细，不如索性去掉，单独底下五字也未尝不好讲，因为‘遥指杏花村’当然有人遥指，断断不是鸟兽和鬼怪所指啊。这样将病泻去了，成为‘时节雨纷纷，行人欲断魂。酒家何处有？遥指杏花村’的五绝一首，何等简捷，何等老练！譬比患膨胀病的，便便大腹，顿时小得多了。试问不用泻药，病可能去吗？两位先生，你道怎样？”戈、谢说道：“是的，是的，赞成，赞成！先生这种医诗的国手，真使人佩服呢！”

末了，戈、谢对周说道：“领教许多了，我们受惠不浅。先生可晓得现在欧风东渐，我国各校的一些青年学生，自命为新文学家的，简直出口成章。前人说，曹子建才高八斗，我说他们诗才，终要用石计呢！想来先生既会医旧诗，没有不会医新体诗的，我劝先生在医病的挂牌以外，再添做一面‘包医新旧诗病’的挂牌，包管你每年收入的诊金，要增加几倍呢！”

原载1932年《晏成》

杨巩祚（1913—1997）

1934年毕业于苏州桃坞中学。1939年毕业于东吴大学。历任上海大同大学文学院副教授、上海圣约翰大学副教授、复旦大学副教授、安徽大学教授，安徽省政协第四届、第五届委员。1992年起享受国务院批准的政府特殊津贴。长期从事英语语言文学、英语词义学的教学和科研工作。主要论著有《实用英语语音学》《英美散文选注》等，主编《简明外国文学艺术家辞典》，评审了《实用现代词汇学》《英语泛读》《英汉双语名人名言大辞典》等。

本书收录了1931年他发表在桃坞中学校刊《桃坞》上的《痛苦与快乐》一文。

痛苦与快乐

大凡活在世上的人，所在的地位，所处的环境，总不外乎痛苦与快乐两种的情况。除了少数抱着悲观主义或厌世思想的人们外，更是哪个愿意甘受痛苦而放弃快乐呢？

既是好快乐的人占多数，他们只知道天天要寻快乐，却不知怎样才会寻到快乐，也不知快乐的真谛是什么，更不去辨明痛苦与快乐的分别何在。我今乘这个机会，不妨拿我的成见说给大家听听：

请先言痛苦。我所讲的痛苦，乃是去掉物质上的一切痛苦而言。物质上的痛苦，是因物质而感受到的痛苦，物质缺乏，生活艰难，都是明例。但是这种痛苦，因为也能使人觉得，所以不能不说它是痛苦。又因为这种痛苦，不是属于永久的，乃是暂时或一刻的，譬如穷人不会一生一世是穷的，也许有得志出头的日子，所以我们不得把物质缺乏当作真痛苦。真痛苦是精神上的痛苦。人做错了事情，受了自身良心上的责备，或是做事情竟掩没了自己的良心，使自己对不起良心。白天自己转上了坏念头，杀人咧，放火咧，占人便宜咧，设法引诱人咧，诸如此类，到了晚上，就要犯了睡不着的毛病，就是偶尔睡着了，不免又要从梦中惊醒。这样一来，一个人的精神也可想而知了。这种精神上的作祟，是深刻在一个人的脑海里，是永久的，不是暂且的，是完全精神的，不是物质的。

再说快乐。快乐也有物质与精神之别。物质上的快乐，是享受到物质上某种的利益，但是也不会永久的。守财奴平日在衣食住上觉得非常舒适，有了那些用之不竭的财产，感受到分外的快乐，一旦偶然遇了强盗或绑票，生命尚且难以保住，又何况财产呢？就是不被强盗抢夺，有了这许多资财，倘然是刮收人民膏血或地皮得来的，请问自己良心上到底怎样？物质上快乐的背景，往往发生悲哀，所以我说不是真的快乐。真的快乐又是精神上的，做了一件对得起良心而合乎法则的事情，同时自己受到相当的安慰，比那万乘公相，更是快乐得多哩！一个苦工，日出而作，日入而息，虽吃不到山珍海味，坐不着汽车马车，谈不到诗书礼义，走不进高楼大厦，做不到长客主席，自己却心满意足。每天所作的事，虽是劳苦的，却是有交代的，做完一样是一样，晚上决不像那富贵一般人那样多方的过虑，却是很舒服，很愉快地睡着了。这样他们虽是苦工，物质上的快乐，是谈不到的，精神上的快乐，已是俱备了，而且他们的快乐是无背景的，才是真快乐呢！

现在有一件事情要请诸位判别一下：有一个强盗，白天抢尽了一村人的产业，晚上去过那甜蜜的生活；同时呢，被抢去财产的那般富者，因已做了个牺牲者，到了晚上翻来覆去地为那被夺去的财产呼怨，而这两种人倒是快乐？还是痛苦？

痛苦与快乐的分别及意义，略已讲完，但是怎样才寻得快乐？换句话说，怎样可以避去痛苦？这个问题，正是我们现在所应当设法解决的，现在我把我的答案发表在下：

（一）要用全分精力，尽完你所当应尽的责任。人们在社会上，不能白吃白穿，白吃白穿，乃是破坏，不是生产；虽不敢说尽责任全是去生产的，不过至少也会生产些。不生产的破坏，时常有一般人觉得惭愧，心地里感到不安，当然是不会快乐的。所以你要快乐，当尽好你的责任；这种责任，不只是限于己身之对于社会，举凡家庭、团体、组织，都包括在内。凡属你当尽的，你就去尽，尽完之后，自然觉得快乐，就是佳餐美食，食之亦无愧于心了。梁启超说：“人生须知道不尽责任的苦处，才能知道尽责任的乐处。”又说：“到了那责任尽完的时候，海阔天空，那种轻松的愉快，直是不可以言语形容。”又说：“人不能永远像那两三岁的小孩子，成天的趣闹。年纪长大，责任自然会揽到你身上来，岂能逃脱？”可见责任乃是人人不能不有的。

……

（三）要用达观眼光去认定事物。有人拿死亡作为畏途，有人却视死如归；有人将金钱看得比生命还重，有人却拿它看得比鸿毛还轻。这是明明因为人们眼光不同的缘故。所谓达观，就是将一切事情、物质看得透彻些。人为什么怕死？为什么有不知足的心？为什么好名？为什么要去争权夺利？为什么要谋财害命？为什么要犯奸淫？为什么要与穷人计较？倘使你能把目光放得开些，认为不知足的心、怕死之念、杀人之心、争权之心，以及一切邪恶之事，于自己的确是不利的；那么不去尝试，岂不为美！既不去尝试，那就是说，你决不会再做那种勾当。不犯法、不妄念的人，大都是快乐而不感痛苦的。

（四）请将上言三点，同时实行。关于前面所讲过的，倘能同时实行，决端地可以得到相当的快乐；否则就是白说一篇。俗语说：“事贵乎能行。”又说：“能知即能行。”诸位不妨试试我所说的，在最短期内，是否成效，请你们送我一个答复。

原载1931年《桃坞》，有删节

何泽慧（1914—2011）

江苏苏州人。1932 年毕业于苏州振华女校。1936 年毕业于清华大学物理系。后赴德国柏林高等工业大学研究弹道学，首次提出精确测量子弹飞行速度的方法。1940 年获博士学位。先后在柏林西门子工厂实验室、德国海德堡皇家学院核物理研究所、法国巴黎法兰西学院核化学实验室从事研究工作，与钱三强等首先发现并研究了铀的三分裂和四分裂现象。中华人民共和国成立后，在中国科学院原子能研究所、中国科学院高能物理研究所工作。20 世纪 50 年代，领导建立了中子物理和裂变物理实验室，并开展了相应基础学科的研究，从而培养了一批具有基础科学研究素质的人才。70 年代后主要从事空间科学方面的工作，推动了科学高空气球的研制。在西藏建立了高山宇宙线观察站，充分发挥和利用中国山高地广的有利条件，在高能天体物理、宇宙线物理和超高能核物理等领域，取得了具有中国特色的科研成果。

本书收录了 1930 年至 1932 年她发表在《振华女学校刊》《秋日旅行丛载》《壬申级毕业刊》上的《洪君传顺追悼会》《旅行杭州记》《级史》三篇文章和《游水乐洞》一诗。

洪君传顺追悼会

明媚的春光，草木欣欣向荣，一岁的新首，人们嘻嘻忘倦，年老的人，好似回复了他的青春！

洪君传顺的死耗，竟来破裂了我们的嘻笑。她是我们学校里少有的学生，她的品性、学问、仁爱、尽责，全校的同学——两百余人——没有一个不洞悉、敬重。

三月廿九日，是黄花岗七十二烈士殉难的一天，全国的各机关、娱乐场都停止工作，我校也遵了国府命令，停课纪念。

我们趁了这个机会，也为洪君开了一个追悼会，表示对于洪君的悲哀，不知道洪君在九泉之下，能领受我们的悲哀不能？

这会是由高三的诸同学发起，因为洪君是她们的同班生，她们感到洪君的情义，当然比他人来得多，所以这会的主席是由高三任的。

全校的师长、同学都是忧容满面地坐在洪君遗像的前面，四壁蓝色的挽对、呢帐，不知加了几成的忧愁、悲哀。在这种沉寂的空气中，主席报告了开会宗旨，以后便由各位师长、各级代表轮次地演讲。所讲的终不外乎洪君在时的为人，她的品学和仁爱、尽责，都可做我们的模范。她最可被人所钦佩的，就是在将死时，她还说校中有一笔款子在她那儿，请家人送校。她说的时候，言语已不能清楚了，可知她对于公事的尽责，至临死时，还以“公”为先。唉！这种人在现代可有多少呢？在各位师长、同学讲的时候，都是眼睛红红的，泪珠儿一滴一滴地从青黄色的脸上滚下来，甚至发出唏嘘的呜咽声。台下的同学们也起了同情心，将手帕不住地擦她们的眼。呜咽的声，不断地发出自人群中。方砖地上，将要被泪珠儿洗净了。啊，振华的同学，不可谓无热心吧！

洪君是近世的奇人，是我们青年的模范，而竟不能久留世上，弃了一切而归天，恐怕是天帝因洪君是世上的奇人而招去了。这种虽是迷信的言语，但也有研究的价值。为什么奇人的命运，终是较常人短些？这虽不是所有的奇人都如此，不过我所知的已不止洪君一人了。

这种的思想翻翻覆覆地在我脑海中浮荡着，直到散会，受了同学们的喧哗声，方始将这种波浪打平了一些。

抬头看看同学们，都是两眼红红，脸上的泪痕，还隐隐约约可以瞧见。啊！洪君，对于同学们深刻的影响，可想而知了。

原载1930年《振华女学校刊》

旅行杭州记

余尝爱姑苏之灵岩、天平，以为此外遂无奇秀，第闻浙江之杭州，名胜甲天下，然至今未尝一游也。庚午秋，与同学百余人，作杭州五日游，湖山灵秀，胜吾灵岩、天平远矣。西子湖以其位于杭城之西，故又名西湖，为诸胜之冠。浩浩荡荡，平浪无纹，湖水团集，群山纠纷，画舫点点，若秋叶之于大海，浮荡其上，诚仙境也。岳坟，武穆王埋骨地也，在西子湖畔，筑大殿于其外，以表雄壮，游人过此，敬叹生矣。苏堤、白堤，纵横湖中。余等去岳坟而就孤山，放鹤亭在焉。夫鹤之为物，清远闲放，超然于尘埃之外，故易诗人以比贤人君子隐德之士。今孤山之鹤，已入其冢，而隐士亦已不复有矣。蓬断草枯，荒景满目。孤山之梅，有名于世，仅存者百株而已，良可惜也。舍湖光之胜，而登北高峰。又由灵隐而上，至韬光，于此即能远眺。然所谓观海者，钱塘而已。经韬光而上，凡石级若干数，曲折至其巅，北高峰至矣。于是俯仰徘徊，纵览六合，见夫天垂如盖，日悬如燧，众山断续环拱，如砺如拳，川海萦回，若带若线。东海、钱塘、天目，武林诸胜，亦无不历历在目焉。盖昔日所传闻其概者，今乃目极之，久欲见而无从者，今乃不求而尽获之。快意适观，于斯为极。辞北高峰而至紫云、水乐、烟霞等洞，皆天然之奇胜处也。紫云若广厦；水乐则奇深，洞尽处有一泉，汩汩作声；烟霞则奇石倒悬，皆成奇观。惜非闲人，不得坐卧十日，招太白、梦得辈于云雾间相共语耳。

原载1930年《秋日旅行丛载》

游水乐洞

烟霞古洞早闻名，水乐一洞今始成。
此洞埋没二百载，重见天日不数更。
炳烛前行不知底，空穴来风皆成音。
暗中摸索何时尽，但闻清泉处处鸣。

原载1930年《秋日旅行丛载》

《秋日旅行丛载》内页插图，呼应了何泽慧在文中提到的杭州之行

级 史

“质胜于文谓之史”，所以我们的级史是只重于质，对于文，恕不注重了。

现在我把壬申级的级史分四个时代来写：一、太古史——前小；二、上古史——后小；三、中古史——初中；四、近古史——高中。

一、太古史——在这一个时期里，我们简直不知道我们是壬申级，我们既不知有级，更不知有校，只知道有一个先生，我们唯一的生活就是玩耍。

二、上古史——在这一个时期里，我们开始有级会，但是一些组织也没有，我们曾经开过一次空前绝后的级友会，那时我们的生活仍是一天到晚地玩耍。

三、中古史——在初中一二年级的时候，我记不起什么值得记载或回忆的事情。在初中三年级的时候，我们开始有姊妹级。这种姊妹级的风尚，在外国是早已有了，但是在振华里，却是我们的姊姊——庚午级所首创的。她们的目的是联络感情。

四、近古史——这一期是壬申级的黄金时代，因此我把她再分三个时期来写。

（一）第一期——高中一年级的时候，有两点是值得记载的：

1. 壬申级级友会的确立——有完备的组织，置级训、选级友。

何泽慧美术作品

2. 创作力量的发达——制造各种历史上有名的建筑物的模型，好像雪的金字塔、雪的狮身人面像等。

（二）第二期——高中二年级的时候：

1. 级友会组织的改进——添设学术股、艺术股等。

2. 级友精神的团结——（1）购置自由车；（2）拍球（十分五分休息时都要上操场去的）；（3）晚饭后研习音乐（奏乐器、唱戏等）。

3. 假期工作——寒假时设平民夜学校于本校平民教育馆，教务由留校同学担任之。

（三）第三期——高中三年级的时候，这一年为了注重抗日工作的缘故，对于级会没有什么特别的进展；不过级友间感情的融和。曾分全级为四组，每组约六七人，互相劝导，在假期中有循环通信之举。

原载1932年《壬申级毕业刊》

陆璀（1914—2015）

浙江吴兴（今湖州）人，原名陆掌珠。1931年毕业于苏州振华女校，同年考入东吴大学。1932年入清华大学社会系，曾任清华大学学生自治会救国委员会委员，投身一二·九运动。1936年加入中国共产党。中华人民共和国成立后，任中国人民对外友好协会常务理事、副会长，中美人民友好协会副会长，中国儿童少年基金会理事等职。1980年出席在哥本哈根召开的联合国妇女十年中期会议（即第二次世界妇女大会），并担任中国代表团副团长。曾为中国人民政治协商会议第二届、第五届、第六届、第七届全国委员会委员。

本书收录了她1930年至1931年在《振华女学校刊》《秋日旅行丛载》《振华1920级毕业刊》上发表的《碧浪湖畔》《我们的级色——紫》《西园去》《献给级友》《心铭随笔》《苦雨》《各地妇女职业调查·绪言》及*A Big Family*八篇诗文。

碧浪湖畔

每读到什么游记，未尝不恨自己没有机会一访名胜，可是造物者是极公平的，他没有偏爱，也没有偏憎，他随处散布着美的种子，只要你有闲豫的心情去领略。

夕阳本是无限好的，而这一次却使我更深一层地窥见了它的美——至少在我目下偏狭的眼界中，是一个空前的奇观。

太阳渐渐地偏了西，微风吹来，带来了丝丝的凉意。庆叔领我从他们家里出来，向南走去，目的是去看看那条新造的长途汽车路；可是另有一种奢望，潜伏在我心头，那便是去瞻仰碧浪湖畔的晚霞。

看过了上海的马路，这条黄沙铺的汽车路，当然没有留连的价值；可是我爱它依山傍水，景色天然，的是占了个很好的位置；瞧它一直蜿蜒地绕过远远的山脚下，再远去便被一带树林遮住，在这上面徜徉着，看一处处小桥流水，云树青山，觉得另有一种幽趣。

走上了一座石桥，栏边小立，正对着那偏西的夕阳。小河中闪烁着万道金光，从远处直蜿蜒到桥栏下。略凝眸，便又向前走去，便到了山脚下。这时那整个的夕阳，已为远山吞没；除了西山顶上比别处稍亮外，什么都没有，天边既无一些红意，又无一丝晚霞，这样平淡无奇的落日！我不禁大失所望了！苍茫的暮色，已从四面合将拢来。晚风送来了清新的泥土气息和花草的芬芳，我暂时撇去了心头幻灭的悲哀，来沉醉在晚风的煦拂中！

走入了山脚下的树丛里，落日的山头已完全被遮没——实在我已完全没有瞧见它的愿望。抬头可以从参差的枝叶中，望见那苍苍的天，有意无意间，隐约地好像见蔚蓝中晕着一层浅绛。耳边送来了轻柔的舫声，我直觉地向前望去时，树枝的空隙里，隐现着一片荡漾的波光，我欢呼着向前跑去，几步便钻出了树丛。

呵！奇景展现在眼前了！原来西山的山凹处，五六条红光，匹练似的射向中天，愈达顶点愈淡，终于只剩下了一抹浅绛，晕化在天空的蔚蓝中，倒影入湖，只映得满湖的波光潋滟；天空的乳白淡蓝，晚霞的浅红深紫，一切不同的光和色，调和在每一线波纹上，晃动着，闪灿着，织成了一匹奇丽的锦缎。这般明媚，这般灿烂，正和四周的灰色，成了个绝对的反照。

一种突如其来的惊喜，使我中了魔术般站住了，半晌，瞥见离我不多步，有许多大大小小的石子堆砌着的一条小堤，曲曲地伸入湖中约数尺，想是山下妇女们浣洗的所在，我走去试着用脚一踏，觉得很稳，便放胆走去，直到顶点；回头看时，庆叔正攀着树枝，在远远地站着眺望，我笑着向他招手，便慢慢地坐下，用手拍着柔波，悠然四顾，纵亘天空的红光，已缩得很短了！以前漫散着的红意，好像都被挤在一块，在西山顶上，幻出了无数的姹紫嫣红；演染得青青的远黛中，也晕着一层薄紫，湖中央的浮玉塔庄严地站着，把它瘦长的影儿，模糊地印在湖面，任水波把它漾曳。

忽然灵机一动，慢慢地把上身向左侧下，用手撑住，把脸贴向水平线去瞧着，呵！只觉得眼前展现着的，是一片集世间不同的颜色所织成的光晕，更辨不出那里是天上或是人间，偶然一只小小的渔船，徐徐地从光影中度过，区别了水天的交界，耳旁水声细碎，水草不时地拂面，凉意侵人；心中微有些儿怯，只觉得自然的美，已把我整个的心儿镕化。

臂儿微酸，方支起身来，庆叔正默默地坐在草地上，若有所思，想也是沉醉在大自然的怀抱中。暮色更浓了，湖面上微风吹来，已觉罗衫嫌薄，猛忆起回去太晚，要受母亲的埋怨，便站起身来，两臂交互的抱着双肩，叫：“庆叔叔我们回去吧！”

来归的途上，走上一条小桥，回顾时，晚霞更浓了！四周的红云，都已散去，只留存在深色青蓝的天际，绽露着一线鲜明无匹的血痕！玛瑙般透明，樱桃般娇艳的血痕！

远处已有数点微弱的街灯，在苍茫的暮色中颤动！别再逗留了，我惘然地向碧浪湖告了别。

这天正是三五，晚间月明如水，我们又泛舟作碧浪湖游。

船徐徐地在一条小河中前进，我在船头上，默然抱膝坐着，目注着水天：万里长空中，没有一丝儿织云，只是一片澄澈的晶蓝，烘托着一轮皓月。几点疏星，万籁俱寂，只一声声小桨拍水声，清澈地从后梢度送。篙杆点处，敲碎了水中月，化作千百条银蛇，蜿蜒地漾开漾开……忽忆起苏东坡的“桂棹兮兰桨，击空明兮溯流光”，觉得“击空明兮溯流光”七字，真是刻画尽了此情此景！

过桥，就摇进了碧浪，朦胧的光雾中，浮玉塔好像在那儿试她的凌波微步。船在一棵大树下停了泊，大自然的寂静，镇摄住了每一个人，没有一些笑声，也不闻一声人语，只偶然的游鱼接喋声，冲破一部分的静默。一切的村陇茅舍，都沐在这银白色的幽辉中，默然兀立着，远近的山，轮廓分明地印在青石板似的天空，月影下，湖水深蓝，静静荡着一弯冷月，和天上的月，互相辉映；微风过处，月影摇银，一片寒光洄漩。——我凝视着这澹远的宇宙，心中穆然超然，一如老僧入定。

同一日中，我窥见了大自然的两种不同的绝对的美，晚霞的瑰丽，月夜的清远，永远、永远地镌在我心上，渗透了我的灵魂，日子久了，一切回忆渐次模糊，然而这伟大的美感，依旧鲜明地——我相信永久是这样鲜明地在我心灵中震荡，使我悠然怃然，神往于故乡可爱的山湖。

原载1930年《振华女学校刊》

A big family

夜之神已准备着展开她的怀抱，四周的景色，已呈现着苍茫的暮气，个人肚中，都已发出和车轮一般的声音了，“不是宣布晚餐了么！好，开始吃吧！”一个人两只面包，两个鸡子，“请pass过去吧，还有果子酱呢？”忙做一团，碰巧一个查票来了，他看了这一幕活剧，笑着说：“A big family。”

路上同乐会月儿照着；风儿飘着；各人的心灵随着车声跳动着；却有些倦意了，师长们宣布举行路上同乐会之后，大家精神又提高了。先唱党歌，校歌，各级的级歌，“大家合起来唱round吧！”果然，一阵雄壮的歌声从车中发出，好比唱着“祈战死”的军歌，是的，虽然我们并非去长征，可是我们要整个的占领着我们的目的地啊！

原载1930年《秋日旅行丛载》

我们的级色——紫

红，如初生旭日，
光明而热烈；
青，是中天明月，
沉静而和平；
前者，象征着勇敢和进取，
——是人生的奋斗，
后者，淡泊而纯洁，
——是心灵的修养。
我们要的是红的精神，
光明热烈；
我们也要的是青的，
沉静和平；
人生，需要的是奋斗，
但，同样需要的，
是有素养的心灵；
因此，我们取了紫！
紫，我们知道！
他，是红和青的混合物；
他，有的是温柔清丽的外形；
他，象征的是“爱”；
但，我们更须深的记住：
他包藏着红青二色的精神！

原载1931年《振华1920级毕业刊》

西园去

太阳刚出了一天半，厚厚的积雪，已很快地融去了十分之八九。屋顶上一堆堆薄薄的残雪中，怪惹眼地露出那黑亮的瓦。雪很快地从檐头急流下来，从屋里望出去，映着阳光，竟似一幅水晶帘，挂在窗外。屋檐下面的地上，陷积水成一个个小小的水洼。清澈的一泓浅水中，一圈水涡刚形成，另一滴水又来打破了它，重新扩散一圈；水珠不断地溅起，又紧接着跳下。

在这别了一冬的阳光中，看了那不绝地在动漾的积水，听着那滴滴清澈的水声，人人的心底，都觉得有什么东西，已蛰伏了一冬的，现在是开始在蠢动了。

……

不知是谁第一个发见的，说："西花园瑞云峰下，积了很深的水了。"很短的时间内，这消息差不多已传遍了全校。

在吃饭桌上，我得了这消息。洗了脸，忽忽地就跑向西园去。过了湿的石板路，到月洞门边时，第一样映入眼帘的，是满地的泥泞和残雪；望了望脚上的布棉鞋，我迟疑了一下，站住了。

虽然是"满地的残雪和泥泞"，而且虽是在灿烂的阳光下，西北风依旧没有稍减它的凛冽，但这时的园中，竟有这末多的人！除了在路上走的以外，大抵是立在瑞云峰畔。

珺、绿和玲三人，远远地向月洞门这里来了。都把脸埋在围巾里，露出那小小的冻得通红的鼻子，满泛着笑意的眼睛，一面流盼四顾，一面谈笑着；脚步是留心而又急急地。

“水清不清？深么？”我急问。

“啊！好极了！”珺微笑地说，略一凝神，“我形容不出，你自己看去！”

“可惜地下湿得不堪，西北风也吃够了！”玲说着，伸出手来把围巾弄高些，又伸了袖里去。

“所以呦……我准定不去了，隔一天去吧！”我说着，又似迟疑。

“真的，又不就干的！急什么？”珺慰安似的又挽住了我的臂。

“进去！进去！还在这里吃西北风吗？”玲大踏步地就向里走了。我笑着，也就跟了里面去。

……

“课室里一个人没有，去干什么？！来！来！我们一块儿西园去了！”三天之后，吃过中饭，逸和我正向课室走去时，迎面遇着玲、琪、梅、珺、绿等七八个同班生，玲第一个就向我们招手说。

“去瞧过了又要去了？”我瞅着玲笑说。

“咦！你不是没有去吗？不去拉倒！”玲嗔着，把手一摔。

“我原是说你呵！去！去！为什么不去！？”我大笑着，用力揽住她的腰。

“好呵！吃糖二个人吃，不分给大家吃吗？！”我正笑，瞥见梅正把一颗糖送到嘴里去，同时芬的嘴在动，就笑嚷起来。

“该死呢！一共方才玲给我的两颗糖！好！你要吃我分给你！”芬笑辩着，把嘴一嘟，大家哄然大笑起来。

“好！我要吃！给我！给我！”我笑得红了脸。故意摔脱玲的手，跑到芬面前去，把手才一拍她肩头，非但我自己，大家已笑成一堆。

“不要吵了！正经让我商店里去买些糖来。游山玩水，没有糖怎行！”逸到底是好人。一面说一面跑出队伍去，在袋里掏着又回头一笑。

“这才对呵！我要吃味乐糖！”我把手一拍，笑嚷。

“我要荤果酥！”玲也嚷着。

“哈！荤果酥南京去了，不在！”逸已跨上了商店的阶沿，回过脸来笑说。

“哈！……哈！”

“我们先去！”

“不！我等一等她！”我说。

“原是呵！你怎会不等她！”琪笑说。

“走！走！不要你说！”我笑推她们。

她们走了，我回头瞧着逸，她用手巾包了一包走来。

“买了什么？”我笑问。

“当然有味乐糖，别急！”她笑着，从包里拿出一条来递给我。我接过来，嘻皮涎脸地剥开纸，拈起一颗，望嘴里一塞。

到西园，一瞧，泥地上虽还很湿，可是石块上已很可走得了；温和的阳光笼罩着，风也大没有前几天的劲烈。她们散立在池的四周，风中零零碎碎地传来些尖锐的笑声。我俩一面笑语一面吃糖。走近时，我扯了扯她，二人同时放轻了脚步。我拿起一块糖来，觑准了芬的头掷过去。芬冷不防被打着一下，“哎哟！”一声，回过头来。

“请你吃糖！”我大笑起来。

“小鬼！我饶你？”她笑嗔着俯下身去，拾起那块糖来。我更不迟缓，迅步跳过去，把她两手拦腰抱住。

“饶了我！”我笑求。

“好了！好！吃糖吧！”逸已慢慢地踱了过来，拿糖塞到芬手中去。

“珺！绿！……大家来吃糖呵！”

“荤果酥有没有？”玲故意鼓着嘴。

“有！有！南京回来了！”逸笑答。

“那末我要！”玲笑着跳了过去。

“剥一粒我吃吧！”绿的懒懒的声音。“没有吗？”声音尖而急了。

“职有所归，毋庸我来代劳！”逸笑说。

“珺！听见没有？”玲就嚷起来。

“见鬼呢！”珺笑恼着。

这时我已脱离了他们，到了池边。

呵？竟有这多的一池水！我出乎意外地，不似突然觉得满足了般，禁不止快乐地“呵”的直叫出来。

“璀是有这么许多大惊小怪！”

“不知是谁‘好极了’地直叫！”玲学着逸的声音。

“管闲事！”逸笑嗔着。

我已不暇同她们瞎扯，勾着逸的肩，忙不迭地望着那新添出来的一池水。

水是这末深，大概有两尺以上；又是这末澄澈，底上每一粒小石，每一棵小草都可以瞧得清清楚楚。平日怪丑的杂石，浸在水中，也觉得非常的莹润了，尤其是水底已隐逗着绿意的小草。高耸的瑞云峰，巍然兀立在水中央；它和池边一丛丛乱石荒榛的倒影，把池水映成幽邃而深绿。更兼在不绝的风下，水面漾着微波，淼淼地，粼粼地，时而闪着几点碎光。

虽是这小小的一池水呵！它那一片掩映的波光，竟给四周的一切——那堆得枯板的假山，和枯黄而泥泞的草地，平添上无限诗意！

我禁不住连声地叫着：“真好！真好！”一面小心地走下一步，到最低的石上俯下身去弄着水。

“假使中间还有几条小鱼……”我想，立刻，我清晰地忆起去年在西湖刘庄的事来：我沿水静坐了半天，面对着岚影波光；俯下头来瞧时，浸在水中的石头上面，是无数寸许长的小鱼，穿梭似的来去。

“西湖的水没这样清！”珺右手支颐，左手撑着右肘，凝视着水，沉在回忆中似的慢慢地说。

"没这样清？！"在珺身傍的绿急说："好吗！我真不懂，呵！这样清丽的西子湖，水竟是这样黄浊，只可远睹而不可近视！"绿的尖声转成低缓，惋惜似的。

"假若西湖澄澈有似这水，这一片扑人的清光，更不知要明丽到怎样地步，呦！我……"珺素富于诗人的幻想，这时她缓缓地一面说，一面把头偏过去倚在绿肩上；她泛在脸上的浅笑，和她语音的低柔，比她的话更有力量地，把人引到她所不曾说出的情绪中去。

"你怎样呢？在月白风清之夜，扑入西子的怀抱中去吧？"绿也嫣然，又似玩笑又似同情地说。珺默然，只微笑地凝视。

在我的心静下来时，我怕听，同时又喜欢听，那低柔的声音，说着含有诗意的话。这时，照例，一种缥缈的似喜似怅的情绪，渐渐地弥漫在我心中；我只悄然无语地用手拍着水。

"玲！别爬得这样高呦！"逸的呼声。我直觉地抬起头来瞧时，玲高高地站在假山顶上，张着两手，快乐地笑着。

"干吗这样急呵！"玲操着国语，笑着把头一偏，倔强地。这时我才四面一望：琪、蕙等已跑了己巳亭去，梅和芬是在对面的假山旁，面对着水低声谈话；池的四周，还零零碎碎地散立着另外几位同学。

"玲！你来！"我站起伸了伸腰唤。

"干吗呵？"玲笑着，翩然一转身就向下跑。

铛！……铛！……铛！……

"哎呦！敲钟了！"逸和玲不约而同地嚷起来，玲赶快跳下向这边跑。珺懒懒地伸了伸臂，向池水再作一度的凝视后，和绿缓缓地移动脚步。在亭中的也很快地跑下来了，园中每一个人都急急地或慢慢地走向同一的方向。

"第一课什么？"玲想着，又问。

"空课！"我笑答。

"不！我记得有课的！"玲怀疑地望着我。

1913年，正在进行体育活动的苏州女生们

“我看了课程表了，是空的！”我又笑说。

“别听她！她哲学不上的，自然是空课了，你和我有的！”琪笑瞪我一眼，拉了玲就走。

“该死的璀！好！快走吧！回头先生来了，学生还不到，不笑话吗？”玲笑骂着，忽忽地走了。

我也笑了，但又好像觉得无聊；挽了逸的手缓了地在后面走着。

到了月洞门边，我又回头一望：水已完全被假山遮没；阳光依旧普遍的笼罩着：除了几只乌鸦，在空中，枝上“哑哑”地叫了几声外，一切寂然。

原载1931年《振华1920级毕业刊》

献给级友

在初中里最眼热的毕业，现在是快临到了。我已不复是欣羡，我心中怅惘而又兴奋：一方面，我更深地体味出中学生时代的甜蜜，而对于行将永远失去的中学生活，起了极度的依恋；一方面我又梦想着未来新奇而豪迈的生活，以及学问和事业上的奋斗与光荣，而兴起一种不分明的、愉快的憧憬。

何独是我呢？朋友，从你们的言谈举止中，我知道，你们是深深地和我表着同情。

但这种美妙的忆恋与憧憬，往往是不过暂时的一闪；那渐渐迫近来的许多现实的问题，常使我们心中烦乱，而皱眉，而深思。

现在已是中学最后学年的后期。当然，我们各人已停当了各人应走的大路——服务或是升学。我是个幸运儿，我的环境允许我可以安然地升学！（所谓“安然”，当然是指我家庭中的不生问题。）我现在就从升学方面讲起。

选校一层，在我们大概不生问题：因为，一方面既有师长的指导，一方面我们自己也已有了相当的判别力，关于自己的性之所近，和学校之良否。真真我们所觉得困难的是第一重难关——入学考试。

在平日相聚时的谈话中，我常常可以听见这样的话：

“我是一定考不取的，怎样好呢？”

“不去想了，愈想愈怕的，临时去碰运气，考得取最好，考不取拉倒！”

“我恨起来，不高兴去考了！回家去享我的庸福不好吗？”

“玉师叫我去试试看考某某校；唉，我真怕，考不取不丢脸吗？”

“唉！……”

诸似此类的话。这就代表着我们种种不同的态度：畏怯、自馁、消极、自暴自弃……（少数积极者当然不在内）

不瞒你们说，朋友，我是弱者，我以一身兼有了这一切！由于因将来问题的迫切而起的反省中，我深深地觉得自己智能方面的缺乏，于是我深深地恐怖了！我先天的懦弱，把我拉向消极和自暴自弃的路上去；但同时，我后天的理性又在大声地呼醒我，想引导我走向积极之途。

由是我深思。朋友，我所得的结论，就是：我们目下最缺少的是一种勇气，一种毅力！

理性告诉我的话是不错的，朋友，我勉强我自己这样做，同时我希望你们也用以自勉：

“朋友，若是你发见你自己有一分的畏缩，自暴自弃，或是消极，你应该觉得像做了件坏事般羞耻！为什么你，一个充满着热血的青年，不能去战胜困难，而反被困难所屈服呢？！”

你若是真正觉得自己应有智识的缺乏，那末，朋友，你就该在这短时间内，努力用功！！！

绝不要自馁，自馁将消失你前进的勇气！

但也绝不要自满，自满将使你不知道自己的缺点！

那末怎样呢？这就是予自己以相当的自信。

别存着侥幸之心，存侥幸之心，就等于做投机事业，失败者估八九！对于你想做到的一件事，我愿你知道它的难！然而绝不要畏怯，朋友！你知道它的难，然后你可以小心地准备全副精神自去征服它！

若是你志愿要去考一个学校，同时又为了它是极难而胆怯，犹恐失败了被人耻笑，这是你大错了，朋友！人生之途上，失败是难免的，努力而失败，非但不是一件可耻的事情，你那不为困难慑服的奋斗精神已是胜过一切的光荣！若是你志立得坚，而又能始终不挠地努力，成功是一定的，我可以预祝！

努力，朋友！然而你要得到最后的胜利，第一件你的心先要把握得住！

这不仅是指我们的投考了，若是我们能这样做去，这就是我们未来事业成功的先声！

朋友！若是你同意，我愿祛除我弱者的态度，和你们一同勉励。我们来努力！努力！试试看以我们大无畏的精神，去征服困难！

记着，朋友！我们目下需要的是切实的努力！

少数的级友，毕业后，是该服务于社会了。这原不过是迟早的事，我们每一个人将来总要献身于社会，为社会服务的。我们第一须先认清，服务是一种神圣的事业，同时也是人生重大的使命！我们要以服务的精神去服务，以创造的精神去服务！一方面，更实际些，我们各以能力所及，管我们独立的生活，这是很光荣的事！

朋友，新奇的世界将展开在我们面前，我们各自认清了目标，勇敢地奔向我们无限开展的前途吧！

原载1931年《振华1920级毕业刊》

心铭随笔

驯

一天，我走上通到己巳亭的石级时，我瞧见一头猫，怪舒适地向前伸展着四腿，侧卧在石上晒太阳。当我走近时，它懒懒地张了张眼，依旧闭上了。凭良心说，我不是恶意的。我只好玩似的，把我的一脚提着，轻轻地压上它身去。我以为它即使不奋爪来抓我，至少该呜地叫一声，挣起来逃了。不料它仅把眼一张，畏怯地向我看着，身子一动也不动。我似有些觉得气，我把脚放重些压到它身上看它怎样。不料它只脸上现着畏缩，依旧毫无一丝反抗的表示。我心中真又气又好笑了，我已不愿再向这无用的动物挑战，就把脚提了开来。

“该死的东西啊！我这样无理地压迫你，你竟毫不知道反抗！？”我心中没来由的充满了可气的好笑和愤慨，把脚使劲在地上一蹬，指着它笑骂。

它见我这一蹬，倒吓了一跳！像一个贼似的，偷偷地从地上爬起来，又向我偷瞧一眼，见我并不去阻挠它，便一溜烟地走了！

我瞧着，瞧它那灰色的身体窜入一棵树后之后，我仰天长长地呼了口气！

盲从

若是我告诉你，“外国基督徒的母亲，在她的儿女小时，就对他们说，

振华女校己巳亭

‘上帝爱我们。你该信服上帝！’‘儿，做一个祷告吧！上帝将保佑你！’于是儿女们依着他们母亲的语，信着上帝和基督，做祷告，喊阿门，毫不怀疑到究竟有否上帝的存在”，你一定要觉得可笑了，因为他们是这样的盲从。但，朋友！请你反省一下吧！你对于你爸爸妈妈和先生所施给你的教训，以及你四周的一切习惯和设施曾否起过怀疑？——你曾否想过这一切的或则说是你的环境吧，是不是铸定了的？你曾否研究过“为什么要这样”？

朋友！就是这两句话请你反省一下吧！

原载1931年《振华1920级毕业刊》

苦　雨

我往常总爱雨天，不论是大雨或是小雨，尤其是在春日：春天的太阳是那末富于魅力，使人昏然思睡，只觉得脑儿昏昏的，心儿混混的，一切都是浊，浊，浊，即使是平常的晴日——不是春天——我也嫌它太单调，显著，和浊气，何如雨天的变幻，漂渺，与清新？！

大雨滂沱下，隔着窗儿凝眸静听：豆般大的雨珠，像驰赴沙场的健儿，横刀跃马，叱咤风云地冲下澎湃的大声，是他们悲壮的进行曲；屋面上砰然溅起的水沫，是两军相遇，炮火交飞时的火花，烟雾般弥漫了整个的空间，天地为之失色，树木在他们威光下战栗低头，我只有肃然了。

听！这磅礴的大声掩盖了万籁，宛似空山奔瀑，夜半潮声。使你的精神突然兴奋又使你的心情沉着；使你由动中见到静——在四周巨大的激荡中，沉入禅寂的忆地，又由静中思动——万静之中，胸中的壮气似欲凌云！

濛濛的细雨中，我爱在没遮拦的天空下立着，让雨丝风片轻婉地扑到我脸上，凉意沁人只觉得清新而又纯洁！

微雨的湖上，更澹静到不可描画：一丝丝一缕缕的织雨，交互织成了一匹淡白的轻绡，笼了柔波；远山只剩了一抹浅黛，淡到欲化，最使人起一种缥缈幽深之感。

不大不小的雨，也有它的好处：雨声是那末不徐不疾，银钟般清越的声音。因其我爱听水声——不论是雄壮的瀑声、细碎的泉声，或是铜壶滴漏，只要不是重浊流质的激荡声，都能使我悠然意静，那当然淅沥的雨声也不在外。空谷听雨的清福，我不曾享过，但仅就半夜听雨声，已是何等地富有诗意！

可是这一次不然了！这雨非但不给我一种美感，反使我生出无穷的厌恶。我依旧是我，所不同者心境而已。

自从接到母亲的信，说她在星期六要从上海来望我之后，我简直快乐得要迷惘了。在那时期内，你倘使见我在一角里凝神坐着，不动也不言语，脸上浮着入梦似的微笑时，你立刻可以知道，我又在想起母亲的来，而沉醉在甜蜜的幻想中了！

借了一点点小事，我就大笑，笑得无休无歇。

“你痴了！笑得这样！”她们说。

“娘要来了，我快乐煞了呦！”我总把这句话收束，不论我笑的动机是什么。

“珍！陪我快乐吧！我的娘要来了呢！”好端端的，我会把她的手使劲一握，靠在她身上这样说，笑着。

“娘要来了”这件事，使我清晨在微笑中醒来，晚间在微笑中睡去，魂梦都是幸福而愉快；四周的一切，都似欣欣地含有笑意。

星期六好容易到了！早晨起来，我就忙忙地把我的床整理好，房间里也弄得比平常清洁了好几倍，好让娘见了欢喜。

翻开书，只看了几行，一个念头跳上心来“娘要来了呢！今天！”注在书上的两条视线，慢慢地交互拢来，字是模糊了，我昂起头来，又是幸福地笑了！

一级中派我做一些事情时，“请你们原谅吧！我的娘要来了，我没有空，我要陪她去逛观前呢！”我跳着笑着说，脸上现着不可一世的自傲。

然而一封快信终于代替了母亲来了，“余因乘汝大姨母回湖之便，于初二日与之同返，不及来苏”，只看了这几句，我捏信的手已禁不住打颤，我呆住在舍务处的门边。这时我的心情，好像从香温玉软的仙宫里，被摔入冷得彻骨的深渊中，骤然间竟有些麻木，辨不出是什么味儿。昏惘中，我抬起眼来，惶惑地向四周一望：门外窗前，穿梭似的走过的，是浮着微笑的同学，有的手里提了小包裹，看来是整备回家去。

“璀！你母亲还没有来吗？”肩上受了轻轻的一拍，按着是这句殷勤的话到了我耳中。

再也忍不住了，胸中无限不分明的委曲与悲哀突然爆发，我小孩似的大声哭了出来。

凡是和我接近些的人——不，凡是和我在这几天中说过话的人，没有一个不知道我的娘要来了，然而终于成了虚话，她们哪里想到我的失望和悲哀，岂不要为之齿冷！？娘太不谅解女儿的心了，她毫没有想到这轻描淡写的几句话，是怎样刺伤了她女儿的心呦！

我兴奋过度的情感，突然受了这打击，正像一股势若奔雷的怒潮，骤然为一座绝壁所阻，当然立刻便激起了丈高的水花；而这潮水，雄厚的魄力消失了，却化作无数的旋涡，向两旁流转直下。我那哭，表示我刹那间情感的爆发，便是那溅起的水花，是一刻儿便散沉了；然而那旋涡，我心中幻灭的悲哀，却永远在那儿摇漾流转。

环境依旧是这样一个环境，可是在我的眼里是全变了！以前欣欣地含有笑意的，而今都变作可诅咒的。感谢同学们不故意来问我说：“你的母亲为什么不来了？”但我总觉得她们在窃笑：“何苦来，先前要这样志得意满的，现在看你可得意。”好几天我默默地垂下我的眼帘，不敢向她们看；这样，同时我也就拒绝了少数热情者底慰安。

一方面怨娘的失约，一方面恋娘的心却更热烈了！镇日只憧憬着娘慈爱的微笑的脸……想着，想着，热泪每不禁溢出了眼眶，晕透了面前的书页；羞，怨，孤寂，悲哀，种种不快之感，充塞了我的全心灵！

不作美的天，又在这时洒下了绵绵春雨。

天空中找不出一丝蔚蓝，只是一片死人的脸色般凝滞的灰色，雨是不断地下着，淅淅沥沥的一声声直要打到人心的深处，也许仍有人抱着愉快的心情，在欣赏雨景吧！？但我，龋龋凉凉，抱着满怀愁绪无释处的我，只觉得天是黯淡而阴沉，而我的心情也就更消沉，消沉到不可测的深渊。

晚间回到房里，灯光本来不亮，这时更黄得没有一些生意。睡在床上，细味到“夜雨敲窗，昏灯如豆”的凄凉况味，每不禁热泪盈眶。

夜间在淅沥声中睡去，早晨在淅沥声中醒来，天天如此。一种说不出的空虚孤寂之感渗透了我的灵魂；睡里梦里都好像置身于茫茫荒岛，而不禁兴起呜咽。

最难堪的是半夜醒来了，那时睁开眼来，四周找不到一线光明，只是无边的黑暗。万籁俱寂中，只疏疏密密的雨声，分外凄切地响着；夜风撼动窗棂，就好像有人撬着一般；倘使门没有关上，那就更可怕！门随着风而徐徐开阖时发出的迟缓而钝滞的声音，直令人毛发皆竖。——可诅咒的孤寂，就在这时候挟着等量的恐怖，猛烈地来啮我的心！空气中的潮湿，已使人蒸闷得难受，而早晨至洗脸室之时，像泼翻了几桶水的地面，更使人生出无限不快之感。

这样的境况，连绵了一星期多了。

“永远不晴了吗？！”谁也不能承认这几句话，可是同时谁也不能不含着疑意地咒诅了一句。

但，天终于在一日上放晴了！

清晨，当我的意识渐渐回复时，听见了处处清脆的啼鸟；同时觉得有一种炫目的白色光辉。在我眼睑外耀射。

“晴了？”我隐然觉得这一切的暗示，心中一喜，不由失声呼出；同时我就撩起帐子向外望去。呵！果然晴了！天空中的灰色，已被一夜的狂风，扫净无遗，依然露出了一片澄澈的蔚蓝，掩映着几片容光四射的白云。朝阳虽不能瞧见，可是那被范于檐墙窗三者之间的一小块东方天际的浅绛色和斜对面西

振华两等女子小学堂由王谢长达创办，后增设中学部，1928年迁入织造署旧址，称为振华女校，是今苏州市第十中学的前身

墙上的一抹淡黄，已无疑地告诉我朝阳确已升起！照墙外的一棵大树，本来只是瘦长的枝条儿，现在却已嫩绿满枝，衬着那明亮的妃色天际在晓风中微微舞动时，枝叶中漏下闪烁的银光千点。呵！晴了！晴了！整个的宇宙，已自充满着光明和愉快，而我一星期中紧紧锁着的心扉，也就自动地悄悄地展开了！

自是以后，我对于雨的观念，要不要改变，我自己也不能知道。

原载1931年《振华1920级毕业刊》

各地妇女职业调查·绪言

我们都知道："学问首重经验。"没有实际的经验，而一味埋头在书堆里，所得的智识是死的，不是活的；而且很容易的就要从我们脑中溜去。读生物学必须要有标本，物理、化学必须有实验，即所以印深我们的记忆，予我们以实际的经验，以与书本上所得的智识相参印。这样，我们读的书才着边际，才不至完全和真的事物相隔绝。

别的学科都是这样，何况这社会学？

翻开了社会学，我们知道社会上有所谓工厂问题、失业问题和其他的一切。然而我们尽是读，尽是读，而对于工厂中的情形、失业者的状况、农民的生活，一切的社会实际现象，毫没有加以目睹和经历，读破了这本书，我们所得的有什么呢？是一个空泛而模糊的轮廓！没有目睹和经验，我们对于书本上的一切（何况书本上又是这么概括），决不能有切实的了解，更何能起深切的同情？那我们根本就不能谈什么社会问题。

这样我们就需要调查了。

调查，也可分两种方法：一是亲历目睹的，如调查工厂等，那末我们可以真正地见到社会上的实际状况；但也有是用的间接方法，那我们也可以知道比较详细的情形。

成立于20世纪40年代的艺声歌咏团，经常演唱进步歌曲，举行义演活动

我们去参观过贫民习艺所，我们也调查过南园的乡村生活，现在我们又调查各地的妇女职业。

妇女职业问题，大家都公认是极重要的社会问题之一：因为一方面它是妇女解放的基本和先决问题，一方面又极关乎国计民生。我们要研究和讨论这问题，当然先要知道目下妇女职业的状况和程度。

于是我们各同学在年假里约定，负着调查故乡妇女职业的使命回家。只是三星期日子太短促，而且为了我们不善于调查的缘故，所得的结果当然不免有疏忽或错误的地方，深望知者有以教正。

原载1931年《振华女学校刊》

彭子冈（1914—1988）

原名彭雪珍，著名新闻记者。1914 年出生于苏州名门望族。1930 年就读于苏州振华女校，1934 年毕业。曾获开明书店出版的《中学生》征文比赛第一名。1938 年加入共产党。抗战期间，彭子冈与其夫徐盈双双活跃在重庆新闻界，是《大公报》的名记者。中华人民共和国成立后，彭子冈创办《旅行家》杂志，发表了不少歌颂新社会的通讯、散文。1984 年病重期间，口述《记者六题》（其子徐城北记录），总结其从事新闻事业的经验。其著作有《苏匈短简》《子冈作品选》《时代的回声》《驰骋疆场的女战士》。

本书收录了 1933 年至 1934 年她在苏州振华女校求学时发表在校刊、级刊上的《参观李剑石先生养鸡场》《从〈秦妇吟〉说到文学的时代性》《虎丘纪游》《人》《送高三同学序》和《罗斯福夫人》六篇文章以及《这天是要变》诗一首。

参观李剑石先生养鸡场

时候是初春，我们上经济学的人踏着被雷雨打湿了的街石到盘门去，在瑞光塔畔，我们驻了足。

李先生是政界出身，因对于饲鸡发生兴趣，所以已经营六七年了，人是位和蔼可亲的，很老实。

以下是李先生的报告：

很不幸，如今我这里只有二三十只，在前年有二三百只呢。大半是意大利种，所以白羽红冠的顶多。前年九一八事起，女人到上海，我到北平，于是便多散了。当时的日机仅在盘门一带盘旋，掷炸弹，掘了坑也没用。

饲鸡是不必十分费心的，只要有兴趣就好。吃、住方面是顶该注意的：吃的是谷和青菜，一百斤中加半斤盐，这是对于蛋白质的一种较好的供给。如果在乡间，随地有青草，就更好了。住的小屋子第一要注意清洁，睡的板子架在离地二三尺高的地方，上面有栅栏，好让排泄物随时掉下去，不至污及鸡脚；吃东西的地方亦然，处处使它们不致把脚伸出去而只能用嘴啄。架子高是因为防备他们受地上的湿气而生瘟疫病——这对于普通的饲鸡者是个很重大的损失。住处透风不要紧，只怕侧面的板隙中透过来的风，最易使鸡受病。

种鸡和生蛋鸡是略略分开的，前者较壮硕。每只鸡平均每年可以生蛋二百枚，售价约六元，而每只鸡每年食料则约三元，种蛋每枚约可售价三四角，所以饲鸡是很容易赚钱的。平时两种鸡蛋都须分置。食鸡中可不放雄鸡，种鸡二百只中只放三四只，因为雄鸡是只消费不生产的。生蛋鸡胖了就须少生蛋，必须卖去，而别的鸡要卖出时，只要关之使少走动，就可以使之发胖。譬如养猪的，把猪圈起来，不让见天日，就为此。

往日中国的鸡蛋出口极多，每年须七八十万枚，但近年来日本抢了这笔生意去了。中国城市兴，乡下人喜欢往城里跑，饲鸡的很少，一方面是城里需要的蛋多，所以出口绝少。这是很可惜的，很好的一个副业竟没有人去管，随着它低落下去了。

一切的设备很简单，只是两间小屋、几块空地而已，雪白的毛羽在四处散着，其中风味是无穷的。

由这些话中，可知中国人处处疏忽，只就已有的常识去做而总不得如何推而广之的改革，一切都是循老例而不知依科学的方法去分析实验。这一半也是偷安逸的原故。中国各种实业落后，都衰颓地开倒车，也不只饲鸡这一种事。

我们得到的结论，是要处处留神小事，务使每一种事业都能进步，也即救国之一法。关于饲鸡，须得好好宣传，鼓励大家注意，使这个成为一种很好的副业。

原载1933年《振华女学校刊》

从《秦妇吟》说到文学的时代性

虽然说良好的文学作品是超时代的、超空间的，但总不能就此认为文学“永恒”是没有时代性的。就和古代的佳人才子与现代的根据于“志趣合一”的恋爱一样，彼此都有其永恒的价值，但时代性依然是有的，旧的典型与新的典型决不会一样，旧的是依赖，新的是怀着同一的目标与志趣的合作。

由《秦妇吟》，我们知道作者韦庄的那一时代的变乱，和那变乱中的妇人的流离。文章是正如她所负的嘉誉一样的好，也无处不流露着她的时代背景。现在我要指出的是：

一、妇人的依赖性；二、社会的安闲；三、贼军的残忍与暴虐；四、对于诸侯及天神的信任；五、没有世界性。

在现代，至少有一部分的女子是不再受身体与意志的双重束缚，女子有一样的天足，有一样的求学机会——虽然这句话还只是个口号，资本主义的社会制度还没有作到这一层——女人开始了人权的攫得，能照着自己的意志去想、去做。男子所加于女子的枷锁在渐渐地被人们撑断，这是有着西方文明的感染的。一些虚名或荣华已被女人踢开，她们不想再在男人的爱抚——好意的或恶意的——下讨生活，用出卖灵魂与肉体的方法博得男子的赡养。她们有心、有脑、有手，可以用自己的手自己干，寻求“人”的路。也不会闭舍笼教鹦鹉，懒懒地靠着栏杆消磨时日的，这只在画片上有。

虽然那也是变乱，但还很突兀，因为只是贼军的叛乱，只是君王与朝室的翻革，与整个社会关系较少，所以在起事之前后多少征兆，到擂金鼓时才“居人走出半仓惶，朝士归来尚疑误”。但另一方面也更掩映着历史的巧合，九一八之夕，不是“不抵抗将军”也正在舞场歌酒方酣吗？当局者的糊涂与不尽职招来祸端，说来是太妙了。

在每一种社会变革中，流血的事很少避免，就是妥协，也不会那么快。人们受的掠夺与杀害更成了当然的牺牲，妇女是更成了目的物。由《秦妇吟》中知道他们的杀人工具离不了火与刀剑，这在现代，已聪明多多，已知道掷炸弹或是用机关枪扫射，虽轻简，仍费金钱，日本兵才发明了活埋或涂油火焚的方法。这可见文明的赐予！

如果东北难民中再有求神问卜的，也许觉得不信，在极端的骚扰与苦难中，人们记得的是生死，这生死是要看事实的安排挣扎，而不会仰赖天。在贪官污吏的蹂躏下，人们已不会在不信天之余，再去宽恕执政的一群。

看《秦妇吟》全篇，所指敌人只是一国以内的贼军，是不和“国”隔着什么洋什么海。那时的人们心目中也许还不会有什么洋鬼子和倭奴，孩子们也不会唱“打倒列强”“除军阀”，或者有之，但也只是除在心里，敢怒而不敢言。军阀这名词是和贼军类似的。

人类的关系越来越广阔，时代的威胁也更大了。

原载1934年《振华女学校季刊》

虎丘纪游

春天，人们都似乎特别高兴，又是一个新生，浑身换了一身新细胞似的那么活啊。血液是电流般的循环，心与脉搏都显着例外的剧跳，这欢忻呀！

春天才有这异常的欢忻，这新生的季节！绿草萌芽，人们的心里萌芽：全是希望，全是真挚的快乐！

虎丘山，像个迷人的狐狸精似的等着人们，然而，它没有狐狸精的妖媚，它是质朴而又古老的。在春天，古老却又一度苏醒了。

沿途的人们脸上挂着笑，在爬上山的人也笑，到了山巅上的人更不用说啦。

除非是半疯狂的诗人，他才会傻子似的对着山水蹙眉，唉声叹气的。

女人们的娇脆的嗓子，孩子们的尖锐的喊叫，这春山不寂寞了。

我们绅士模样地在冷香阁喝起茶来，占据了一大排桌子。不过，我们不是品茗，我们是牛饮，再也不能慢声慢气的了，天是多么热哟，简直在出汗！

在那里，王先生给我们讲邑志虎丘山的话。

一个怪腔怪调的女人吸引人们的视线，可怜的灵魂啊！女人没有社会的谅解与职业时，便不惜整个的出卖。

我喜欢那松林，人迹少，地方也僻静。坐在碎石上，按膝远望春天的原野，再好不过。

虎丘塔真凋残得可悲，没人管的孤独的老人般的。站在塔底下有点害怕，倾斜的度数已很可以了，每一块塔石上都有着书画的雕塑，非寻常塔可比。

过塔走去，迈下一层泥泞的阶石，那里残留着几块假山石，据说已被僧侣卖去，只剩下这点了。由这儿穿过一些田垅，就是那松林。往往名胜只有其虚名，而隐藏着的胜迹却永不被人发现。也许美好是应该沉默的吧？同样，被大家推戴的名流，也许还不及一个无名的小书记！

宇宙间有许多事是玄秘而不可解的。留着它们吧，谜的世界应该让人啄不破的。

照了两张合影，一张上痴笑，一张是我的常态：皱眉，在太阳地上我不容易睁开眼。

我揣着重订旧地的心情，找寻着旧日的痕迹。那时候，熟识里夹着陌生啊！

慰心地笑了，那楼的一角我找到了，那新建的山亭我找到了，我找不到那半相识的影子，无边的忆念抓住我。

归来，依然是坐马车到阊门，身上怪热。王先生坐另一辆马车，依然是倒坐，和来时我们同一样车。我不安，这是不该的；虽说我平日有点倔强冷淡得使人发恼，其实我心里觉得过意不去的事也正多，不过是沉静着而已，因为我不是爱把每一件事情都摆在脸上的人。

原载1934年《振华女学校季刊》

人

就是人们自身，也存在着绝大的矛盾。

这并不稀罕，本来这世界就是错综的、复杂的，每一处织着错误，每一处藏着缺陷。没有矛盾，不会有现在的所谓二十世纪。

人也一样，会有两种绝不相同的性格或嗜好。人可以同时是硬的或软的，倔强的或驯顺的，绝端情感的或理智的。

这个人，像棉花又像铁。

但无论如何，人还是真纯、朴质，也许是固执和顽强，很难随波逐流。有意无意间，她保持着她自有的风格。很可以学一点“人”事，譬如说，一点处世的手腕，一些必需的机智；但她不爱戴这虚伪的面幕，好像和这些东西无缘，她喜欢走自己的路。

路有时候通，有时候碰了壁。碰了壁，她不知道懊悔，即使有一些追悔她也暗暗地将它们埋了，送走了，不让这弱根性染上。并不是胸有成竹的精悍与厉害，她只想沉默着打主意，什么事都不求人意见地独干——但遇着她所心折的人是例外。如果值得心折的人太少，她就宁可埋头看一些她认为该看、必看的书。

书，对于她并不是老朋友。过去的那些岁月，她在淘气与孩气中度过，一味地玩，玩，玩。再不然，就是懵懂的梦，白天的，晚上的。好像是一个迅雷，打在空中，落在她头上，并且直透到心里，她似乎是有一点觉醒，对人，对人生。她从散漫的人群里找到人生真谛，找到一种新的状态。从人与人之间，人与社会之间，她找到了联系，这密切的联系。

她开始知道人们有散沙的生活，同时也有凝聚的水门汀的生活；有苦脸，有笑颜；有奋斗，也有光明。

简单的心房里装满了疑问与思绪，像个黄莺偷吃野宴上的杯酒似的，又甜又辣又苦，说不出的那阵滋味。

这滋味不会使她惊奇多久，用不了多少时候，她会安静下去，从无底无终止的步伐里，她将尝到不少苦酒与甜水。

有六分自傲，常常笑着对自己说：这自傲是要得的，是人的骨头架子，没有它，人就抬不起头，站不起身子来。只要傲而不骄，对自己，在心里。自傲使自信力不强，自尊心增长，她这般相信。

不贪得虚名与荣誉，在她“不在心”的事情上，她不需要一分的成功与名誉，但在她“在心”的事情上，百分之百的成绩她嫌不满足，她要“百尺竿头，再进一步”地迈上去。新的梦来到，她又计划第二个、第三个，简直不相信人力是有限的。

功课锁不住她，母亲的眼泪劝不住她，朋友的闲言拘不住她，爱人的抚慰留不住她。她有她的梦，她的理想，她的前途。

她不需要双料儿的柔软，如果在豆腐汤里撒上点辣椒，也许可以暖热一颗冰凉的心，胜似一床野鸭毛。

这家伙，越软越不行，但硬了也不一定能制得住这野马，她要看牵的人是谁，要怎么牵她，牵到哪里去。

马虎，同时可也认真。她可以在衣食住行各方面糊里糊涂，但人格与灵魂受不了一点拘束。

怪吗？这姑娘！

振华女校的创办人王谢长达。清末民初，她痛感国祚衰微，又因西方思潮的冲击，立志要改变中国妇女地位低下的状况。曾在苏州发起“放足会”，带头“放足”，带领民众一起打破明清时盛行的女子缠足恶习。1906年，王谢长达通过募集经费，在苏州创办女子两等小学堂，取名“振华”，意即“振兴中华”

她在矛盾中前进，她知道如何从脚跟上推翻小的自我，建设大的自我。她不走溃灭的路，准备着吃一些苦。

原载1934年智仁勇级高中修业期满纪念特刊《新声》

罗斯福夫人(译作)

现在每一个读报的人都明白爱伦娜·罗斯福把白宫用成她的日常办事地，她有自用飞机、火车和一架蓝色的灵巧的马车。从三月四日起，她不停地往返旅行国内各地，探访民情风俗。总之，她的事业与声誉扩展着，《纽约报》载着两个矿工在工作，一个说："好的，罗斯福夫人回来了。"

一九一七年，罗斯福夫妇与胡佛夫妇在华盛顿是好朋友的时候，胡佛使罗斯福家族成为大家庭模范。罗斯福夫人翻出她的女儿初婚时有膳食账，此项经济是有益食物的规程，如煨酥豆、肉卷、李子酱、小麦粥等。

去春她招待爱斯脱夫人等在白宫午膳，正菜是一个用腊肉油煮成的菠菜汤，裘开生赞美非常可口。她问客人们这种东西作午膳够不够，有礼貌的太太们便说"不"，罗夫人才告诉说她是在做试验，欲寻出效果。后来行政机关席上仿效起来。"我会不快活，"她说，"如我不能买新书，而以生燔牛肉当正菜我决不在意。"

她十岁成孤儿时承有三万元遗产。曾入曼哈坦的突特登女校，进款用在事务上，有的由她的知交玛丽昂·狄克经营；另外和一个好朋友南珊·库克——一个大胆有力、宽服抽烟的女子在一起，经营凡尔·岂尔店铺；一个在海德公园那儿的改造古物的场所，没有利润的。

在此五年中，罗夫人通过无线电播音及写作赚了两万五千元，夫妇便在巧溪省近温泉处造了一座避暑别墅，还有曼哈顿的镇上住屋。海德公园是总统母亲的，当然也就是他的财产。他并不有钱，住白宫，由政府拨给八万八千七百五十元，把办事员由三十二个减到二十三个。

朋友们很怜惜罗夫人幼年的孤单，她的祖母在哈德强的铁瓦里地方把孙女儿培植起来。罗夫人时常回想到童年，并期望着能再把旧梦温一温。初逢时，她两岁，罗斯福四岁，他把她驮在背上，她说："我是个庄严与胆怯的孩子，老女人似的，没有欢悦与青春。"

生来便合群，近四年的行政院的工作像是给她进白宫一个准备。她将收入供给在扩展新闻事业上，她在社会活动的结果是：使人们不高兴她这样一个没有优柔性格的人做一个男人的妻子；使人们喜悦，因她能与丈夫一样关心到大众及政治活动。然而她无论在哪方面全是个勤俭刻苦的好心肠的女子：她能到病院访一个白宫办事员；她能奉借汽车给一个急于公事的警察；她不时去探问他儿子的弃妇与他们的孩子。

好像她的繁忙有损于她的面子，但正相反，报纸对她的改进民生问题的舆论都不错。她召集新闻会议，她在农业院的恐怖室中发现两张可怕的瞎眼的牺牲者的相片，碰见新闻席上的太太们时，把两张相片抱在胸前喊："我不忍看他们！"

底下是罗夫人一周纪录：

星期一：七点起身。她从没病过，到四十九岁还继续着早操。与总统同进早膳。在游泳之后，要看许多来信。十一点完了新闻会议后，即为午膳会的主席。下午接待波斯公使夫妇，并招待国会行政及财政部的女职员，茶会，同餐客人是：出版者和一些官吏夫人。

星期二：早上骑马，并与同盟会代表们商议建设市镇救济失业妇女及冬粮事。饭后接待初次到的外交夫人。午夜乘车到曼哈顿。

星期三：晨十点到初级联合俱乐部，她想叫都德亨特的学校添设时事研究，她领导他们研习。下午在镇公所开一个家具展览会。

星期四：会见新自欧洲归来的儿子与媳妇，即乘飞机至巴提马，白宫的车在那里接她，直驶华盛顿的镇公会，四点半她对三百五十个女会员演讲。

星期五：早上乘飞机到凡省里其门的儿童幸福改进会，演讲后又参加儿童音乐会，并参观一个婴儿院。不多会儿又飞回华盛顿，开一个花展会。

星期六：她与总统到阿灵顿无名战士之墓献花圈。其余的时间便招待来自纽约的客人。

星期日：她最宁静的日子。请朋友午膳及晚膳而已。夜车至纽约，在那里要出席一个伊特比音乐会。

这种例行公事对别个女人一定要致病，但她却例外，像有不尽的生命力似的，和她的丈夫的精力一样好。她相信，在当贤妻良母之外再有些别的职业才是有意义的职业。

大家知道，总统夫妇对国事之透澈明了，无人能及，尤其是因罗夫人多才之故。她旅行时人家替她照相，并不因为个人的光荣与愉快，却是因她对人们的深情与体恤。她旅行回来报告总统一切所闻所见，有的使他生气，但如果是好的一方面，如矿工生活的改善，不被迫在工厂里住宿进餐，能得到足够的衣食住所需物。这样，他快乐，旅行也像很真实了。

在这上面，她成了“大地的耳朵”，她到他所不能去的地方，看他所不能看的人事，因她天赋的、明晰的剖述，她报告得特别完善。那些建议都是与美国大众有益的。

注：我译这篇东西是被动的，并不是捧什么总统夫人或是夸耀。不过，她的“名”还不像花瓶似的虚假，有她的才干与工作，我们可以警惕一下。

原载1934年智仁勇级高中修业期满纪念特刊《新声》

这天是要变

我说，这天是要变，
黑的云端里会镶上青的边，
晴天的云彩要流出来，
把黑雾压扁。

你信不信我不管，
可是你总相信这世界
是古古怪怪，
古怪里含着胆汁一样的苦液。

聪明人遮住了眼，
顽固的人不要看，
蠕动的大地上站着尝苦液的人，
周遭冒着火和烟。

这群人，藏着苦味儿的舌尖，
挺一挺身子，
（多么沉重的呵！）
把重负扔下，
挣脱那缧绁。

有人说他们是疯子；
瞧，为什么眼珠子里迸着火，
拳头握得像一块铁，
骨头里多的是磷质，
血管里流着沸腾的血。

官儿绅士们带着愁恨，
指着他们叫罪犯：
坚强的眸子里没有好心眼，
是叛逆，要把这细菌爬行的地球推翻。

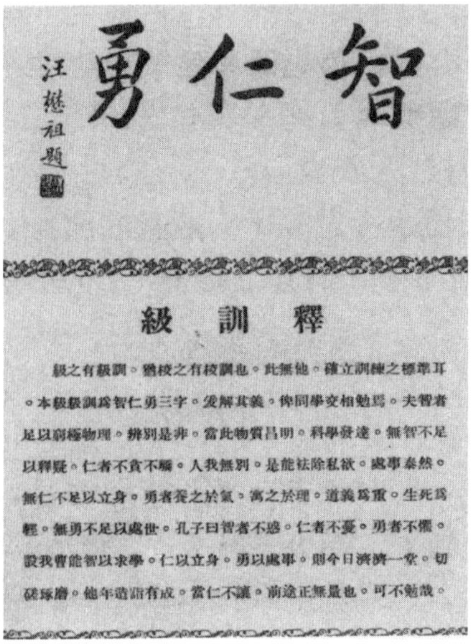

智仁勇

汪懋祖題

級訓釋

級之有級訓。猶校之有校訓也。此無他。確立訓練之標準耳。本級級訓爲智仁勇三字。爰解其義。俾同學交相勉焉。夫智者足以窮極物理。辨別是非。當此物質昌明。科學發達。無智不足以釋疑。仁者不貪不驕。人我無別。是能祛除私欲。處事泰然。無仁不足以立身。勇者養之於氣。寓之於理。道義爲重。生死爲輕。無勇不足以處世。孔子曰智者不惑。仁者不憂。勇者不懼。設我曹能智以求學。仁以立身。勇以處事。則今日濟濟一堂。切磋琢磨。他年造詣有成。當仁不讓。前途正無量也。可不勉哉。

振华智仁勇级级训

那一群人当真咧一咧嘴，
瞧着这地球在昏睡，
一声叫喊，
（像一个冷不防的风雷，）
满山满谷发着回响，
刹那间整好了队伍。

这队伍凝成了细砂堆，
砂堆里胶着了，
血滴与汗粒，
强健的拳头里使着一样的力。

我说，这天是要变，
黑云里会漏出电光，
连续的迅雷震撼大地，
末末了儿，嘿，
一个照痛了人眼的太阳，
出现在晴朗的东天。

原载1934年智仁勇级高中修业期满纪念特刊《新声》

送高三同学序

我没有泪，没有悲伤，心头有的是一团高兴，一些喜悦；我挥一挥手，凝一下眸。

这世界迈进了动乱的门槛，人们在奋争，在抗拒这时代的暴风雨，或者是在欢迎它，在火山口等待着。人们是部分的醒了，给历史创下一个充有血与肉的一页，给造成划时代的一页。瞧一瞧这万花撩乱的四周，姑娘啊，我们可以像白痴、像隐居的怪物似的不顾问吗？这是错误，我们不该躲避，就是你装痴狂，也是暂时的，只要你有生命，没有进坟墓，时代的警钟是会振聋了你的鼓膜的。

羞啊，如果还往幕后躲。

咱们这群孩子，不要撒娇，不要畏缩。有一天，咱们会抓着了我们的成绩，一个新世界，有着坦白赤诚的心的世界，微笑地，虽然不一定都能把握着，但那是有意义的。要变革一件事，是难免要牺牲的，须记着，种瓜不必祈望着自己采，种豆不要热望着自己摘。孙中山先生说的：要满足我们的欲望，要推翻旧腐的事物，须革命。把好的留下，渣滓抛了去，这是合逻辑的，在社会学中说，这叫“扬弃”。

不希罕戴方的学生帽，不希罕入贵族学校受大狗头（Doctor）麻醉，有眼光，往外看，往那苦难包围下的群众看，那里面有人生的苦斗的真谛，有二十世纪的新力量，咱们不是一样的人类吗！伸出手来，奋勇地，大伙儿纠在一起啊！他们会告诉你真心话，指给你怎么走路，拯救他们，拯救你自己。暂时的隔阂的网会在人力下扯破。

象牙塔已在崩溃了，不准你停留，你大概也没那么痴愚肯躲起来，像蜗牛般地爬，使世纪延长吧？天啊，这一点，非坚持着不可！你不是娇娃娃，你是群众中有力量的一个细胞。细胞不能离开全体生存，所以你是世界的，你不能离开世界的集团，古今明哲自苏格拉底起，谁不明白呢？

在学校，你得着了什么，够用了吗？好的留下，糟粕扔了它！再把握着这些微能力到社会上去，用你的脑，更用你的手，新的世界是不允许只用手不用脑，或许只用脑不用手的人存在的。吴稚晖先生有诗："人生有二宝，二手与大脑。用脑不用手，吃饭吃不饱。用手不用脑，走路要跌倒。手与脑都用，才算大好老。"

觉得对吗？这"大好老"可不是英雄，是能替大众谋福利的有用人，就好比机器上一双不锈不坏的齿轮。英雄崇拜的时期已过去，已被人们唾弃，大众需要的不是只图一己幸福权威的英雄，而是吃大众所吃的苦的领袖。

不要恼，不要怨，更不要留恋。世界是辽阔的，奔到哪儿不是一样，只要我们永远为真理奋斗，在心头存着永恒的联系好了。这宇宙是要继续下去的，如火星不崩裂。人家说人生如朝露，咱们说人生是深长的，横的方面有大众的纠合，纵的方面有未来的人类：我们的子孙，后继者。不彻底的人生观是要陷害咱们一生的。

只祝你们的血气日升！

补白：很无聊的，拿旧作来塞责。事隔一年，现在看来成了"自送序"，不过有些地方太稚弱，一个劲儿的孩子气。好，我希望大家都在忙乱中进步吧。

原载1934年智仁勇级高中修业期满纪念特刊《新声》

张充和（1914—2015）

字季充，美籍业余昆曲家，书法家。生于上海，长于苏州。幼习书法与文学。十五岁随笛师李荣圻度曲，习昆旦，参加苏州幔亭女子曲社等活动。1934年考入北京大学中文系。在北京读书时，参加谷音社等曲会活动，并不断发表散文、小说和诗词。抗战时期在四川从事古典音乐和昆曲曲谱的研究，参加重庆、成都曲社活动并彩串演出，代表曲目有《游园惊梦》《断桥》《思凡》《扫花》《刺虎》等。拜沈尹默为师深入研习书法。1948年与美籍德裔汉学家傅汉思在北平结婚，之后迁居美国。居美60余年间，在丈夫配合下，先后于美国、加拿大、法国等国和台湾、香港等地区23座大学及各种学术场合讲授和示范演出昆曲，培养各地的昆曲爱好者和研究人才。是北京昆曲研习社外籍社员。1986年应邀回祖国参加汤显祖逝世三百七十周年纪念活动，在全国政协礼堂以73岁高龄与大姐张元和合演《游园惊梦》，饰杜丽娘。

本书收录了1933年她在《乐益文艺》上发表的《我的幼年》《梁石言先生略传》《别》三篇文章。

我的幼年

告诉我幼年生活的只有“忆”，它并且还告诉我那时的生活虽然很平淡，和别的孩子一样，但是比较现在的生活要有味得多，温暖得多；在当时并不感觉到有味或是温暖，这才是真正的有味和温暖；因为在不知不觉中的好处，是再也感觉不到的；除非在现在才这样感觉着，然而现在假使和那时同样的在不知不觉中的有味和温暖，又何尝会感觉到那时的有味和温暖呢。

四岁时，外面来的客人们问我说：“你是谁生的？”我总是答一声：“祖母。”他们总是大笑一阵，我只是莫明其妙地望着他们，心里说：“这有什么好笑？难道你们不是祖母生的，还是从天上落下来的？”我一直不晓得祖母而外还有什么人。

在花园里，站在祖母面前，没有祖母的手杖高，祖母采了四朵月月红——花名——戴在我的四条短的发辫上。因为花园里没有镜子，我只得向地上看我的影子，只见牛角似的发辫，每个上面添了一朵花的影子，我欢喜得直跳跃起来。我跑到许多深草处寻找野花和奇异的草，祖母向我说：“孩子，丛草处，多毒虫，不要去！快来！你乖，来！我替你比比看到我的手杖哪里？”我跑了去，祖母替我比一比，然后叫我拾一块碎碗来，在手杖上刻了一个痕，又向我说：“今年这样高，明年就有这样高，后年就和手杖平了。”我开心极了，一心就想长到祖母的手杖高。

书房窗外两棵梧桐树那样高，秋深了，梧桐子时而落了下来。我在读《孟子》：“孟子见梁惠王，王立于沼上，顾鸿雁麋鹿，曰：‘贤者亦有此乐乎？’孟子对曰：‘贤者而后乐此，不贤者虽有此……不……虽有此，不乐也。’先生，我要小便去。”先生允许了，我便一溜烟地跑了出来。满院的梧桐子，我拾了许多，袋袋里满了，又装些在套裤筒里，在外面打了一个转，又回到书房里去，先生给我瞒过去了。晚上总是我先睡，祖母看着佣人替我脱衣，有时也亲自动手，今天也是这样，脱到套裤时“哗喇喇”一阵响时，桐子都落下来；我心里有点着慌，怕祖母责备，哪知她还笑了一声说：“生的吃不得，明天我叫他们拾些来炒熟给你吃，以后不要拾了。”啊！祖母，你哪知我骗了先生呢？！

葡萄架下一张方桌，我坐在祖母怀里，手伸在几本书上，给一个戴宽边眼镜的医生在试脉，佣人拿了电报来，祖母看了电报就老泪横流了；医生去了，祖母把我的一条红花夹裤翻了过来，里子是白色的花布。祖母又把我搂在怀里，眼泪不住地流着，带着战抖音调向我说：“乖乖，你从此要做个没有母亲的孩子了！……你要好好地听我话，你……母……亲是个好媳妇……以后……再也没有她……她了！”我这才晓得我另外还有个母亲，但是在我晓得有母亲时，母亲已经死了。我看见祖母也哭得那么厉害，我也跟着哭了。祖母又拍着我说：“孩子，乖乖，不要哭，你不是说你是我生的吗？你是我的孩子，我爱你！你不要哭吧。”祖母又叫佣人把我抱回床上去，说：“这里有风，哭了不好，怕病才好又要被风吹坏的。”

现在我已长得比祖母的手杖要长一尺多了。祖母墓上的草，我以为一定不会有毒虫的。假使现在要有人问我：“你是谁生的？”我还要说：“祖母。”不过，我明白还有一个，也是生我的，叫做“母亲”，因为她们都爱我的。我看见每个小孩子的母亲或祖母总是爱他们的。

我似乎时常听见祖母的声高说：

“孩子，丛草处多毒虫，不要去！”

原载1933年《乐益文艺》

梁石言先生略传

梁石言先生，吾乡平梁人也，幼失怙恃，家贫不能入学。其姊长先生十四岁，适张氏，少时随父读书，能治五经。及先生七岁时，其姊课之，颖悟过人，通目皆能成诵。先生敬畏其姊如师如父，性幽默，除研求时与姊相互讨论外，更无多言。爱沉思，好发奇问，姊尝为之窘而不能答。十一岁，能览群书，苦家贫无所得，遍假诸亲友，博阅诸子百家言，又慕庄周之为人，故《南华经》皆能背诵。年十五，向学益勤，立志益坚，诸亲友悯其志而嘉其好学，遂共出资以援助之。是岁春，赴北平求学。当其卒业于北大文课时，年方弱冠也。先生好金石文字，潜心于小学，能篆能隶，亦能行草，颇名于乡里。

先生于卒业后，教读杭州某校，时李叔同先生在杭，先生与之诗简往还。课余有暇，辄与僧作方外语，欣欣然竟日忘归。每逢月曜日，又携《曼殊诗集》，漫吟于西子湖畔，徘徊于曼殊墓侧，盖先生慕曼殊之为人也久矣。去岁春，在九华佛学院，与诸僧讲学论文，适其所好，甚自得也。

姊欲为之娶，先生谢曰："人之有家室，尤囚犯之有锁枷然，一日不死，则一日不能解脱。吾不欲作茧自缚，吾姊勿为吾谋，反损吾自由也。吾志在学，方欲周览天下名胜，探求无涯之学识，俾得少有所成，然后快吾意焉。吾姊焉为吾作此平庸之计，而累吾向所欲为？"其姊亦颇超人，能解其意，后遂

乐益女校教学楼

不复言。

张天臞，先生之甥女也，与余为总角交，能诗词，先生教之也。先生常为余改诗词，细加剪裁，谆谆然诲人不倦。余客吴门，先生亦常寄书来，皆谈学问之道，无一空泛语。近数月来，不相闻问，方欲修书探询，讵知先生已归道山矣？当余接天臞书，顿感凄恻，不自知其泪已簌簌然夺眶而下矣。先生爱超脱，先生爱自由，先生此后，真乃超脱，真乃自由矣。

原载1933年《乐益文艺》

别

祖母灵柩在八月十七日出了后，叔叔便预备送我到苏州来，筹备了好几天，本来派二十日动身的，因为亲戚朋友请送行酒，醉了又不好，只好一面去辞行，一面去享受他们的饯行酒，所以延到二十六日才动身。头一天的晚上有两个从小儿一起长大的朋友在我的床上睡，三个人何曾合一合眼，谈心也没有谈，不过可以明白各人都是一腔惆怅。

第二天早晨，当寐爽的时候，我和岳、竺都起来了，我叫他们陪我往西园、大园、花园、书房去兜一个圈子。先从厨房里穿过养鸡的地方，有个最大最美丽的大雄鸡，见了我去，扑了一扑翅膀，两个纯白的鹅也把长颈子伸了几伸。鸡笼边一棵柿子树，上面的柿子结得满枝，今年是没有我吃的份了，它们似乎有知似的。

西园里的草堆，堆得和屋顶一样齐，我们时常上到顶上去看晚霞的，可是今天没有气力爬。南面的一排竹篱，篱外的几朵小红花，迎着晓风招展着，它并不曾晓得我将要离开它了。葡萄架下勾留一刻，岳指着石桌、石凳告诉我们说："这不是我们在这里用小锅、小灶蜜炙葡萄的地方吗？"我笑了一笑说："是便是，提它作甚？"我们在石凳上坐了一刻，便又出了西园的门到了大园。

要到大园，先经过灰粪堆塘，是石头砌成一个半圆形的垣墙，里面的草灰仍然堆得很高。这里是买草必经之道，记得卖草的推车夫是我们家的老佃户，我时常坐在他的小车——独轮车——上，他替我推了大园的一圈，他还说用小车子把我推到乡下去玩几天呢，可是再也没有这个机会了。大园有一个后门，通小河的，一个看门的老头子起来得很早，他晓得我要去了，也不住地长叹几声。有个百年的一棵椿树和三棵七八十年的槐树，都伸着苍老的枝杈，上面托着几个鸟窠，已经有许多乌鸦在呱呱地向我们叫了。我们在场地——晒稻的地方是水门汀的——上坐了一会，三个人都好像一齐想到了一件什么事，这场地上曾有过我们的影子。当日午或日偏西或日将落时，我们站在这里互相用炭画影子，画了满场地的长长短短的影子，就是这么一事，再也不会忘记的。可是影子果已消去了，场地下面一排仓房也都大开着门呢。

由大园，穿过冬青树的门，到公共的大厨房——现在早已不用了——然后到花园里了。花园的门也没有锁，一推门，只见烧字纸的炉亭的顶去在地上，炉口堆着许多字纸，飞了遍地。我抬头看看杏桃、石榴、樱桃、花红苹果等许多树，它们也俯着头，用它们的叶子拂着我。玫瑰的枯枝，早已半倒下了，也没有娇艳的红，也没有刺人的尖刺。还有许多春花夏花，都是秃了枝的，只有正开的是桂花，依然放着它那袭人的香气，未放的是菊花，含着苞子，似乎也在做春梦，也抱着无限的希望。我和她们都是一句话没有，悄悄地立在晨曦初破的花影下，默然地诉尽了各人的惆怅。

经过长巷到书房去，院子里的两棵梧桐树，正在结桐子呢。一个月形门的花台，我只要一下了课后，便上去攀着天竹、碧桃、绿梅树头。书房里面的墙壁上，不知是谁画了许多猫、狗、老鼠，我写的许多字都零乱一地，一个钟也停住了。外房是先生的寝室，一张空床上结满了蛛丝。她们——岳、竺也常到这里来玩的，三个人只低了头，故故在字纸堆里寻找些不紧要的东西。后院的芭蕉都离披着，我们出来后本想到书楼上，大祖母、三祖母以前住的故宅里，可是不成功，已经租给别人了。门闭着紧紧的，只得望了一望门便回来。还

张充和旧影

有祠堂里是最想去的，那是我们惟一的捉迷藏的好地，可是也不能够了，也是送给红十字会做救济院了，也只得由门的缝隙间张了一张，就回来了。

早饭后，一切行装已上了轮船。许多送我的人也都在小东门外等我，大家都是惨淡的容色，只有我和岳、竺放着笑容。当轮船移动时，她两个站在岸上，我挥手叫她们回去，岳说："假使在你高兴时就来信。"竺说："假使你有好的消息就报告我。"我点了点头，说："假使故乡有事，你们一定要告诉我。"各人笑了一笑——这个笑，是甜？是酸？是苦？连当时的我们也是不得而知的。我说："走吧，回去吧！"她们也都说："好！就这样的散吧。"

原载1933年《乐益文艺》

谈镐生（1916—2005）

江苏苏州人。1935 年毕业于苏州中学。1939 年毕业于上海交通大学，同年入成都航空机械学校高级班学习。1940 年至 1945 年任中国航空研究院副研究员。1946 年赴美留学，获美国康奈尔大学博士学位。1950 年至 1963 年任美国康奈尔大学航空研究生院研究员、美国诺脱顿大学工程力学副教授、美国底特律大学航空工程教授、美国高等热工研究所所长及科学顾问、美国伊利诺伊理工学院教授。1965 年任中国科学院力学研究所研究员。1980 年任中国科学院学部委员（数理学部）。1981 后历任中国科学院力学研究所副所长、学术委员会主任，政协全国常委。长期从事流体力学、稀薄气体力学和应用数学研究。提出了植被流局部扩散模型，发现了网格湍流负二次幂衰减律。在自由分子流、旋翼边界层、激波马赫反射、马赫波锥相互作用和分离流等方面取得重要成果。20 世纪 70 年代以来，他强调了力学学科的基础性，并积极指导和支持力学的基础研究，首先提出在我国建立分两级培养研究生的制度，对我国力学事业发展与人才培养做出了贡献。

本书收录了 1933 年他发表在《苏中校刊》上的《国故》一文。

国　故

近代科学的分类，非常精细，但没有国故这一类。国故原来是中国特有的东西，其他各国所没有的。因为各国已经把那些材料分别归入各类里去了。

作为消灭国故的手段而去研究这东西的，原可以不必加以责难。但为国故而去研究国故，就没有可恕的理由了。

国故里的材料，发生价值的时候，是不属于国故的时候。这些材料仍就是国故时，就根本没有价值可言的。

原载1933年《苏中校刊》

吴大琨（1916—2007）

江苏苏州人。字伟石。1934 年毕业于苏州中学，考入东吴大学。次年因参加革命活动受到迫害，被迫辍学赴日留学。1936 年回国后，任全国各界救国会联合会宣传部总干事，编辑机关刊物《救亡情报》。1939 年因代表上海人民去慰问新四军而被国民党逮捕，囚禁于上饶集中营三年余。1942 年，先后任暨南大学讲师、东吴大学副教授。1945 年加入中国共产党。曾创办《经济周报》。次年赴美国华盛顿州立大学从事研究和教学工作。1951 年回国，任山东大学马列主义教研室主任。1957 年调中国人民大学政治经济系，任世界经济教研室主任，兼任中国社科院经济所顾问等职。著有《大众政治经济学》《太平天国时代的清代财政》（英文本），译有《希脱勒进攻苏联》《莫斯科记》等，其他论著散见《经济周报》《经济研究》等报刊。

本书收录了 1931 年至 1933 年他发表在《苏中校刊》上的《国难声中别忘记我们的劣根性》《病的解剖——关于这次我们的学生运动》《病的解剖——关于我们的求学方面》《朋斯底诗》四篇文章。

国难声中别忘记我们的劣根性

以往一直被中国人忽视的日本，在上月的十八日那天，突然在东三省爆发了。这很使“态度稳重”的国人，吃一个大惊，而吓得手足无所措，拍通电，开急紧会议，一切都很热闹，但是所得的结果，东三省依旧被侵占着，被屠杀着，这又有什么用呢？日本人处心积虑，要夺我们的东三省，全国朝野上下，已经用过很多年的功了。我们要想凭着一时之勇，去雪耻、去救国，那是不可能的。还记得，当日本提出“二十一条”时，北平的学生也都慷慨激昂地想请各国公使出来主持公道。一位公使说，如今已经这样了，没有办法，你们要雪耻报仇可等待十年后。如今十年是早已过了，一班人的脑子里，当时慷慨激昂的情形是早已忘了。直到这一次日本人给我们当头一棒，这才又清醒了过来。

可是我可以说，假使要真正报仇雪恨，仍旧须再等待十年不可，或者还要延长些。而假使在这期间，仍旧不能把几种足以亡国的劣根性除掉，就使再过一百年，中国只有做亡国奴的资格，没有复兴的希望。

首先映入我们眼帘的中国民族劣根性，就是要面子。只喜欢人家恭维他，却不喜欢严刻的批评。中国人，尤其是苏州人，家里穷到没有米烧饭，身上的绸衣服却不可不穿，若是有人当面说他一声穷，他一定要和你过不去，说是坏了他的面子。记得前年上海大光明影戏院开映罗克《不怕死》，这是一张侮辱华人的影片，说中国人是裹足、拖辫子、贩鸦片和贪生怕死。戏剧专家洪琛，在下面看得义愤膺胸，就立起身来演说，结果是闹了一场风潮。后来，据说罗克在美国亲自写信来道歉，但是我们自问，我们真没有那种裹足、拖辫子、贩鸦片、贪生怕死的人吗？罗克存心把我国弱点映出来给世界的人讪笑固然可恶，然而我们何以要受人侮辱，也不可不反省。

这种要面子装场面的劣根性，一日不打倒，中国是一日不救的。我们要改正自己的缺点，就得先晓得自己的缺点在那里。苏格拉底是希腊最伟大的哲人了，可是他说他自己之所以为最智，就是因为他晓得自己最无智。若是学得了一些学问的皮毛，便已经“故步自封”，只望人家恭维，不喜欢人家严正的批评，那是终于要像穷人装阔气一样，弄得一败涂地的。

其次的劣根性是健忘和懒惰。健忘是无可讳言的了，从“二十一条”到现在，其中抵货也已经抵了十二次，然而不久总是冰炭消解地忘记了，直到第二次惨案再发生时，于是又痛哭流涕、奔走呼号起来，这是多么可耻的“健忘”呀！莫怪要有“五分钟热度”的尊号了。我们反观日本，日本人虽是岛国之民，记忆力却比我们好得多。当我们中日之战失败后，日本除得完全支配朝鲜外，还要求现今辽宁省南部及台湾、澎湖诸岛让与日本。俄国于心不甘，为本身利害关系计，就约了法、德两国，在《马关条约》缔结后的没有几天就出而干涉，日本被迫，只能忍痛将到口的肥肉——辽东半岛退还中国。可是在他们国民的头脑中，对于俄国留下一个深刻的印象，养精蓄锐；一面又与英国缔结英日同盟，终于在1904年的春天，与俄国开战，战胜了那庞大的俄国，一跃而为头等强国。若是日本人也健忘，他们能有今日吗？

至于懒惰，而贪于安逸，尤是如今中国的通病和致命伤。在朝鲜将亡的时候，有人到朝鲜去考察，见他们的国民，在夏天，每日什么事情都不作，衔了一根水烟管，在树荫下坐着，三三两两的谈闲天，望去如神仙中人。但不久朝鲜就亡了。所以我们要晓得贪懒的人，都是候补的亡国奴。中国的贪懒，不但一切的起居饮食，不肯自己用一点头脑来创造、来改革，只晓得用人家已经发明或者制造好了的东西。就是读书，也都贪懒性成。我对于旁的学问没有考察过，单就我所晓得的文学一项而论，中国文学研究了二十多年，出版的书，始终只有《文学概论》《文学小史》一类的东西。日本有位坪内博士，单研究莎士比亚就研究了四十多年，把《莎士比亚全集》全部译出，英国的王太子也佩服得五体投地。中国像这样的人才有吗？日本年年到我国东北考察者，不下两万余人，每人回去十分之八九，都做着什么《东三省大豆之研究》或《抚顺之煤》等论文。就以这次事变而论，日本报纸所出的号外不计外，专门的详细研究书，已经出版了十六种之多了，中国有吗？

以健忘、要面子、懒惰的国民要去和日本不健忘、能采人之长、虚心容纳、勤俭有为的国民争，不要说中国没有钱，没有良好的兵器，体格不健全，就是这几点也就足够亡国而有余了。

日本这次的突然在东三省暴动，置国际于不顾，他们并不是一时的闯祸，是一种有计划、有组织地实现"大陆政策"，我们若冒险用一时之愤的力量，是一定要失败的。不过，这样说了，也并不一定就是说中国从此没救。诚然，中国是有着四万万七千万的同胞，若一旦豁然大悟，上下通力合作，也许能够在最短期间内，充实我们的力量去和日本人决一死战；可是别忘记再去犯那些要面子、健忘、懒惰的劣根性。

在这个国难声中，"救国"的人是多极了，什么"科学救国""读书救国"，提倡的人，自然都各有各的理由，可是若上面所说的劣根性一朝不改，中国是终于一朝不救的。就好像肚子里已经塞满了杂草，虽有"山珍海味"来，也只能对他看看，吃是总归吃不下的了，所以外国有许多好主义，一到中国，便都会变坏。日本有位安冈秀夫做了一本《从小说上看出的支那民族性》，这书共分十章，列举中国人的劣根性，引元明清三代的小说作证而痛加嘲骂。这当然比骂什么"支那狗"的侮辱性更大了，但我们也仍旧不必跳起来，这在我们或者倒是一帖良药，所谓"忠言逆耳利于行"。我们不应当一听到侮辱就去相打，应该先研究为什么他要侮辱我。在民国的十五六年，那时

苏州女学生自制绸旗，来到前方赠送给十九路军

文坛上一班健将，周作人、俞平伯、鲁迅等，时常在报纸上发表短论，痛骂一切，可是现在却都沉寂了，大约他们以为已经骂够了吧！或者这个年头儿，不是说话的年头。在这沉寂的时候，我倒希望多有人来喊我们两声"支那狗"，多开两本《不怕死》，多出两本《从小说上看出的支那民族性》，使大家不致忘记自己的原形——劣根性。

原载1931年《苏中校刊》

病的解剖
——关于这次我们的学生运动

（一）我们应当承认失败

在这个五月里，我们有许多可痛的纪念日，当初没有一次我们学生不是奔走呼号、为国效力的，然而也就没有一次我们学生的运动不是失败的。

我们青年学生曾经好几次被大时代的巨浪惊醒，我们明白埋头读书的无用，要想挺身而出，用我们纯洁青年的热血，为国家，为社会，轰轰烈烈地办一些事，但是我们只是要想做，并没有一个良好的领导者来告诉我们怎样做。我们更没有严密的组织，拿来巩固全体的力量，因此我们就难免走错道路，而终于没有一次不失败了。

还记得最近这一次事变吗？那时我们是整个的血管都沸腾了，黑夜里受冻挨饿地上京请愿，白天声嘶力竭地宣传演讲，我们都曾用十二分的热诚去做，我们的情绪是多么激昂慷慨，多么悲壮热烈呵！但是我们所得到的结果又是怎样？上至政府，下至工农，没有一个人是与我们学生表同情的，我们所得到的只是攻击的舆论与冷酷的批评。

舆论批评之对否是另一问题，但至少这次我们自己是应当承认失败，彻底反省一下自己缺点之所在，而谋今后根本改良之方针的。

（二）“读书不要救国，救国不要读书”

从前蔡孑民先生说“读书不忘救国，救国不忘读书”，许多人都奉之为天经地义，但到现在大家却将这句话记错，变成了“读书不要救国，救国不要读书”了。

在这许多同学中，如今很少是有人用功研究学问的，这当然不单指学校里的课程，如其严格地讲，中国目下的一个中学生，或者大学生，所有的学问，还不都是一点皮毛？但是大家却似乎都以此而满足了，便想凭这一点点浅薄的学识负起救国的重担，正合了从前郑子产的一句话：“犹未能操刀而使割也，其伤实多。”

真的，小知是危险的，当我们学生热血冲动的时候，自然似乎觉得锐不可当，但若时局一久，就难不空虚而动摇了。

即使不，一个学识浅薄的人去救国，除了盲从还有什么工作可做？而且事实上，我所看见街头学生所写的标语上，还很多有着别字呢！

反过来，同时也就有许多同学，他们是只顾自己的学业，不问国事的，但这真是极少数，因为许多人的不问国事，并非为了专心学业，只是糊糊涂涂，一天到晚在那里闲荡而已！

读书与救国是无论如何有着很深切的关系的。没有学识的救国，只足以愈救愈坏，而读了书若不去救国则等于无用，一个所谓书呆子。救国应以学问为基础，读书应以救国为目的，这样双方兼顾，如左右手的活用，才能创造出大事业。

（三）只晓得一条老方法

因为大多数同学，救国时之忽略读书，即无处增长学识，因而我们所用的救国手段，也始终不能改良，想不出再进一步的办法。我们历次参加救国运动所用的是什么方法呢？是五四运动时代的旧方法。

凡是做学生的，谁不晓得十三年前的五四运动呢？五四运动不但整个表现了中华民族的觉醒，对于国内的军阀与帝国主义的认识，即文化方面亦从此有人起来提倡、改革，以至今日。五四运动实在是中国历史上值得大书特书最荣光的一页。

于是许多人都以五四运动而骄傲，以后一遇外交上的失败或者其他原因，便照抄老文章地罢课，并且希图工人们罢工，商人们罢市，而不肯再想一个比五四运动更进一步的救国办法。这便是我们方法上走错了路，到今日为止，这老文章抄了好多次啦，而所得的结果怎样呢？到最近这一次，我们的学生运动是可说根本失败了，不但不会将五四运动的精神发扬光大，并且把从前仅有的一点令誉也消失殆尽了。

五四运动教给我们的本领是贴标语、喊口号、游行，现在我们每逢事变，照单行事似的贴标语、喊口号、游行。然而五四运动那时候，是我们学生作第一次的呐喊，自然易于得到些小的胜利。现在呢，这已成了家常便饭，军阀、帝国主义、走狗，早看透了我们学生的内容，听厌了我们学生的呐喊而不足为奇了，他们理也不理，睬也不睬，我们又怎能不失败呢？

过去的是过去了，过去的失败，足以增加今后的经验。如今的国家，正随时随地需要我们青年学生挺身而出，但我们如再参加救国运动，难道还是用十三年前的旧方法：贴标语、喊口号、游行吗？我们该想一个进一步的计划，时代已经不是十三年前五四运动的时代了。

我们没有良好的领导指示我们，一切就皆需靠自己，我们要解决怎样去救国的问题，还得多读书，多增进自己的学识。

但是要留意呵！不要死读书，求学问须留意如今的世界、如今的社会。

（四）积疾难医

在这次学生运动中，我们可以将自己分为三类人。一种是领导我们的学生，他们平时既无充分的修养，临时又不去求学识之帮助，结果他们只能领导我们做五四时代的工作。在鉴别日货及其他事项上，都暴露着他们的弱点，但这自然并不是他们个人的错处，做一个领导者是不容易的事，而做今日中国学生的我们，又是多么的缺乏学识呵！

一种是不注意这次我们的运动，而只顾自己读书的，但这是少数。剩下的一种，就是大部分在领导者下面工作着的同学了。

我们这次缺乏良好领导，缺乏学识，因而用错救国的方法，果然是我们根本失败的原因，但大部分人自身之崩溃，亦未尝不是一个绝大的致命伤。

“救国牺牲”的口号确乎曾喊得整天价响，但在自私心充塞着的我们，谁又曾真愿为国牺牲呢？上海的大学生全体到南京请愿，但是肯签名加入义勇军的只有一个人。我们也曾在大礼堂开会时全体议决一律加入义勇军，除非有病，经校医证明者才可免役，结果害得操场上勇赳赳的同学都满挤在校医室里了，这是为了什么呢？

中国是有了五千年的历史文明了，也就是说我们已经有了五千年的积疾了。当日本人的暴行传进我们青年人的耳朵时，年青人的热血谁不会沸腾呢？但这是暂时的，当热血稍退时，一切自私、懒惰、敷衍，历史上传给我们的劣根性，又如梅毒菌似的在我们的血管里发现了，把整个纯洁的心蔽塞了。

有很多人借了宣传的名义，免票乘火车到各乡各镇去玩，有些人去前线慰劳将士，还带了不少真茹暨南大学里的东西，如洋装原版书、网拍之类，这是他们大概算是慰劳自己的了。

以今日每以中国未来主人翁自豪的青年学生尚难免不遇事卸肩，假公济私，乘势揩油等情，则他日做了要人，又怎能免于不抱无抵抗主义，不刮民脂民膏造他巍峨洋房呢！

各个人的自私自利是互相冲突的，因此我们所组成的团体，也就是最不完密的团体，所以我们是经不起外界的打击，就先行崩溃了。一罢课，家长晓得了，就统统写信来召回自己的子弟。于是你也走，我也走，最后两个“罢课要人”也急急如“丧家之犬”地溜了。学校里完全没有负责的人，有几个还是自己假造了信回去的，弄得现在社会上的舆论是如此之不堪，把十三年前五四运动时辛苦得来的一点令誉也完全败光了，这是多么痛心的事呵！

但我们能怪人吗？

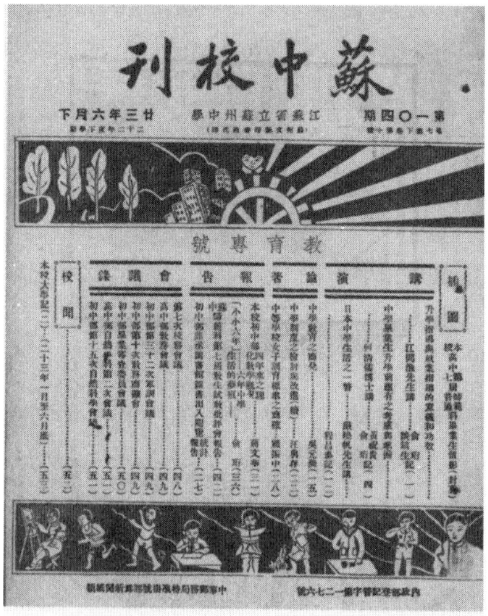
蘇中校刊
第一〇四期
江蘇省立蘇州中學
廿三年六月下
教育專號
插圖
講演
論著
報告
會議錄
校聞

《苏中校刊》旧影

（五）药方

以上所说的是我们这次学生运动所以失败的病因解剖，其实认清了病之所在，也就等于开了药方。

今后如其我们要免于失败，无论如何先充实我们的学识。一方面留意于世界大事，要想一条比五四运动进一步的办法；至于那些劣根性，这是积疾，不是一朝一夕所养成，也不是一朝一夕能医治，造成它的病因很多，以后当详论，现在暂且打住吧！

原载1932年《苏中校刊》

病的解剖
——关于我们的求学方面

一、教育之不普及

现在中国的教育本身之是否腐败，我们暂且不管，单就量的方面讲，也就已经很可怜了。据教育部的统计，我们中国一共大学只有三十四所，私立占其九；专门学校是十八所，法学的五所，工业的三所，农业的只有两所；中学校一共有一千三百三十九所。拿我们的人口计算起来，要三十万人始得有中学一所，九百万人中才有大学一所。

然而事实上怎么会三十万人合读一所中学，九百万人合读一所大学呢？我们有幸读书进学校的大学生只有二万零九百二十五人，中学生只有二十三万四千人，换一句话说就是全中国三十一万一千一百三十五人里才有一个大学生，一千七百多人中才有一个中学生，文化又怎么会普及呢？无怪乎中国的文盲要到处皆是了。

以这样多人口的国家，而受教育的又若是之少，我们身为一千七百人中的一个中学生，不能不算是天大的幸福，但我们的责任因此也就更大，但是我们如今的教育究竟成就了我们些什么呢？如今我们要讨论到教育的本身了！

二、造黄狗教育与造流氓教育

那一天，吴稚晖先生在苏女中演讲，他说中国的教育从前是八股，近来是洋八股，最近是造黄狗。为什么要叫黄狗呢？因为他家乡有句俗话说：“十只黄狗九只雄，十个先生九个穷。”而现在学校毕业了的学生，大多无路可走，只能做一个穷先生，所以他老先生美其名曰“造黄狗教育”。

其实我们学生之所以无路可走，我以为不外两条原因。一是因为学校内所教的功课，并非是现在社会需要的，而社会上需要的，学校却又告阙如，学校与社会失却联络，弄得学生学非所用，自然难求出路。第二呢，是因为我们学生自己把地位看得太高了。我们中国数千年来，士本来是居四民之首的，到如今读书人仍旧自成一个阶级，不屑去做低微的职业。中学生毕业了，似乎一定要进大学，大学毕业了，则似乎秉着孔二先生“学而优则仕”的古训，不能不弄一个官做做了。然而事实上，哪里有许多官职可供大家做呢？没有官做，而小工小商又不愿做，便只能终日在外混着，做一个社会上的米蛀虫了。

如今的教育制度是无可讳言为学非所用，每一个人又皆自视重高，不肯就低微的职业，于是结果我看见一大堆只能消费不能生产的少爷流氓、高等流氓出现了，所以今日之教育制度为何？造流氓教育制度也。

试想我们的国家，教育已经如此之不普遍，而所有的教育又是造流氓的教育，其危险也真十倍于日本飞机之掷炸弹！

三、什么是我们所应当研究的学问

我们看到中国如今内忧外患的情境，而国内的教育制度又若是之腐败，大概稍有热血的青年，是都想改革它的吧？如其如此，那我们从今日起，可以先从自己革起。第一，先要把自己读书人阶级地位的观念打破，要知道大伟人并不一定要由学校出身而不操贱业的。弗兰克林是个印刷学徒，而爱迪生也只是个卖报的童子，然而他们的成就，是比了个徒有其名的博士、硕士大得多了。这样我们才可以研究一切，研究一切实在的学问。一个湿柴生火的方法亲自学会了，比了读熟一个物理化学上的专门名词要有用得多些。

在清（按：指清朝）日战争的时候，德国的某伟人已经预料中国一定失败的，他说日本人到我们德国来学时，总很细心地调查机器内部的构造组织，而中国人来学时却只问这架机器要卖多少钱，买来回去就算。这就是因为一个求学问是实在的，而一个却是不实在的。日本如今各种欧美的机器枪炮都能仿造，我们中国还仍旧要仰外人鼻息，还不是因为买了回来就算了的缘故吗？

就以这次东北事变而论，日本人的侵略野心，实在并非一朝一夕。设满蒙源馆以调查资源，设农事试验场以研究农事。满铁会社与中东路局所出版的东北问题书籍，每年都有数十种。他们所求的学问都是从试验调查中得来的正确知识，所以不单对于东北的地理、历史、民情风俗有深刻的见解，就是对于大豆之何种为“白眉”，何种为“黑脐”；猪类中之何种为“大名猪”，何种为“二名猪”，何种为“荷包猪”；甚而至于驱使骡马的声音“Cha Cha”之为前进，“Chao Chao”之为向后，“Vo Vo”之为向右；驱使牛之“Ha Ha”为前进，“Voi Voi”之为停止，无不很精细地研究着。他们日本官吏每人的办公室里都挂着一幅东北的大地图，他们对东北真可谓洞察秋毫，然而我们中国人都只晓得“地大物博”，东北之地究竟有多少大？物产究竟多少博？大部分人就不得而知了。我们研究东北的书籍，大部还是浮的，从日本翻译过来的，他们的学问是实在的，我们的学问是虚的，所以我们始终只能吃他们的亏。

所以，什么是我们所应当研究的学问？如其有人拿这句话来问我，在这个学术贫乏的中国，我的意见是什么都应当去研究的。你欢喜吃香烟，你就去研究香烟，改良中国的香烟，为国家挽回一些漏卮；你要作一个小说家，中国目下也仍旧缺乏一个伟大的小说家的，但是你得记住一句话，那就是你求的学问一定要实在的，作小说要亲自考察社会，考察各个人的个性，然后多练习，并不是单读两本《文学概论》《小说作法》就可完事的。

实在为知识才是我们所应当求的。

四、求学问的方法

许多学问，因性质不同而求学问的方法也因而不同。譬如研究化学的，他一定要在实验室里多多试验；而一个作小说的，他一定要多到十字街头去走走，单深住在书斋里是没用的。

这里我所说的只是大概的情形。嘉勒尔将人们分为三种：诵读者（Reader）、思索者（Thinker）和考察者（Seer），我们所有求学问的方法也可以分为这三者，现在分述如下：

1. 诵读

这是求学问最普通的方法，在我们如今上课时，觉得知识不够时，翻读课外书籍，实在是一桩重要的事。

但是书实在古今中外太多了，我们又从哪几部着手看起呢？有人主张"开卷有益"，以为无论什么书都可以读。日本有个学者叫冈岛冠山，他是读中国的一部最淫的淫书《肉蒲团》而成为著作等身的作家的。但是这究竟是危险的事，我们如其多读一本没有价值的书便丧失读一本有价值的书的时间和精力了！

从前北京《京报》副刊曾征求过"青年必读书"十种，这风气二三十年前，英国也有过，如Lord Auebury ，Lord Acton等，但他们这种"百本书目表"（List of 100 Books）没有中国那种"必读式"的命令字眼罢了！但是这些全是很难定的，因为各个人的个性等不同，适合于这个人的书并不一定适合于那个人的胃口，所以人家顶多只能介绍，"必读"总是无论如何不对的。

如其你要人介绍你书籍呢，文学方面的书籍，应该由文学家介绍，政治经济的书籍，应由政治经济的学者介绍。如其由一个人包办呢，结果总难免有所错误的。至于我个人选择书，则大都以是否实在为目标的；若是那本书专讲空话，那我就不看他了。

在阅书的时候，还有一桩紧要的事，就是在你的书上加上铅笔线，或者作笔记，这差不多是古来大学者所通用的方法。毛奇龄的学问就是因此而成功的。一本真正的好书，你最好是看两遍或两遍以上，我记得英国的约翰生（S.Johnson）博士曾有过一句名言道：

与其做笔记之劳，还是再读更好一些。

2. 思索

我们中国从前孔老夫子曾说过一句话:“学而不思则罔,思而不学则殆。”可见我们中国对于思索这一件事也看得很重的。

读书是求学问的一件方法,但如其死读书就要变成书呆子了。像我上面说过的那位英国开书单的Lord Acton,他是个历史家,书斋中有七万卷的图书,而每一部每一卷他都细细地看过,做出各种笔记,然而他到死为止,却并不曾留给人们一部可观的著作;哲学家史宾塞是个憎恨书籍因而不常看书的,但他却著了不少伟大的书籍。这其间的分别,我想大概是因为一个死读书,而一个却能运用他的思索吧?!

真的,哲学家们是时常发呆似的思索着的,康德每天对了邻家的苹果树想着,想着,终于成了有名的大哲学家。

其实除了哲学家,科学家又何尝不如此呢?苹果树年年结果子,熟了掉到地上的,然而人们看见了只认为是当然的事情,直到打痛了牛顿的鼻子,他一怀疑就整天地思索着,终于发明了万有引力。走马灯不是中国发明的吗?然而吾们没有思索,所以电影给外国人发明去了。

这世界如今可怀疑、可思索的地方还多着呢!无论你是要做一个文学家、政治家,还是做一个科学家、哲学家,总之你不能忘记去运用你的脑。

3. 考察

最末我们讲到考察,这是以前中国的学者求学时所最忽略的,他们主张“闭门读书”,因此造成了中国几千年来的闭关自守的顽固思想。

我主张求实在的学问,而实在的学问之惟一重要求法首在考察。研究科学的人要考察一切是不用说的,学文学的人,也仍旧要考察。《西线无战事》若不是身经战役的雷马克,是写不出的;施耐庵为了写《水浒》曾走遍各处,为什么?这样,他才能把各地各处的情形人物写得惟妙惟肖呀!上面说日本学者德国去留学,详细研究机器枪炮,这就是他们的重考察,我们中国人却只晓得把那架机器买回来。在东三省,他们把驱骡马、驱牛的声音都调查了来，这也是考察的结果呀！上海日本的同文书院举行三十周纪念时，他们的纪念册卷首，印有一幅中国的全图，图中密密地画着红线，遍布全国，表示寒暑假期间，他们学生到穷乡僻壤去考察的足迹，我们曾否有一个人这样去考察过呢？我们旅行永远只到那些南京、西湖，乡间是不去的。无论在什么一点，日本人知道中国，总比我们自己知道中国多一点。哪有自己的东西，别人反晓得得详细的道理的，我们能真算中国的主人翁吗？

戴季陶先生说："中国这题目，日本人也不晓得放在解剖台上解剖了几千百次，装在试验管里化验了几千百次，我们中国人却一味地排斥反对，再不肯做研究工夫，几乎连日本字都不愿意看，日本话都不愿意听，日本人都不愿意见，真叫做思想上的闭关自守，知识上的'义和团'了。"近来日本对苏联，正在极力研究考察，他们预料将来日俄总会冲突的，已在那里着手预备了。我们的蒙古、西藏现在又怎样了呢？西康的被占，大部份人还不曾晓得呢！

自然考察也有真假之不同，吾们政府要人在国内弄得不得了的时候，假名考察，而到外国去溜之大吉，当然是假考察。真考察应该学日本人，详详细细地研究一切东西的组织内容，来因去迹，才能当得起"考察"两字。

上面所说的三条方法，虽然是有许多不完备的地方，但若是一个人能够读书，能够思索，能够考察，以求实在的学问，他总有成功的一天的。

五、个性问题

末了关于求学方面，我不得不说几句承认个性的话。我认为每个人都一定有他比较喜欢的功课，或者学校里的功课他都不满意，在课外却找到了他所欢喜的学问。

一个他所喜欢研究的学问，能够有充分的机会，自然是快乐的事情，但是若非但没有人帮他研究，反去强他读他所不喜欢的学问呢，这个人的苦闷也就可想而知了。结果还不是身在讲堂而心在天涯吗？于是待到上课偷做他所喜欢的事情，旷课等问题都发生了。

历史上有许多大学问家是自己研究出来的，而他们在学校里的时候却常是爱逃学的坏学生，为什么呢？这是因为他们在课本以外找到了他们所喜欢研究的学问，因而不惜倾其全力以研究之了。

吾们中国人常以“无所不知，无所不晓”为一个有学问人的最后目标，其实是错误的。一个人不是上帝，绝对不会全智全能。如其他每样都懂得一点，就是说他每样都不曾精，因此有很多中学毕业生，文是会做的，却不能做人家的秘书，起草那些堂哉皇哉的宣言；算术也会算的，工程师却又够不到做，结果还是等于一无所能的只能做一个高等流氓。有人说那是中学的关系，到了大学，我们便可深造了，但是中学毕业能够进大学的又有几人呢？大学的功课便已经算是深造了吗？

英国新纪元的政治论著，是《英国宪法论》，然要著这本书的却并不是政治家，只是一个银行的办事员。以《新方向》供给近代的历史学者的，却是一个药材行小伙计出身的小说家。这也只是证明，因为他们虽操着别种行业，将于政治、历史的个性却难近罢了。如其我们使牛顿读了政治，马克思读化学，他俩一定不会有这样的成就的。

所以我主张至少自高中起，应该各个人有他个性自由发展的研究，欢喜文艺的让他研究文艺，欢喜数理的让他研究数理，先生完全处在指导的地位。如其有人以为这样各个人旁的知识要缺乏，我认为那是杞忧，你曾听到过什么文豪连加减乘除都不会算，哪个大数理家连信都不会写吗？

我说：贪多是反而要一无成就的。

原载1932年《苏中校刊》

朋斯底诗

“诗是不能译的。”这句话，我至今还是相信着。所以要欣赏外国诗的人，最好还是直接去读原文；要练习翻译呢，最好也还是从翻译散文及小说着手。译诗是吃力不讨好的。但这次志云先生勉励我，一定要我来译两首诗。这真是出了一个最难最难的题目给我了。但长者的命令又不敢推辞，因此还是只能来译两首。但是又译谁底好呢?

我起先本想译一些最近的美国黑人作家Langston Hughes（他于七月间曾经来华过）以及Claude Mckay，Walter White等人底诗的，但因一时又苦于找不到适当的原文，并且后来我一想到在我们学校这样的“太平环境”里，让那些被压迫民族的黑人来呐喊，也未免太惊扰人家的“清梦”。无已，还是译一些绅士淑女们都欢迎的诗吧!

这里所译的朋斯（Robert Burns）是有“苏格兰的桂冠诗人”之称的，生于1759年，死于1796年，是十八世纪的大抒情诗人之一。他是第一个用苏格兰方言写诗而成名的大诗人，同时，也因为出身农家，是一个很有名的田园诗人。至于我所有的本子，是在1913年四版的*Everyman's Library*中的一种，名：*The Poems and Songs Of Robert Burns*。

苏州中学老校门

冬天过去了

冬天过去了，夏季终于到来，
小鸟儿们在每棵树上歌喊。
如今每样东西都快乐着，
——只有我是非常悲哀，
因为我底爱人已和我离开。

荆棘上的玫瑰，在流着的清溪边开，
五月对红雀或蜜蜂有着特殊的美，
他们小小的恋爱是可祝福的，
他们小小的心田是安静着的，
但我底爱人却已和我离开。

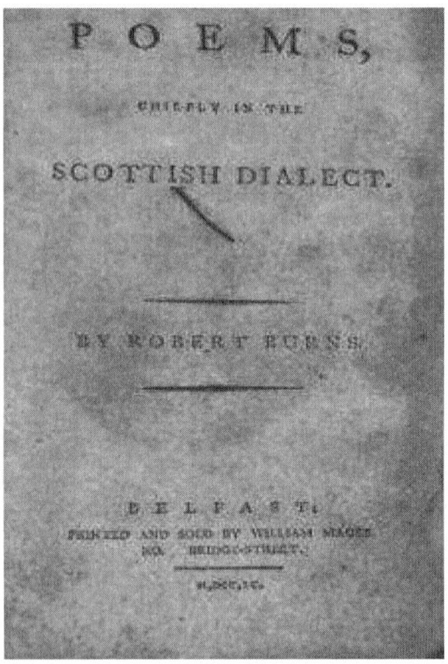

《朋斯诗集》里的作者像和内页。20世纪30年代，西方诗人的作品对中国青年产生巨大影响

你愿否为我底爱人

你愿否为我底爱人？
当悲愁烦扰着你时，
啊，你愿否让我来慰问？
以我底灵魂之宝库，
就是那爱，我所献呈。
我发誓与赌咒，只有你，
将永远为我底爱人！
只有你，我发誓与赌咒，
将永远为我底爱人！

姑娘，说你是爱我吧，
否则，如你不愿属我时，
莫说你将不拒绝我吧！
如果不愿意，不能够，
你却可以将我属于您。
让我，姑娘，快点儿死吧，
相信着您是爱着我！
姑娘，让我快点儿死吧，
相信着你是爱着我！

原载1933年《苏中校刊》

胡绳（1918—2000）

江苏苏州人，原名项志逖，字着先。1928 年入苏州中学就读。1934 年考入北京大学哲学系。1935 年参加中国共产党领导下的文化工作。1938 年加入中国共产党，主编和参与编辑多种报刊，参与中共在文化方面的一些地方领导机构的工作。中华人民共和国成立后，曾任中共中央宣传部秘书长、中共中央政治研究室副主任、《红旗》杂志副总编辑等职。1985 年起担任中国社会科学院院长。还曾任中国史学会会长、中共党史学会会长，孙中山研究会会长。1990 年 10 月被聘为欧洲科学院院士。

胡绳从青年时代起就致力于马克思主义理论的宣传和哲学、历史、文化思想等方面的研究及写作。1978 年中共十一届三中全会以后，曾发表一些受到各方重视的文章。其著述在知识青年中和社会上起着广泛的影响，得到思想理论界的很高评价。其代表性著作有《帝国主义与中国政治》《从鸦片战争到五四运动》，主编《中国共产党的七十年》(1991)，出版《胡绳文集》和《胡绳全书》。

本书收录了1933 年他发表在《苏中校刊》上的《郭沫若与徐志摩》一文及新诗《日落之歌》一首。

郭沫若与徐志摩

一、翻开过去文学革命后新诗的成绩细看一下，固然有点失望，但失望中仍然有着欢喜，毕竟在短短的十几年间，也有了一点成绩，尽管它是丑陋的；也听到了一点声音，尽管它是微弱的；新诗人也有了不少，新诗集也出了许多。虽然中间多是挂羊头卖狗肉，徒然留下很坏的事迹给反对新诗的人以口实，但毕竟大部是在努力着的。

说到新诗，会有人第一个想到胡适之，他的《尝试集》对于文学史上的确是有价值的。因为，是它，才开始了对于旧诗的怀疑，让人知道，不一定要照着旧诗的韵律风格才能作诗，但它本身却毅然受着旧诗的影响。实在从胡适起，以至沈玄庐、刘大白、刘复、康白情、俞平伯……（民国六年到民国九年），他们所作的新诗，只是对于旧诗的破坏，努力扫脱旧诗的镣铐，而真正新诗的建设，尚未做到。真正新诗的建设，要到民国十一年以后，那时上海有创造社，郭沫若为其代表，在北平（年代较迟于前者）有诗社（后来演变为新月社派），徐志摩为其代表。郭沫若使诗得到充分的解放，有了一个活跃的生命，新诗在他手里，飞了，跳了；徐志摩则给诗以新鲜的韵律，使诗得到音乐的特性。从前者，我们看到力，从后者，我们看到美丽。——请看下面两节诗：

西伯利亚的大鹫，

你喙如黄铜，爪如铁钩；

你棱眼望着天空，

拍拍地鼓着翅儿怒吼！

——郭沫若《大鹫》

多情的鹃鸟，他终宵声诉，

是怨是慕，他心头满是爱，

满是苦，化成缠绵的新歌，

柔情，在静夜的怀中颤动。

——徐志摩《杜鹃》

这两首诗正足以代表他们俩的风格。不是么？前者代表着力，后者则是美丽。根据这个观点，下面来作较精密些的一次观察。

二、固然郭沫若是一个多方面的人才，在小说，在散文，在戏曲上，他都有相当的成功。然而，实在说他的天才，他的热情，并不适宜于在这些方面立大建树。所以沈从文说："让我们把他（指郭沫若）的名字，位在英雄上，诗人上，煽动者或任何名分上，加以尊敬与同情。小说方面，他应当放弃他那地位，因为那不是他发展的处所。"而钱杏邨批评他的文章，也题做"诗人郭沫若"。是的，诗人对于沫若是一个很确当的名称。

沫若在民国八年，便开始向《时事新报》附刊《学灯》上投寄他的诗稿，以他的夸张、豪放为人所注意。他有《沫若诗集》在现代书局出版。沫若是一个诗人，而同时他又是一个英雄、一个煽动者，而他的诗，也是英雄的、煽动的、有力的。他序他的《女神》道：

你去，去在我可爱的兄弟姊妹胸中，

把他们的心弦拨动，

把他们的智光点燃罢！

这几句话，我敢说他并不曾白说。郭沫若从来不曾“做”过他的诗，他的诗永远是“写”出来的，所谓心灵的流泻。他有天才，他也有内蓄的力和奔放的感情。他之写诗，便是想着自己的这一股子天才，把一大堆的力、一大堆的感想，随意地、自由无拘束地、丝毫不有吝啬地，丢向自己的诗中间去，于是他的诗便成功了。至于什么修辞，什么韵律，在他都无暇于顾及！他写他的诗，正如狮子在山中狂吼，是任意地发出的，从不曾自己去留意这吼是高亢抑或低缓，这中间却总有力，叫人听到便心荡。沫若的诗，正是如此。我们读他的《凤凰涅槃》，读他的《星空》（这是他集中最好的两首诗，我认为），我们当不能否认这话。如《星空》，只是在夜里灿烂的星光下，诗人的浪漫幻想，但何以我们读到它，便觉到生动，觉到伟大呢？呵！这不正是他诗中的力的表现么？可惜这两诗都太长，不便抄出，故列举另一首《笔立山头展望》的上半节来作代表。

大都会的脉搏哟，生的鼓动哟，
打着在，吹着在，叫着在，
喷着在，飞着在，跳着在……
四围的天郊烟幕朦胧了，
我的心脏呀，快要跳出口来了，
哦哦，山屋的波涛，瓦屋的波涛，
涌着在，涌着在，涌着在，涌着在呀！

虽然这诗极短，但多少我们已能领受一点力的意味。或许有人要说它是标语气，那么请他再读它一遍，难道标语会有这样生动的力么？难道标语有这样浓郁的感情么？自然我不是说，沫若的诗已达到成熟，他有他的优点——力的伟大，但同时他的缺点，也正是不容讳饰的存在。

在前面，我曾说，新诗的初期，只是朝破坏的方面走，于建设殊少成绩，所以在当时的诗中间，字句极拙劣，表现的方法也有千篇一律、平淡无奇之概。然而郭沫若对于格律，对于表现的方法，却仍然一无改进，即有，也极小。他所做到的，只是在拙劣的形式中，加入了一点力，一点热情，让诗从内部沸腾起来。——所以倘然把他的诗中间拿去了那些力，所余的，我想，将也只是些可吐弃的糟粕，与初期诗人的创作并无两样。

郭沫若一向脱离了家庭，在外面飘零，便养成一种飘浪汉的浪漫气质。而他在少年时，曾经过所谓反正的时代，到壮年又尝把自己放到革命的氛围中，受一度洗礼，这便让他得到了力，得到了浓厚的情绪。放进了诗，使诗成为活跃。而同时在他诗中，我们看见缺少了韵律，无节奏的回旋，无音韵的伴奏，成为单纯的呼叫，一发而不可遏的呐喊，字句不由便显得过于生硬。——这是他的缺点。究竟诗的格律的改进，犹待徐志摩的力量。

三、是民国十五六年的事，在北京产生了一个诗会，出版有诗刊，会中诗人，固有许多，且各以一一不同的风格，把自己介绍给读者，但一个共同的目标是有着的，便是给予新诗以一个合适的装饰——新的韵律。他们的要求，是多多少少获得一点的成功，而其间尤以闻一多、朱湘、徐志摩为最。志摩在诗会以前便出版了他第一本诗集《志摩的诗》。以后，又有《翡冷翠的一夜》《猛虎》二诗集的出现。就在《猛虎》出版后不久，1931年11月19日，他乘飞机从上海到北平，中途遇雾触山，被焚死。死后，他的遗诗又编成《云游》一集。他的诗便尽于此四集中了，但只这四集，他已在中国诗坛上吐一异彩。虽然他说："看到了一多谨严的作品，我方才感到自己的野性。"然而无论在技巧上，在风格上看来，志摩比之于写《草莽集》的朱湘，写《死水》的闻一多，都要进步得多了！——志摩的散文也好，但这里却只能谈到他的诗。

沈从文尝说："作者（指志摩）在散文方面，给读者保留的印象是华丽与奢侈的炫目；在诗歌，则加上了韵的和谐与完整。"这是对的，我们随便读他的哪一首诗，都不能否认这两句话。试举一例：

女郎，单身的女郎，
你为什么留恋，
这黄昏的海边，

女郎回家罢，女郎！
啊不，我不回，
我爱这晚风吹。——
在沙滩上，在暮霭里，
有一个散发的女郎——
徘徊，徘徊。
——《海韵篇》第一节

和在郭沫若的诗中看到的雄伟内蓄的力相反，在志摩诗中，看到的是字句的华丽与韵律的铿锵。我们读他的诗，感到清新，感到美丽，感到一种甜蜜的忧郁。读他的诗，如听一支浓艳的情歌，如为一杯积年的陈酒所迷醉。虽然他自谦："我在诗的技巧方面还是那愣生生的，丝毫没有把握。"然而他的诗，倘除去技巧，更有什么？有的是一些淡淡不着边际的忧郁，一些缥缈无根底的幻影，一个梦！——毕竟他的成功还是在技巧方面。

志摩的诗在字句本身上，不能不算是近于完美。他把西洋诗的韵律，搬到中国来，使新诗加了美丽的成分。读他的诗，一面感于它的美丽，一面仍不免觉到它中间，总缺少一点什么东西似的。呵，它所缺少的，正是郭沫若诗中多着的力。羸弱虚空，是志摩诗的病态。

原来志摩诗之所以如此，是适于其生活环境的。他生在这时代中，而他永不能对这时代正视。他不追逐时代，反而逃避，于是他可以有充分的闲裕，雕刻他的字句，规律他的韵格，而写成了自己的新诗。这样，在诗中所表现出的，便不是对于人世无常的悲感和享乐，便是对于恋爱的陶醉或忆忿了。偶然，也写出了如《庐山石工歌》一类的诗，但表现仍是空泛，毕竟是个象牙塔中的诗人呵。

以徐志摩为代表的"新月"一派诗人中，除前已述及的二人外，尚有邵洵美、方玮德、陈梦家、饶子离、于赓虞等人。他们对于技巧之注意，较志摩有过之无不及。如同诗在郭沫若手里，易流入标语气一样，诗到新月诗人手里，也会在技巧方面得到畸形的发展。自然，技巧是诗风不可不有的条件，沫若诗中正缺少着它，但太多注意于技巧，徒然使诗成为纤巧、细弱、做作气，成为海上恍惚的迷宫，成为冰凉的维纳斯的石像——一首诗还得有内蓄的热的力！如张露薇之所说："相信着艺术至上的他（志摩），在艺术上只是运用了一点巧妙的结构，如论若何忠实，却很少真正的灵感。陨落的明星，光辉还不曾灿烂呵！"

然而徐志摩及其所代表的这派诗人的成就，毕竟也不可以淹没。若说郭沫若曾给新诗以力，他们所贡献的便是美丽。让人知道，新诗不是不可以读的，可以有韵律，可以有音乐性。

在一个"以为最好的诗，是以高亢粗暴的节奏，原始夸张的词句，喊出作者奔放的感情"的读者看来，沫若的诗当是最高的标准。但在一个"以为最好的诗，是以温柔悦耳的音律、优美繁丽的词句，低诉作者内心的情绪"的读者看来，沫若的诗只好放在地下践踏，而志摩的诗会得到极大的欢迎！

四、以上大略把这两个中国新诗坛上的诗人评述了一下。这些评述，实在只是一种大概的说法，沫若可以有美丽的篇章，正如志摩集中也能找到一二有力之作一样，但这总只是一小部分而已，当然不能即据此以否认他们个人的整个的风格。

对于这两个人，舆论纷纷，莫衷一是，或诽谤，或赞赏，而尤其对于徐志摩的盖棺论定，更惹得不少争论。但尽管捧他们到天上，或压他们到地狱，而他们对于现代诗坛的影响之巨，却无可否认——倘然稍夸大一点地说，现代整个诗坛都逃不出他俩的支配。

学沫若的人狂喊大叫，学志摩的人则雕刻琢磨。前者失败了，他们如小生拉直喉咙唱大花脸，吃力而不讨好，成就的只是字面上的紧张（如写满革命流血的字样，内里无热力亦无真情）。读者不愿把耳朵为他们震聋，于是他们只得偃旗息鼓而遁去。至于后者呢，字句或修饰得近于完美，也有这么一点可以入歌的韵律，他们有的只是美丽的形容词与漂亮的名词（如言"鸟"必曰"夜莺”），而为了掩饰内容的空无所有，便给自己的诗加一套晦涩的衣裳。读者们不会长久地受骗的，毕竟他们也只得失败了。

并且现在的新诗界中，前者的影响似较后者为大。新月诗人之影响，于好坏两方面，都有可说，好是使诗不致如前时之拙劣；而坏，则使诗流于空洞虚伪。志摩诗中毕竟还有一点真感情，以后甚至绝无。时代是如此的时代，诗人是时代的前驱，何劳劳乎务为形式的奢侈？我们需要一点力！

而力，沫若诗中正多着，但他又缺少了诗所必须有的韵律。试想把一个英雄的生气，吹嘘进维纳斯的石像中间，岂非不是一个令人大快之事么？

郭沫若对于诗是有贡献的，他贡献的是力。

徐志摩对于诗也是有贡献的，他贡献的是美丽。

把力从沫若诗中提炼出来，把美丽从志摩诗中剥脱下来，让力与美丽融化在一起，或者我们可以得到最圆满的诗篇了。

对于两个新诗坛上的健将，两颗朗朗的明星，我们当致以相当的敬意与赞美。但同时，我们不能不为他们惋惜，毕竟他们还未能做到新诗的最高的境界。

原载1933年《苏中校刊》

日落之歌

歌颂啊，为我将落的太阳，
啊，你不息的伟大的精灵啊！

像大海中翻起来层层巨浪，
红的云啊，紫的云啊，
金黄色的云啊，
鱼鳞样密排，蛟龙般四聚，
都在啊，致以悲哀的送行，
送这将要落下的太阳；
啊，你不息的伟大的精灵啊！

看，风在歌号，水在激荡，
远远的山巅横亘在云端：
像瘦狮，像虎豹，像巨蟒；
风啊，水啊，山之鬼啊，都在
哀送这将要落下的太阳；
啊，你不息的伟大的精灵啊！

在你落下之后，将潜来了黑夜，
昏暗的夜啊，只疏星几点；
你不忍见你所爱的地球，
在昏暗的，冷酷的夜中，
失去你所赐予他的温暖与光明，
你乃不惜你残存的一口气息，
给予这世界以最后的一瞥；
看，你心沸腾了，你身烧红了，
啊，你不息的伟大的精灵啊！

你已给这世界光明，
无限的温暖，无限的热情；

但你不肯走，你不愿走，
于是你心沸腾了，你身烧红了，
你乃似半空中陨落下一团火球，
然而终于落下了，落下了；
啊，你不息的伟大的精灵啊！

金黄色的云片越聚越紧了，
风怒吼呼啸于这半空，
水也扬波，唱出呜咽的哀歌；
这时会有无限的悲哀，
充塞在你的心头了，我想；
充塞在你这沸腾了，
烧红了的心中；
啊，你不息的伟大的精灵啊！

听，遍地上响起哭声，
山哭了，云哭了，水也哭了，
风更没影踪的在空中哀号，
一切的一切都发出悲声；
而这悲声却是激昂的，
粗暴的，悲壮的，希望的；
但终于陨落了，陨落了，
陨落了我们的太阳；
啊，你不息的伟大的精灵啊！

然你仍不甘于自己的死亡，
仍从你没落处，地平线的下方，
撒出来无限金黄的光芒；
镶入了云堆，射上了山岭，
融化在晚风，投入了水浪，
像是慰安着这一切的生灵：
“莫颓丧，我还有我的新生！”
是的，你不是死绝，你还有新生；
啊，你不息的伟大的精灵啊！

我们仍然有着力，有着希望，
虽然黑夜将偷来袭围我们，
尽它是如此黑暗如此冷；
但在又一天的清晨，
从东方将又推出一轮，
在你无限的热情中，我们
又来了温暖，又来了光明；
虽然而今你已然陨落，陨落，但
啊，你不息的伟大的精灵啊；
你将得到永生，得到永生！

原载1933年《苏中校刊》

增订本编后说明

搜集、整理和出版馆藏名人近一百年前的旧作是一件很有意义的工作。这些作品大都发表在当时的校刊、校报、校友会汇刊、毕业纪念刊以及部分其他类型的图书、杂志上。

在整理过程中，我们发现当时的语言习惯和语言环境跟我们今天已有不少不同之处。这本身就是一种很正常的社会语言和历史语言现象，毕竟已有一百年的时间跨度，有些语法、用词、用语以及人名、地名的翻译和出版行业标准都跟我们今天有所差异。

尽管如此，我们还是尽可能地体现当时这些作品的原貌，如“蕃殖”“原素”“供献”“连响”“底”“那末”“藉”诸词以及“作”“做”等的用法一仍其旧，充分保留当时的用语习惯和历史印迹。对于个别有明显错误或用法不统一的现象，则酌情进行修改。在部分作品的译名处理上，除个别英文单词有明显拼写错误而直接改正外，其余所涉及的人名、地名、专业术语等译名，仍做保留，并附按语及今昔译名对照表。

为了便于今天读者更好地阅读，我们也尽量将个别词语和标点进行统一处理，如将“好象”改为“好像”、“那”改为“哪”，对“的”“地”“得”等词和标点符号也做了相应的改动，均不做一一说明。

此外，由于当时校刊名称一刊多名现象比较普遍，如封面刊名和内页刊名不统一，特此说明。这些文章的出处，我们均在文末注明，只署年份、期刊或图书名称，不署期数和卷数。

译名对照表

书中译名	当代译名	备注
科仑布	克里斯托弗·哥伦布	
郎佛罗	亨利·沃兹沃斯·朗费罗	
爱茂孙	拉尔夫·沃尔多·爱默生	
何连士	昆图斯·贺拉斯·弗拉库斯	
弥尔特	约翰·弥尔顿	存疑
《仲夏黄梁》	《仲夏夜之梦》	
但底	阿利盖利·但丁	
《查拉图司风拉钞》	《查拉图斯特拉如是说》	
郎禽	W.K.伦琴	
欧克史光	X射线	
霍伯士	托马斯·霍布斯	
巴利龙(Paviasauras)	巴哈利亚龙(Bahariasaurus)	
克鲁卜特金	彼得·阿历克塞维奇·克鲁泡特金	
赫克尔(Haeckel)	艾伦斯特·赫克尔(Ernst Haeckel)	
培斯达洛齐	斐斯泰洛齐	
黑智尔	格奥尔格·威廉·弗里德里希·黑格尔	
巴特拉	阿尔伯特·班杜拉	存疑
桑达克	爱德华·李·桑代克	存疑
汤克	坦克	
德斐	约翰·德威	存疑
梅安	梅耶	
芥末气	芥子气	
氯惀乙酮	氯苯乙酮	
二惀氯坤	二苯氯坤	存疑
曼哈坦	曼哈顿大学	
弗兰克林	本杰明·富兰克林	
史宾塞	赫伯特·斯宾塞	
朋斯	罗伯特·彭斯	

此表内容，系按文中出现顺序整理

跋

苏州是“文萃之邦”，教育发达。自北宋范仲淹创建府学、倡导兴学后，苏州教育事业日益发展，府学、县学相继建立。南宋以后又出现书院，知名学者不断涌现，蔚然成为东南文教之邦。第二次鸦片战争后，教会学校随着外国势力的入侵一起进入苏州，出现了不同教派的外国传教士创办的小学、中学、大学，著名的有东吴大学、桃坞中学、萃英中学等百年学校。同时地方上也出现了苏州中学、振华女校、伯乐中学等大批公立、私立学校。名校林立、名师如云，吸引了苏州及其附近沪、锡、浙等地的学子前来求学。博大精深的吴文化和较为先进的西方教育体制孕育了众多才俊学人，英才辈出，在我馆馆藏档案中留下了他们少年时代的足迹。2004年初，我们决定以苏州名人为题材，寻找他们早期留下的作品，结集出版《馆藏名人少年时代作品选》。

《馆藏名人少年时代作品选》收录了在全国有一定知名度人物的少年作品，如社会学家费孝通和其兄费青，文学家钱锺书、杨绛夫妇，作家朱雯，物理学家何泽慧等。收录的作品绝大多数是他们在中学读书期间发表在校刊上的文章，少量为大学时代发表的作品，发表时间为1915年至1937年。人物籍贯不限苏州，只要在苏州读过书，在档案中有其作品者均收录，如钱锺书、钱锺韩兄弟，虽为无锡人，但在苏州桃坞中学度过了他们重要的中学时代。

全书共收录了费孝通、胡绳、匡亚明、钱伟长、张青莲、浦化人等22位名人的92篇文章，有小说、散文、诗词、译作、科学小论文和英文习作，内容丰富、体裁多样；涉及的作者也丰富多彩，既有文学泰斗，又有科学精英。他们的作品充分展示了一代学人的多才多艺和国学造诣，初步显露了他们的创作才能和科研水平。这些作品大多发表于二十世纪二十年代末至抗战前夕，正值内忧外患之际，莘莘学子难以“两耳不闻窗外事”，在很多作品中表达了他们对祖国前途、人民命运的忧虑，其拳拳爱国之心跃然纸上。杨绛在《悯农诗》里表达了她对农民辛苦劳作，却“年年收成薄”的深深同情；彭子冈在其论文《从〈秦妇吟〉说到文学的时代性》里借古喻今，抨击政府的腐败和日寇的残忍，同情人民的无奈；吴大琨在《国难声中别忘记我们的劣根性》一文中告诫人们，在国难当头之际要深刻反省自己，改掉身上的毛病，国家才有进步；而钱锺书的《天择与演变》《进化蠡见》，反映了他良好的英文功底和丰富的生物知识；费孝通的译作《为何中国没有科学和社会科学是些什么》，让我们看到了费老在少年时期对社会学研究的浓厚兴趣和雄心抱负；奥运老人程金冠的《医诗》以诗也有病为立论，点评古诗，全文妙趣横生；朱雯、张青莲等的诗词体现了他们深厚的文学修养，钱伟长、谈镐生等的理科论文则显示了他们日后成为科学家的出众才华和扎实基础。发表文章年龄最小的胡绳在《郭沫若与徐志摩》一文中评价了郭沫若与徐志摩不同的诗歌风格，他认为郭沫若使诗得到充分解放，有一个活跃的生命；徐志摩则给诗以新鲜的韵律，使诗得到音乐的特性，前者代表着力，后者代表着美。这些作品虽然是八九十年前的旧作，但它们依然散发出淡淡的墨香；一些作者也已不在人世，但我们依然能深切地感受到那些充满青春活力的心跳和少年壮志的火花，为他们的才华所折服。由于时代的局限，少数文章也反映了教会学校对学生宗教信仰的影响。

社会在变革，时代在进步，但我们的爱国之心不变，我们奋发有为的精神不变。《馆藏名人少年时代作品选》是我馆对馆藏档案资源开发利用的一种尝试，是对苏州文化、苏州名人的一次宣传发掘，也是提供给广大中小学生进行爱家乡、爱祖国教育的一部生动教材。在当前贯彻落实《中共中央国务院关于进一步加强和改进未成年人思想道德建设的若干意见》之际，此书可以教育和激励未成年人以这些前贤先哲为榜样，从小养成勤奋好学、努力向上的良好习惯，树立远大理想，为祖国的繁荣昌盛、为中华民族的伟大复兴做出贡献。

苏州市档案馆馆长　翟晓声

2004年10月

后记

为认真贯彻《中华人民共和国档案法》，充分开发档案信息资源，加强爱国主义教育基地建设，发挥档案的宣传教育功能，为未成年人提供优秀的精神产品，我馆在对馆藏教育档案摸底调查的基础上编辑出版《馆藏名人少年时代作品选》，收录了在全国有一定影响的人物少年时代作品。

在编辑《馆藏名人少年时代作品选》一书过程中，为减少遗漏，与苏州百年名校联系沟通，寻找名人线索，补充资料，这项工作得到苏州三中刘慧老师，苏州四中俞瑞蓉老师，苏州九中朱九如老师、胡铁军老师以及苏州十中柳袁照校长的鼎力相助，同时也得到作者及其家属，如何泽慧、钱伟长、张青莲、吴大琨、张充和诸先生和费孝通家属、胡绳家属、匡亚明家属、费青家属、彭子冈家属、邵宗汉家属的支持。彭子冈之子徐城北先生为本书作序，张充和女士为本书题写书名。为使《馆藏名人少年时代作品选》成为精品佳作，我们召开了座谈会，市委宣传部、文联、新闻出版局、教育局、苏州日报社、古吴轩出版社、广电总台以及苏州中学、十中、四中等单位的领导和专家提了很多宝贵意见和建议。在此一并表示深深的谢意。

苏州市档案馆沈慧瑛同志承担文字材料、图片的收集整理和相关联系协调工作，张小明、蒋纪序、孙勤康、相明洁、徐志华诸位同志为本书的顺利出版付出了辛勤的劳动。

由于编者水平、能力有限，时间仓促，难免存在欠缺和不足，敬请读者不吝指正，以使此书日臻完善。

编者

2004年10月